La herejía de Miguel Ángel

La herejía de Miguel Ángel

Matteo Strukul

Traducción de
Natalia Fernández

Papel certificado por el Forest Stewardship Council®

Penguin
Random House
Grupo Editorial

Título original: *Inquisizione Michelangelo*

Primera edición: abril de 2023

© 2018, Newton Compton Editori s.r.l. Roma. Publicàdo por acuerdo especial con
Matteo Strukul junto con sus agentes debidamente designados MalaTesta Lit. Ag.
y The Ella Sher Literary Agency, www.ellasher.com
© 2023, Penguin Random House Grupo Editorial, S. A. U.
Travessera de Gràcia, 47-49. 08021 Barcelona
© 2023, Natalia Fernández Díaz, por la traducción

Printed in Spain – Impreso en España

ISBN: 978-84-666-7042-5
Depósito legal: B-2.866-2023

Compuesto en Comptex&Ass., S. L.

Impreso en Rotoprint By Domingo, S.L.
Castellar del Vallès (Barcelona)

BS 70425

*A Silvia, que amo desde siempre y
amaré para siempre*

*A Roma, porque su belleza
me conmueve una y otra vez*

*A Antonio Forcellino,
estimado maestro*

OTOÑO
DE 1542

1

Macel de Corvi

Se sentía cansado y débil. Se miró las manos blanqueadas por el polvo de mármol, aquellos dedos fuertes que todo ese tiempo habían complacido la furia del alma extrayendo figuras en la piedra, explorando la materia con un conocimiento adquirido con el estudio del cuerpo, los músculos, las expresiones.

Suspiró. Su casa era sencilla y pobre. Como siempre. Era su refugio, el puerto seguro en el que encontrar consuelo. Miró la fragua. Las brasas rojas destellaban sangre bajo las cenizas. Había objetos lanzados al azar sobre una mesa de trabajo.

Se puso en pie. Abrió la puerta. Salió. Frente a él, Macel de Corvi: ese barrio popular y mugriento donde las casas parecían haber crecido unas sobre otras como si fueran erupciones sobre la piel gris de un cadáver.

Roma agonizaba ante sus ojos, pero lo que veía no era más que el reflejo de un mal mayor, un dolor del alma que parecía consumir la ciudad. Día tras día, un pedazo cada vez. Plegada a la voluntad de los papas, gobernantes temporales de un mundo que había perdido toda la inspiración de la espiritualidad.

Observó cómo los copos de nieve se posaban sobre los esqueletos de los foros y sobre los arcos del Coliseo, que emergían de la tierra como bóvedas irregulares de cuevas y canteras. Los árboles muertos, asesinados por ese otoño frío y despiadado, aparecían salpicados de blanco. El silencio que reinaba en ese momento extendió un aura irreal en la escena.

Sin embargo, en ese espectáculo miserable y frágil, Miguel Ángel redescubría el sentido de las cosas, la esencia de una ciudad derrotada por sus propios demonios, que todavía perseveraba en mantenerse en pie. Roma exhibía los tesoros del pasado como espléndidas cicatrices, reliquias olvidadas, pero aún relucientes en los remolinos de la nieve sibilante. Las columnas del templo de Saturno se alzaban contra el cielo como los dedos de un gigante herido, pero que aún no había muerto.

Mientras la nieve continuaba cayendo, sintió crecer en él una melancolía anegándole el pecho como si fuera un fuego líquido y no obstante inextinguible. Sabía perfectamente que formaba parte de aquella marea creciente, capaz de corromperlo todo, fuera lo que fuera, en aquella ciudad, y que respondía al nombre de Iglesia. Era, asimismo, el arma más eficaz y sutil, con el poder de cegar los ojos de los pobres y de los vagabundos, hasta el punto de distraer la mirada, nublar la vista a través de la magnificencia de sus tan solicitadas obras. La bóveda de la capilla Sixtina, el *Juicio Final*, la *Piedad* del Vaticano… sabían encantar y seducir y, precisamente por eso, disfrazaban, en su esplendor, la verdadera esencia del poder y del dominio.

Era un ilusionista, nada más que eso, tomaba el dinero de los papas, ponía su propio arte al servicio de ellos. Celebraba el poder y, al hacerlo, amplificaba su eco. Mientras miraba caer la nieve sobre los sucios tejados entendió de qué modo el éxito de sus esculturas, de sus frescos, de su vida misma, no eran más que un crimen, la sombra negra de un mal que se autoalimentaba.

Y sintió vergüenza. Lloró, porque entendía lo equivocado que era lo que estaba haciendo. Había creído que se podría acercar a Dios moldeando el mármol, esculpiendo las formas más hermosas, usando pinceles y colores como si fueran un canto de la naturaleza, pero aquella esperanza había terminado rota en pedazos. Había cedido a las lisonjas del dinero y, lo que era peor, de la fama. ¡Cuánto le gustaba que lo tomaran como ejemplo de genio absoluto del arte! ¡Estaba corrompido! Bien lo sabía. Y a pesar de tratar de convencerse a sí mismo de lo contrario, en el interior de su corazón era consciente de cuánto había nutrido su desordenada ambición.

Lo había hecho hasta correr el riesgo de perderse a sí mismo.

Apretó los puños y prometió que buscaría la redención. A cualquier precio. Porque lo necesitaba más que ese aire limpio y frío que ahora le cortaba la piel del rostro.

Soplaban nuevos vientos del norte de Europa. Las palabras de un monje alemán habían inflamado el aire como repentinos chispazos de fuego. Sus tesis habían sido estigmas en el cuerpo eclesiástico, uñas que desgarraban la carne del lujo y de los fastos de un clero dedicado durante ya demasiado tiempo al poder material, a la depravación, al sexo y al tráfico de indulgencias. Un culto a sí mismo que a esas alturas había hecho perder el significado primigenio de palabras como fe, misericordia, piedad, sacrificio.

E incluso en Roma, aquel fuego, por débil que fuera, había alimentado una fe nueva, una reflexión constante en ese momento desgraciado, una brisa tibia que tan solo pedía ser viento, con el fin de hablar a todos los hombres y mujeres de buena voluntad.

Era a aquella fuerza serena y sincera a la que dedicaría los años por venir. Había protegido aquel pequeño tesoro, lo llevaría como una antorcha en la noche para intentar iluminar lo que le quedaba de vida.

Dejaría de tener miedo.

Se encogió de hombros. Empezaba a sentir frío, pero aquella nieve blanca, suave y pura le parecía ahora un mensaje celestial, una señal de paz enviada para aquietar el corazón de los hombres. Amaba aquel silencio, capaz de borrar el estruendo de la ciudad.

En ese manto blanco que envolvía a Macel de Corvi le parecía estar frente a Dios, percibir su respiración grandiosa y regular, escuchar su voz en un murmullo serio pero tranquilo, casi dulce.

Lejos del castillo de Sant'Angelo, de la isla Tiberina, de aquella parte de Roma donde Bramante y Rafael habían construido y decorado a lo largo de los años palacios de magnífica belleza, blancos y relucientes, adornados con sillería preciosa y livianas y esbeltas columnas, se juró Miguel Ángel a sí mismo que nunca más volvería a obedecer ciegamente las órdenes de los papas.

Emplearía el tiempo que le quedaba para indagar en su

propio corazón, para entender sus latidos y sus ruegos. Y lo reflejaría en el mármol. Mucho más de lo que lo había hecho hasta aquel momento.

Al final entró en casa de nuevo.

2

La Inquisición romana

Cerca de la iglesia de San Rocco, en el palacio del Santo Oficio, de la calle Ripetta, el cardenal Gian Pietro Carafa toqueteaba su larga barba castaña. Sus dedos regordetes retorcían nerviosamente los cabellos. Monseñor dejó escapar un profundo suspiro. Estaba inquieto.

Las piedras preciosas, engastadas en los numerosos anillos de las manos, emitían resplandores iridiscentes en el momento exacto en que se reflejaban los rayos del sol otoñal. La luz pálida y cruda se filtraba a través de las pesadas cortinas de terciopelo de los ventanales. Entre rubíes y esmeraldas, del tamaño de unas avellanas, quizá la piedra menos brillante fuera precisamente la del anillo pastoral, como para denunciar la opacidad que golpeaba a la Iglesia en aquellos días.

Vestido de púrpura cardenalicia, con muceta y birreta roja carmín y estola también púrpura, moteada de hilo dorado, Gian Pietro Carafa estaba sentado en una silla esperando que presentaran al mejor de sus hombres. Los sirvientes se lo acababan de anunciar.

Así que se puso en pie y se levantó del asiento de madera

finamente tallada, mirando a su alrededor. El salón era grande, hasta el punto de que cualquier visitante se habría sentido perdido, a menos que estuviera acostumbrado a esa decoración espartana y esencial. En resumen, como flotar en el vacío. Y esa era exactamente la sensación que el cardenal Carafa quería transmitir a cada uno de sus interlocutores: una sensación de desconcierto.

Con la excepción de otras cinco sillas altas y una gran chimenea, de hecho, el único mobiliario de esa gran sala eran las estanterías, llenas de manuscritos y volúmenes, que recorrían todo el perímetro.

El cardenal, jefe de la Inquisición romana, se aproximó a uno de los estantes. Cogió un pequeño tomo y le dio la vuelta en sus manos. Comprobó el lomo y las páginas, y lo hojeó distraídamente. Ni siquiera se había fijado en el título. Era solo una forma de tener algo que manipular. Sentía esa necesidad. Si, como temía, corría el riesgo de perder la paciencia, al menos podría sostener el volumen en sus manos. Dado su temperamento y ese mal genio que luchaba por gobernar, tal precaución distaba mucho de ser peregrina.

El secretario anunció al invitado.

Entonces, Vittorio Corsini, capitán de la guardia inquisitorial, hizo su entrada con una profunda reverencia. El cardenal le tendió la mano y Corsini besó el anillo pastoral con devoción. Luego se irguió por completo en toda su notable estatura.

—Su Eminencia —dijo—, os escucho.

El capitán era un hombre de pocas palabras, con un encanto magnético: de complexión sólida, hombros anchos, ojos grises intensos y bigote enrollado con las puntas hacia arriba. Se decía que era un mujeriego, pero al cardenal no le importaba ese detalle. Llevaba una chaqueta roja, decorada con una llave de hilo dorado y otra de hilo plateado, pantalón morado y botas largas oscuras hasta la rodilla. Un sombrero de fieltro de ala ancha y una pesada capa, bordada en piel, completaban el atuendo. En el cinto portaba una pistola de rueda y una espada con empuñadura de canasta, con la cazoleta perforada y blasonada en oro y plata.

El cardenal se aclaró la garganta. Apretó el libro con las manos e informó a Vittorio Corsini de lo que lo atormentaba en esos días.

—Capitán, lo crea o no, estos son malos tiempos. ¡Y nuestro buen pontífice Pablo III hizo bien en fundar este Santo Oficio para reprimir la herejía, ya que no solo se extiende en el Sacro Imperio Germánico, sino que germina como la hierba más venenosa incluso aquí, el corazón del Estado Pontificio!

—¿De verdad, Eminencia? —preguntó Vittorio Corsini con un deje de sincera incredulidad.

—¡Por supuesto! ¿Osáis dudar de mi palabra?

—¡En absoluto!

—Muy bien. Por lo demás, recordaréis lo que ocurrió hace unos meses… ¿O acaso me equivoco? —Y, al decirlo, el cardenal apretó aún más fuerte el pequeño volumen que sujetaba entre sus manos. Si alguien lo hubiera observado en ese momento, se habría dado cuenta de que parecía querer hacerlo pedazos entre sus dedos.

Vittorio Corsini era un interlocutor atento y no le pasó inadvertido.

—Vuestra Eminencia, ¿aludís por ventura al caso de Bernardino Ochino, el predicador?

—Exactamente —siseó el cardenal con brusquedad.

—Si la memoria no me falla, Vuestra Gracia le ha ordenado presentarse en la sede del Santo Oficio y Ochino puso bastante cuidado en no cumplir la orden, hasta el punto de que, cuando llegó a Florencia, partió hacia Suiza.

—Efectivamente. Tras haber emitido barbaridades contra la fe católica desde el púlpito de la iglesia de los Santos Apóstoles en Venecia, se fue a abrazar a ese hereje de Calvino. ¡Pero eso no sería todo!

—¿De veras, monseñor? ¿Qué es lo que os angustia? Decídmelo y le pondré remedio.

El cardenal dejó escapar una sonrisa cruel.

—Mi buen capitán, vuestra dedicación y fe son encomiables. El celo que siempre habéis puesto en las misiones que os he asignado es más valioso que el amor de un hijo y, añado, nunca antes tan necesario. De hecho, tenéis que saber, aunque con certeza lo habréis intuido, que son muchas las posiciones políticas dentro de la Santa Sede. Cada una de ellas responde a un interés y orientación diversos pero precisos, sean los del emperador Carlos V, los de los filofranceses que secundan las ambiciones de Francisco I o, por último, pero no por ello carente de importancia y magnitud, los de los malditos Médici de Florencia. Por no hablar de que Venecia, como ramera de los mares que es, ciertamente no tiene la intención de conformarse con mirar. Y sin embargo, todas estas diversas líneas de conducta no son nada en comparación con la que un cardenal entre tantos, uno solo, ha decidido mantener en clara contraposición con la postura intransigente que he elegido.

—¿Vuestra Gracia alude al cardenal Reginald Pole?

Al escuchar ese nombre Gian Pietro Carafa cerró los ojos, como si quisiera subrayar mejor el momento supremo: el de la verdad. Cuando los volvió a abrir su mirada parecía iluminarse con el rojo ardiente de las brasas de la chimenea del fondo de la sala.

—Habéis dicho bien, amigo mío. Justamente él, puesto que es el propio cardenal Reginald Pole el que representa la espina en el costado, la serpiente traidora que, fortalecida por su linaje y la inevitable temeridad que le brinda ser el protegido del rey de Inglaterra, alimenta en su guarida un puñado de demonios reptantes. —En ese punto la voz del cardenal inquisidor se había vuelto ronca y vibrante de rabia y, sin añadir nada más, Gian Pietro Carafa tiró el libro al suelo.

Vittorio Corsini se había quedado inmóvil, sin mostrar la menor emoción. Estaba acostumbrado a los arrebatos de ira de Su Eminencia y no tenía intención de molestarlo más de lo que ya estaba. Había una rabia latente en el cardenal que parecía nutrir con amoroso cuidado, como si el resentimiento fuera una forma de arte para él, un don divino que nunca perdía y que, de hecho, había que cuidar y alimentar día a día, y una vez afilado, se hacía tan letal como el más infalible de los puñales.

—¿Qué es lo que puedo hacer, entonces, para aliviar vuestro tormento, Eminencia?

Corsini sabía perfectamente que tenía que ser sibilino y lisonjero, devoto pleno de la voluntad del cardenal inquisidor, a menos que quisiera desatar su ira y por lo tanto su venganza, que, puntual e infalible, sabía que vendría después.

—¿Creéis que estoy loco, Corsini? ¿Que me divierte comportarme de este modo? ¿Que espero con ansia el momento de enfadarme?

—En absoluto, Vuestra Gracia. Creo que vos sois el último baluarte frente a la abrumadora marea de la herejía.

Carafa asintió.

—De nuevo habéis dicho bien, capitán, es más, no podríais haberme respondido mejor. ¡Es exactamente así! No cabe duda de que es un hecho que las tesis de Lutero han tenido un éxito extraordinario en tierras alemanas. Y en Holanda, en Flandes, y temo que puedan arraigar también en Francia, aunque por el momento Francisco I de Valois parece lograr contener los movimientos centrífugos de quienes critican la religión católica. Pero ¿por cuánto tiempo será capaz? Por lo que respecta a Inglaterra, pues bien, siempre fueron un puñado disperso de medio infieles. Entonces ¿entendéis lo mal que estamos? ¿Y qué tengo que hacer yo? ¿Agachar la cabeza? ¿Dejarme derrotar sin tan siquiera combatir? ¡Jamás! Por ello, mi buen Corsini, os he hecho convocar, puesto que ya veis, la herejía de la que os he hablado parece germinar no solo en los labios del cardenal Reginald Pole, sino que también da la impresión de florecer en la boca coralina de una mujer.

—¿Una mujer? —En esa ocasión, el capitán de la guardia inquisitorial se quedó realmente sorprendido. Entonces ¿esa era la razón por la que el cardenal lo había llamado? ¿Por culpa de una mujer? La amenaza se diluía en el misterio.

—Sí. Vittoria Colonna, mi buen Corsini. Ella es la mujer de la que os hablo.

—¿La marquesa de Pescara?

—Justamente ella.

—¿Y de qué se la cree culpable, si puedo preguntarlo?

—Todavía no lo sé con exactitud. Pero algunos espías e informantes me hablan de que está en los servicios secretos de Reginald Pole. No alcanzo a entender con qué propósito, pero necesito información, pruebas. Por tanto, el motivo por el que os he mandado convocar es este: arreglároslas para seguirla. Quiero que sea vigilada día y noche, que un espía le dedique la existencia entera a ella, al menos hasta que yo sepa lo que pretendo. Elegid con cuidado a la persona que se ocupará de ello, de modo que ella no se entere de que está siendo escrutada y menos aún que pueda volver al espía en nuestra contra.

—Entiendo —dijo Corsini.

—Muy bien. Sé que tenéis mucho que pensar, pero tened presente que este asunto es una prioridad absoluta. Así que intentad elegir a vuestro mejor hombre. ¿Me he explicado?

—De manera cristalina.

—Estupendo. Pues ahora, si esto es así, os ruego que comencéis de inmediato con la investigación. Espero un informe vuestro a finales de esta semana, ¿de acuerdo?

—Así sea. —Y, según lo decía, el capitán de la guardia inquisitorial carraspeó. Esperó, de ese modo, llamar la atención del cardenal sobre un detalle que parecía escapársele demasiado a menudo. Evidentemente, aquella especie de amnesia era premeditada.

—¿Todavía estáis aquí? —preguntó de mala gana Carafa, que no entendía cómo Vittorio Corsini no había desaparecido ya.

—Ciertamente existe un asunto menor pero que debo afrontar aunque no quiera, Vuestra Gracia…

Los ojos del cardenal inquisidor relampaguearon de repente.

—¡Ah, es verdad! Comprendo.

Y sin añadir palabra sacó del bolsillo una bolsa de terciopelo con tintineante sonido.

—Quinientos ducados. No esperéis sacarme ni uno más.

Dicho eso, lanzó la bolsa al capitán. El jefe de la guardia lo agarró al vuelo , con un gesto rapaz de su mano enguantada.

—Bien. Ahora os podéis marchar. —Y, tras encerrarse en un silencio que no admitía réplica, el cardenal despidió a Corsini haciendo una seña con la cabeza.

Mientras el capitán alcanzaba la puerta, Gian Pietro Carafa volvió a su asiento. Se derrumbó allí, como si lo hubiera herido una invisible bala de plomo. Los brazos desarmados sobre los del sillón, la mirada abandonada en el vacío.

La partida había comenzado.

Sabía, en el fondo de su ser, que no se podía permitir perderla.

3

El encuentro

Al verla, Miguel Ángel quedó deslumbrado por la gracia que la envolvía, haciéndola irresistible.

También aquel día Vittoria Colonna estaba simplemente magnífica. Su largo cabello castaño, recogido en una blanca cofia. Sus ojos, vivos y empapados de una melancolía indescifrable, brillaban a la luz de las velas. El cuello estaba adornado con un collar sencillo, con perlas que parecían arrancadas al amanecer. Llevaba un hermoso vestido azul claro. El escote, aunque de reducidas dimensiones, no era lo suficientemente pequeño como para ocultar los senos.

Miguel Ángel estaba subyugado por esa belleza reflexiva e inteligente, que era incluso antes espiritual que física. Cuando pasaba su tiempo con ella sentía una fuerza interior abrumadora, una llama que, acercándose, podía prender fuego al corazón de cualquier interlocutor.

Hacía un tiempo que la veía con regularidad ya que las conversaciones con ella eran un placer al que no estaba dispuesto a renunciar nunca más.

Vittoria sabía elegir las palabras y, antes de hacerlo, presentía ya lo que él pensaba, y no por quién sabe qué intuición sino por un sentimiento común, una afinidad que, esa sí, era sobrenatural.

—Os veo cansado, maestro Miguel Ángel —le dijo con un susurro—. Y sin embargo habría pensado que finalmente os iba a encontrar satisfecho, complacido por lo que habéis hecho en vuestro viaje terrenal.

Sin responder, Miguel Ángel sacudió la cabeza. ¡Cuánto le habría gustado que Vittoria no se hubiera percatado de aquella rabia que le devoraba el pecho!

—Y en cambio —prosiguió ella—, advierto tormento en vos, un rencor que, lejos de volverse hacia los demás, se dobla como el hierro de una espada contra vos mismo, como si fuerais el artífice de vuestra propia desgracia. ¿Me equivoco, tal vez? —Y mientras lo decía tomó su rostro entre sus manos y lo obligó a mirarla.

Sintió sus finos y blancos dedos hundirse en su larga barba de un palmo, que él había dejado crecer, y luego apretó su rostro hasta que casi le dolió. Lo estaba sorprendiendo, una vez más, como siempre hacía cuando se encontraban. O cuando incluso iba hasta allí, a esa casa suya vacía y fría, donde solo la fragua parecía conocer un aliento de fuego. En cambio, el mármol de las esculturas que estaba tratando de terminar, los cinceles, el martillo, los hierros, las vigas, las piedras... no eran más que los barrotes helados de esa jaula llamada ira, en la que había terminado encerrándose.

—Dejad salir todo ese dolor. ¿Qué es lo que os consume? Habladme de ello, os lo ruego, porque no soporto veros así.

Miguel Ángel permaneció un momento con los ojos en los de ella, se dejó llevar por el ámbar líquido de sus iris: cálido, dulce, hechizante.

—Quizá un día consiga decíroslo —respondió bajando la mirada—. Pero estoy tan concentrado en la lástima por mí mismo que casi me olvido de que deseaba daros algo.

—¿De verdad? —dijo Vittoria abriendo mucho los ojos.

Miguel Ángel le tomó las manos y las apartó suavemente de su rostro.

—Esperad aquí. —Y, sin más preámbulos, llegó a la habitación que había utilizado como taller. Además de una estatua, que uno podría imaginarse imponente, cubierta con láminas, había unos bloques de mármol blanco y luego un caballete, una mesa de trabajo, morteros para moler los polvos y preparar colores y esmaltes, cartones preparatorios, dibujos y lápices de colores, jarrones, espátulas y pinceles y un montón de otras baratijas que su ayudante, el Urbino, tan perezoso como siempre, se olvidaba de poner en orden.

Y allí, en un rincón, casi escondido de aquel cúmulo de objetos y herramientas, había un envoltorio, un pequeño fardo de tela, cuya forma y naturaleza era difícil adivinar.

Miguel Ángel se aproximó, lo tomó en sus manos y, sosteniéndolo con absoluta delicadeza y cuidado, lo llevó consigo hasta la habitación donde Vittoria Colonna lo esperaba.

—¿Es lo que pienso? —preguntó ella, incrédula.

—Miradlo vos misma —respondió él, entregándole el paquete.

Vittoria empezó a desenvolver la tela en la que estaba

oculto el objeto. Descubrió una lámina de dibujo enrollada y atada con una cuerda. Deshizo el nudo y lo desplegó ante sus ojos. Cuando lo tuvo ante sí experimentó un estremecimiento.

Su mirada se posó, con adoración, sobre una imagen de pequeñas dimensiones, pero de tanta belleza indescriptible que, sin quererlo, empezaron a brotarle las lágrimas. Y no era capaz de sofocarlas.

Tenía un dibujo en sus manos. Y, sin embargo, a pesar de su reducido tamaño, Vittoria tuvo una visión tan poderosa que sintió que sus manos temblaban por un momento. Vio a Jesús, clavado en la cruz: los músculos perfectamente definidos y tensos de agonía, las venas como cuerdas, la expresión de su rostro imbuida de tal y tanto sufrimiento que le partía el corazón.

Aparecía una calavera al pie de la cruz y dos pequeños ángeles, definidos en la figura, que miraban a Cristo en el momento supremo de la crucifixión.

Era como si Miguel Ángel, puesto que era él el autor de ese prodigio, hubiera querido utilizar el cuerpo de Jesús como mapa del dolor y la piedad, sin por ello perder un hálito de esperanza. Ese anhelo aparecía en los ojos, como si alguien estuviera mirando a Vittoria bajo la líquida y cambiante superficie del agua.

Sintió un escalofrío helado recorrerle la espalda. De repente le parecía ser presa de la fiebre.

Suspiró.

No lograba habituarse a la belleza absoluta. Y sin embargo, para Miguel Ángel la contemplación de lo divino parecía ser la norma, lo cotidiano. Tampoco él estaba acostumbrado, era el primero en sorprenderse, pero la facilidad con que pintaba, dibujaba y esculpía la perfección dejaba a sus admiradores sin palabras.

Pero lo que más hizo enmudecer a Vittoria fue el protagonismo reservado a la figura de Jesús o, mejor dicho, la manera de reducirlo a esencia pura, como una abstracción, como si Miguel Ángel hubiera querido despojarla de cualquier homenaje o celebración, limitándolo todo a una visión particularmente humilde, simple y personal.

En aquella esencialidad se encontraba todo el dolor y el amor, y la guerra interior que estaba librando el mayor artista de su tiempo.

Ahora Vittoria veía lo que le angustiaba, lo que le devoraba el corazón día tras día.

Y puesto que aquel dibujo le había revelado cuanto tenía que saber, en ese momento las palabras que habría querido pronunciar primero se habían secado, como si se hubieran evaporado al sol gélido de aquella mañana otoñal.

—Gracias. —Fue todo lo que dijo sin conseguir apartar los ojos del dibujo. Y si por un lado era consciente de que Dios le había hecho el regalo de comprender el alma de Miguel Ángel, por el otro se daba cuenta de que él parecía inspirado por un proyecto celestial, puesto que quedaba claro que aquellas figuras suyas, tan desnudas, tan despojadas y solas, poseían una fuerza iconográfica nueva, que resultaba más cercana al humilde lenguaje que hablaba su buen amigo, el cardenal Reginald Pole.

Por ello, consciente de ese hecho, reunió valor suficiente e intentó hablarle.

—Maestro Miguel Ángel —dijo—, vuestro don me es

muy querido porque en él vuelvo a ver no solo vuestro tormento, sino el de los hombres y mujeres afligidos en este tiempo por la epidemia de vicio que parece devorar Roma. Sé que lo que voy a deciros os dejará sorprendido, pero, al mismo tiempo, creo que no sois del todo inconsciente de que, recientemente, algunas personas están intentando combatir, con gran sacrificio personal, a favor de una visión nueva y diferente del mundo, más modesta, más simple, más esencial.

—¿En serio? —le preguntó Miguel Ángel, casi incrédulo—. ¿Existen personas así, aparte de vos, mi querida Vittoria?

La marquesa de Pescara asintió.

—Por supuesto —confirmó—. Y si vos no tenéis nada en contra, me encantaría dároslas a conocer.

Miguel Ángel la miró. Por primera vez aquel día Vittoria vio una luz serena extenderse en sus ojos, como si aquella noticia le hubiera proporcionado el primer momento feliz de los últimos tiempos.

—No podría pedir nada mejor —respondió él.

—¿Aun cuando pudiera significar un peligro?

Miguel Ángel suspiró.

—Vittoria —dijo—. Tengo ya sesenta y ocho años. Ya veis la miseria en la que vivo. Y no me refiero a mi situación económica, de la cual, por cierto, no puedo quejarme..., sino de todo el resto. Es como si en nombre de la escultura y de la pintura yo hubiera renegado de mí mismo. Y, en cierto sentido, es realmente así. El arte requiere rigor y dedicación absolutos y es el más celoso y exclusivo de los amantes. Le he entregado mi vida, pero ahora, a mi edad, estoy cansado, herido en cuerpo y alma, no tengo más placer que vuestra compañía, que es el mejor consuelo contra la amargura en la que ama complacerse el débil hombre que soy. Por ello os digo… ¡por supuesto! Incluso aunque las personas que me vayáis a presentar supongan un peligro, pues bien, os ruego que me llevéis a su encuentro, porque vos, Vittoria, sois la única luz que conozco.

Al escuchar aquellas palabras, la marquesa de Pescara sintió que se le aceleraba el corazón.

—Bien, entonces. Pronto tendréis noticias mías. Ahora debo irme —replicó.

4

Refugio

Hacía frío.

Había caminado durante mucho tiempo mientras la nieve caía en el bosque. Los árboles arañaban un cielo indefinible con sus ramas desnudas, como si fueran palos de plata pulida, colocados allí por algún chatarrero distraído.

Miguel Ángel aspiraba el aroma del invierno: era difícil de explicar, pero contenía un leve olor a madera, aromas de humo y nieve, y los devolvía al sentido del olfato en esa extraña mezcla que también reconocía perfectamente por haber estado ya algunas veces, en el pasado, entre las piedras y caminos de ese lugar, entre las escarpadas gargantas del monte Altissimo, cerca de Scravezza. Esas agujas rocosas eran los Alpes Apuanos y le recordaban, con sus escarpadas y salvajes laderas, los días de Carrara, aquellos en los que llegaba a las canteras para seleccionar los bloques de mármol que luego él mismo desbastaba y finalmente esculpía. Eran toscos relieves de los que había visitado todos los rincones, junto a los canteros de mármol y los mamposteros.

Y aunque ahora casi lo habían desterrado de Carrara, desde

que, por culpa de Julio de Médici, había tenido que cancelar una orden lo suficientemente importante como para arriesgarse a arruinar a todos esos extraordinarios artesanos y todas sus familias, todavía no era capaz de renunciar a visitar los bosques y los roquedales en invierno. Era una especie de ritual, un hábito muy arraigado que, incluso ahora que sus miembros y músculos estaban cansados, aturdidos por los martillazos de toda una vida, no tenía la intención de negarse a sí mismo.

Sus salidas a la naturaleza desnuda y plegada al otoño lo acercaron a un sentimiento de sacrificio y renuncia que, desde siempre, lo ayudaba a no convertirse en un esclavo de los placeres terrenales. Así, a lo largo de los años, había encontrado otro refugio, otra zona para explorar: proporcionaba un mármol puro y compacto como el de Carrara y era de excelente calidad y, sobre todo, se ubicaba en tierras igualmente ásperas y desoladas que garantizaban ese silencio y esa quietud que parecía representar el único alimento posible para su alma rota.

Por ello, sin demora, se había dispuesto al viaje.

Cabalgaba sobre un gran caballo negro. Lo había llamado Tizón, a causa de su pelaje brillante y oscuro.

Caminó por un sinuoso sendero de tierra. Los cascos de Tizón producían un eco en el desfiladero profundo con ritmo palpitante y sombrío. Miguel Ángel recorrió una pequeña explanada, un círculo irregular que se abría a la derecha del camino: se extendía algunos pasos, especie de extraña cicatriz en aquellas tierras de árboles desnudos y grises incrustadas de nieve.

Al llegar al centro descendió del caballo. Tomó a Tizón de las riendas y lo ató a un tronco de árbol.

Luego se dispuso a preparar un fuego para la noche.

Terminó la carne asada en un espetón. Apreció su textura compacta y su intenso sabor, casi picante. Bebió un sorbo de fuerte vino y, a la luz de las llamas sanguíneas, se puso a escribir.

Más tarde, envuelto en la manta, volvió los ojos al cielo. La luz de las estrellas parecía cegarlo. Por un instante se quedó sin aliento al contemplar la belleza estremecedora de aquel espectáculo, aquel arco oscuro, acolchado de centenares y centenares de perlas.

Escuchó el aullido de los lobos que, a lo lejos, parecían quererle recordar lo cruel que era la vida de las grandes ciudades: Roma, Florencia, Bolonia. Las había conocido en plena efervescencia de vida, tráfico y estados de ánimo, pero, a pesar de los muchos éxitos, los encargos que lo habían sepultado a la fama, soñaba siempre de todos modos en volver a aquellas tierras salvajes que parecían desvelar en la noche los secretos de un espíritu ancestral e indómito.

Dejó que la pluma escribiera alguna palabra más.

Líneas negras adornaban el papel, que se había tornado rosado a la luz de las llamas. Cerca del fuego, Miguel Ángel percibió una calidez tan gratificante e intensa que se adormeció lentamente, hasta que, cansado y agradecido a Dios, se durmió por completo.

Sin embargo, algo lo despertó de inmediato.

Escuchó un crujido de madera y luego, de repente, un gruñido tenue que recorrió los árboles desnudos y las rocas, colmando la pequeña explanada.

5

Naturaleza salvaje

Vio ante sí dos luces amarillas encendidas en la oscuridad. Resplandecían como monedas de oro.

El gruñido creció en intensidad, tupió el bosque, agredió las piedras, la explanada. Parecía multiplicarse en el tiempo y en el espacio.

Luego un relincho, alto, fuerte, lleno de terror. ¡Tizón! Tenía que protegerlo.

Miguel Ángel se puso en pie, agarró una ascua e iluminó en torno a sí. Las estelas de fuego dibujadas por las llamas parecían capturar otras luces minúsculas que centelleaban en la noche.

Sin perder más tiempo, Miguel Ángel plantó la ascua en la nieve. De la hoguera agarró otras ramas ardientes y las clavó en el manto blanco hasta crear en apenas un instante un cinturón de fuego alrededor de su vivaque. Ahora lograba ver mejor. Lo que descubrió no le gustó ni un ápice. Había por lo menos media docena de lobos delante de él. No exactamente una manada, pero los suficientes como para hacerlos pedazos, a él y al caballo, si hubieran atacado todos a una.

Rebuscó entre sus bolsas de viaje y sacó un mazo de trabajo. Le habría gustado tener algo con un mango más largo para ser capaz de mantener a distancia a las bestias, pero no disponía de nada mejor. Agarró de la hoguera un tizón llameante, el más grande que encontró, y se preparó para defenderse.

Los lobos se iban acercando. Avanzaban desde varios puntos, cercando el perímetro que Miguel Ángel había preparado lo mejor que pudo. Eran grandes, tenían un pelaje grueso. Ojos que penetraban la noche, ojos despiadados.

Vio unos hocicos robustos y los colmillos blancos, las encías violáceas alzadas, e hilos de babas que goteaban de unas bocas hambrientas.

Uno de ellos, más cerca que los otros del círculo de fuego, corrió hacia adelante y se puso a avanzar a toda velocidad apuntando a su presa.

Miguel Ángel sintió que un sudor helado le perlaba la frente. Sus miembros parecían por momentos volverse de mármol. Sacudió la cabeza. Sintió los largos cabellos flotar en el aire. En el instante preciso en el que el enorme lobo alzó el vuelo en un salto para cruzar entre las altas llamas de las ascuas plantadas en la nieve, Miguel Ángel sujetó el martillo, levantó la antorcha que sostenía en la otra mano y, cuando el animal se le detuvo delante, lo golpeó en la cabeza con toda la fuerza de su ser.

Se escuchó un «crac» limpio e inquietante mientras los huesos occipitales se hacían pedazos bajo el golpe del mazo, descerrajado con violencia inaudita. La fiera terminó en medio de la nieve con el cráneo hundido. Un rastro de sangre se arremolinaba sobre el manto blanco.

Otro aullido aterrador y, mientras el segundo lobo se abalanzaba sobre él, Miguel Ángel se las arregló, con un giro calibrado de su torso, para empalarlo con una rama llameante, que le hundió en las fauces abiertas. El animal se hallaba abatido de lado, pero, mientras se estrellaba contra el suelo, logró dar un zarpazo al azar. Las garras rasgaron la túnica de lana del artista, abriéndole en el hombro una herida profunda. Surcos ensangrentados se abrieron en su carne.

Sintió que el cuerpo se le incendiaba, pero no podía permitirse ninguna distracción.

Tizón, que relinchaba enloquecido de terror con los ojos muy abiertos, como linternas, pateó, golpeando al lobo herido y con las fauces desgarradas, pulverizándole la cabeza, reduciéndola a una masa de huesos y sangre.

Entretanto Miguel Ángel agarró uno de los tizones plantados en la nieve, y lo agitó como una antorcha.

Las bestias que aún permanecían allí parecían echarse atrás. Los gruñidos se hicieron más débiles.

Miguel Ángel recuperó otro tizón, arrojando el que llevaba en la mano y que ya se consumía rápidamente. Se puso de nuevo a mover la improvisada llama, que dibujaba estelas resplandecientes en el aire. La explanada, iluminada por las llamas del fuego, parecía mojada por una lluvia ardiente. Miguel Ángel esperaba que, de ese modo, los animales desistieran.

La herida palpitaba con un dolor insistente, feroz. Tuvo la sensación de que algo del alma del lobo le había penetrado su carne, dejando su hambre y su instinto en la sangre.

Gritó.

Cada vez más fuerte.

Sabía que nadie lo escucharía.

Luego, poco a poco, los lobos se fueron retirando. Dos de ellos quedaron inmóviles en la nieve con los huesos destrozados.

En cuanto los vio alejarse con la cola entre las patas, Miguel Ángel se acercó a Tizón. Le acarició el cuello musculado, jugueteó con las crines, enrollando entre los dedos largos mechones castaños. Le apoyó la palma de la mano derecha en el hocico.

El caballo lentamente pareció calmarse. Golpeó con los cascos de la pata delantera derecha sobre el terreno áspero, salpicado de nieve, abandonándose a un relincho suave. Tras acariciarlo una vez más, Miguel Ángel cogió un puñado de nieve, lo derritió entre sus manos, formó una copa y se la acercó a Tizón al hocico. Esperaba que su montura bebiera hasta la última gota. Cuando sintió la lengua grande y áspera contra la palma de sus manos, le dio una palmada en el hocico y le acarició un poco más por los costados.

Finalmente decidió reavivar el fuego.

Seguro que después de lo que había sucedido no lograría dormir. Tenía que alejar los restos de los lobos muertos y vigilar el vivaque hasta la llegada del alba. Y debería controlar la herida para que no se gangrenara.

Estaba cansado y Tizón aún más que él.

Esperaba que se durmiera de nuevo. Si al día siguiente estaba demasiado cansado, corría el riesgo de romperse una pata y ese pensamiento lo aterrorizaba.

6

La cantera

Mientras se acercaba a la cantera, sujetando a Tizón por las riendas y avanzando con cautela entre las piedras del camino de herraduras, cubiertas de hielo, su mente retrocedió para traerle las imágenes de una obsesión. Desde siempre, cuando estaba en las colinas, pensaba en Julio II, el papa rey, el guerrero que había tenido a Roma en un puño, más como monarca que como hombre de fe.

Era él, por lo demás, quien había reconquistado Bolonia a la Iglesia, quien había obligado a fugarse a los franceses, constreñidos a regresar más allá de los Alpes. Él había pedido a Florencia que expulsara al abanderado Pier Soderini, culpable de negarle tropas de apoyo favoreciendo así al odiado Luis XII. Y de este modo, amenazando al interfecto, lo había obligado a exiliarse.

Desde entonces había pasado el tiempo, pero la obra en la que seguía trabajando y que le estaba costando casi cuarenta años de tormentos y tribulaciones, parecía no acabar nunca: la tumba de Julio II. Él estaba muerto pero sus herederos, la familia Della Rovere, y en particular Guidobaldo II, no habían renunciado a ese monumento funerario. De hecho, no pasaba ni un mes sin que pidieran información actualizada sobre el trabajo y el tiempo que quedaba para completarlo. Miguel Ángel podía entender sus razones, pero, por otro lado, después de ese lapso infinito de tiempo, le había costado cada vez más dedicar atención y energía a un proyecto que ya no le fascinaba y que lo encontraba en aquel momento agotado y descontento, en un estado de ánimo completamente diferente.

Y ahora que quizá se enfrentaba a ello por última vez en virtud del sexto contrato, la mente seguía martillando sus sienes como un grito incesante, un chillido interminable que le quitaba el sueño y la paz.

Precisamente por ese motivo, después de haber elegido y tallado toscamente los bloques de mármol, tendría que volver a subirse a la grupa de Tizón y espolearlo al máximo para llegar a Rovigo lo más rápido posible. Allí se reuniría con Guidobaldo II della Rovere, capitán mercenario y comandante del ejército veneciano de Tierra Firme, para discutir con él las últimas cláusulas y condiciones del contrato.

Julio II había sido un hombre difícil, de gran temperamento, siempre dispuesto a encenderse y entregarse a la ira y a la indignación como si fueran la fuente inextinguible de la inspiración de su propia vida. Recordaba sus pequeños ojos, listos para incendiarse de cólera y explorar y desenmascarar el más cuidadoso de los disimulos, el rostro cortado por esos finos labios que dibujaban una perpetua mueca de disgusto. Ciertamente, la formidable energía, el entusiasmo que a veces lo hacía sonrojar de manera benévola ante aquellos a los que amaba eran recompensas más que preciosas, puesto que rara vez las concedía, y Miguel Ángel bien podría decir que pertenecía al grupo de los protegidos de Julio II. Al menos por un tiempo. Pero también era un hombre voluble, siempre dado a la veleidad, más que dispuesto a ceder a su estado de ánimo y a sus antojos. De modo que un proyecto que juzgaba impostergable y que encargaba con urgencia bien podía abandonarlo incluso antes de que estuviera terminado, porque ya quería otro del todo diferente y aún más atrevido y descabellado que el anterior.

Miguel Ángel meneó la cabeza.

Descendió por una pequeña oquedad en el suelo rocoso.

Le dolía la herida. Se había apresurado a limpiarla con vinagre para que no se inflamara y amenazara con añadir infección y gangrena. Por lo tanto, tras haberla lavado abundantemente se aseguró de cerrar los bordes de la laceración con aguja e hilo. Para hacerlo se había valido de un pequeño espejo que siempre llevaba consigo. Al final había colocado un vendaje usando un trozo fino de lino.

Dio unos pasos más hasta llegar a una especie de claro pedregoso. Fue entonces cuando se percató de dos amigos que iban a su encuentro.

Se trataba de Piero Menconi y Lorenzo Ceccarelli, el primero cantero y el segundo minador. Eran hombres de pocas palabras, forjados por una vida de sacrificios y silencios. Piero tenía unos ojos azules y penetrantes, el cabello muy corto y los labios arrugados en una especie de puchero perenne. Se trataba de un hombre franco y hermoso.

Lorenzo era delgado como una araña, enjuto pero ágil,

entrenado en un oficio que casi siempre le sorprendía aferrado a una pared de roca brillante, empeñado en pulir el mármol blanco de asperezas y cantos puntiagudos que, si se desprendían desde lo alto, podían aplastar y matar a los canteros que se hallaban debajo. Y aquella era una posibilidad lejos de ser remota. ¡Eran tantos los muertos al cabo de los años!

E incluso, hasta cuando el destino se mostraba benévolo, siempre quedaba alguien tullido, herido, que había terminado con un brazo o una pierna destrozada.

Miguel Ángel los saludó como hermanos, abrazándolos.

Lorenzo se hizo cargo de Tizón. Le acarició el hocico con afecto, lo agarró con firme dulzura por las riendas y lo condujo tras de sí, atendiendo a que el caballo negro no diera un paso en falso y se dañara una pezuña.

Cuando llegaron a la cantera Miguel Ángel se quedó sin respiración: el sol pálido del invierno se reflejaba sobre las paredes empinadas y albas, relucientes como espejos naturales. Bloques de mármol que aún por trabajar se amontonaban unos sobre otros a los pies del gigantesco abismo. Estaban colocados en los márgenes de aquella garganta impresionantemente ancha y profunda que se abría en una suerte de anfiteatro natural. Miguel Ángel enmudecía cada vez que se hallaba frente a aquel milagro, mientras observaba el mármol blanco, carente de vetas: era liso, puro y deslumbrante.

En la parte superior del muro saliente los trabajadores delimitaban con cuidado un bloque para extraerlo. Habían señalado ya las dimensiones y espesor con una escisión, a lo largo de la cual otros más trabajarían con sus herramientas hasta separarlo. A los pies de la cantera, en torno a las piezas más grandes, todavía irregulares y sin embargo magníficas en su ruda y áspera belleza, decenas de cortadores se afanaban en pulir los ángulos, picando y dando forma al mármol hasta que las masas arrancadas de la pared se convirtieran en bloques perfectamente definidos. Eran hombres delgados, enjutos, esculpidos por el cansancio, capaces de trabajar desde el alba hasta el anochecer sin emitir un quejido, intentando, más bien al contrario, encontrar las líneas que consintieran el mejor diseño posible.

Miguel Ángel miró a Piero a los ojos. El amigo asintió.

Nada le proporcionaba mayor alegría que ver cómo el mármol translúcido tomaba forma bajo los hábiles golpes del mazo y el cincel.

Se trataba de un nacimiento primordial, una génesis con olor a Biblia. Miguel Ángel dejó que su mirada fuera a posarse sobre la piedra, sobre aquellos bloques perfectos, imaginando y explorando sus venas y pliegues más íntimos.

Luego colocó su mano sobre el hombro de Piero.

—Bien —le dijo—. Pongámonos a trabajar.

7

Elegir al mejor

Giulia lo había mirado con deseo. Desde el primer día en que lo conoció, se sintió consumida por una pasión que hacía hervir su cuerpo con un tormento y un anhelo tan intensos que resultaban ingobernables.

Se lo había dicho. Y aquellas palabras, que parecían estar inmersas en la esencia misma de la lujuria, lo habían halagado.

Corsini conocía bien el placer de las mujeres. La madre naturaleza había sido generosa con él, proporcionándole unas espaldas anchas y fuertes, un cuerpo musculoso, pleno de vigor y palpitante de vida. Y aquella sensualidad animal suya, tan evidente que resultaba descarada, no dejaba de cautivar las atenciones de las muchachas de familias nobles, así como de las cortesanas o de las damas de edad más avanzada, pero, justamente por eso, expertas y deseosas de darle placer en los mil modos que la vida les había enseñado.

Por su parte, cuando podía, le gustaba entretenerse con las flores más tiernas, casi ácidas, a su corta edad.

Y en aquel momento, la muchacha de ojos oscuros como

un bosque en otoño era lo más irresistible que podía desear. Su piel blanca, su masa de negros cabellos, perfumados, tan brillantes que parecían el plumaje de un cuervo, eran una promesa de perdición casi insoportable a la mirada.

Tenía los senos pequeños, los pezones afilados y tensos, ansiosos casi de ser tocados por aquellos dedos fuertes y despiadados a la hora de dar placer.

Se demoró sobre aquel cuerpo joven, terso y bien formado. Acercó sus labios a los de Giulia, apenas rozándolos. Luego, fingiendo alejarse, volvía con su boca sobre la de ella, como agarrándola, mordiéndola hasta hacerla sangrar. Saboreó el aroma dulce de la sangre y su lengua vibró, batiendo la de ella.

—Tómame, amor mío.

Giulia estaba impaciente y ese hecho hacía que el capitán Corsini se sintiera aún más satisfecho. La excitación fluyó por su cuerpo, llenando el pecho y el abdomen de una furia fría que sin embargo estalló como hielo ardiente en el momento exacto en que la penetró.

El tesoro húmedo y voluptuoso de ella lo envolvió en una vorágine de emociones.

Giulia lo acogió dentro de sí y casi se sintió desvanecer en el instante preciso en el que percibió el empuje y aquel delicioso garfio entre sus piernas como una tea ardiente.

Experimentó dolor y placer al mismo tiempo en una mezcla salvaje. Pasó las piernas alrededor de él y con sus pequeños talones apretó las dos nalgas duras como el mármol. Quería más. Mucho más.

Dejó que el miembro la buscara en los recovecos más secretos, recibiendo todo el placer posible. Luego, cuando él parecía estar colmado, llevó una mano a la entrepierna, agarrándole el pene grande y palpitante por la base y apartándolo de ella.

Se puso de rodillas y lo tomó, ávida, en la boca. Cuando sintió al capitán gemir de placer, se detuvo.

Lo obligó a tirarse sobre sus espaldas para luego montarlo como una joven amazona salvaje. Él le agarró con las manos aquellas nalgas perfectas. Eran aún pequeñas y firmes como melocotones, ardientes por el calor de aquella pasión desenfrenada.

Ella cubrió, con las suyas, las manos de él; quería que su carne se adhiriera completamente a la suya, quería unirse a él en todas las formas posibles.

Continuó moviéndose encima de él, imponiendo un ritmo lánguido, casi distraído, lento pero despiadado. Se mordió los labios, arqueando la espalda, intentando exprimir del cuerpo del capitán cada gota de sus fluidos, sintiéndose finalmente inundada por una lluvia hirviente mientras él dejaba escapar un resoplido tan ronco y profundo que parecía que estuviera a punto de ahogarse en una tormenta de seducción y lujuria.

Había sido una mañana ajetreada.

La pequeña Giulia estaba verdaderamente hambrienta de él. Y, no obstante, no tenía para nada la intención de darle más de lo que podía. Sexo y placer eran su único objetivo. Lo de pedir su mano, ni por asomo.

Corsini era uno de aquellos hombres que parecían querer vivir solamente para saciar todos sus apetitos. Tenía fundamentalmente dos: las armas y las mujeres. Pero ambos eran tan profundos que resultaban insondables. Por ello reservaba al cuidado de su propio cuerpo y su vestimenta una parte nada desdeñable de su tiempo. Sabía conversar y tenía episodios de pasión y valentía en abundancia, que no dejaba de sacar a relucir tanto en los salones romanos como en las tabernas, ajustándolos según quiénes fueran sus interlocutores.

Como buen seductor conocía sus fortalezas y las exhibía de todas las maneras: el rostro de rasgos aristocráticos y fuertes, los ojos claros como gotas de lluvia, el bigote perfectamente acicalado. Y además la notable estatura y su porte audaz completaban un conjunto irresistible para todas las mujeres que, aunque fuera brevemente, habían tenido algo con él.

En cualquier caso, el capitán de la guardia inquisitorial sabía ya dónde dirigirse aquel día. Conocía muy bien quién podría hallarle el mejor espía para asumir el encargo que le había confiado el cardenal Carafa. Era quizá la única mujer que, a diferencia de todas las demás, no sucumbía a su fascinación. Y eso, a sus ojos, la hacía muy peligrosa.

Volviendo al espía: ciertamente no podía ser un soldado mercenario, un lansquenete, uno de aquellos que se deleitaban en las tabernas y se liaban a golpes con el primero con quien se cruzaran por la calle. Hacer acosar a la marquesa de Pescara por un individuo así, o al menos con alguna bravuconada, era la mejor manera de generar sospechas. Y una vez desenmascarado su hombre no habría servido para nada. No, había una manera más sutil e inteligente de alcanzar el objetivo.

Y, sin embargo, la solución a sus problemas pasaba siempre y fuera como fuera por una taberna. Al llegar al Campo de Fiori, pasando por el mercado de caballos, donde se vendían por su peso en oro espléndidos ejemplares de pelaje brillante y robusta cruz, y dejando atrás el Palazzo Orsini, el capitán de la guardia inquisitorial se dirigió hacia el Parione hasta detenerse en una posada de alguien que él conocía.

En el letrero se avistaba la figura de una oca blanca sobre un fondo rojo. En cuanto entró, Vittorio Corsini se encontró proyectado hacia un mundo que conocía bien y que apreciaba infinitamente cuando podía dejar su papel de capitán de la guardia inquisitorial para dedicarse a las actividades que más lo satisfacían: beber vino y desflorar jovencitas. Era, en definitiva, un hombre que no desdeñaba el vicio y que, sin embargo, en aquel momento no tenía que perder de vista el motivo por el que se hallaba allí.

Luego observó con cierto desapego a los clientes que ya a esa hora de la mañana engullían vino tinto y carne asada: eran mercenarios, carteristas, contrabandistas, ladrones, pintores, estudiantes, mendigos que entregaban la vida a cambio de la única ebriedad posible. Como siempre, hablaban del papa y del emperador, de lo que la Iglesia depredaba con sus impuestos y de cómo los salarios de sus señores eran los más bajos que se recordaban. Cada uno de ellos, a su manera, predecía que Roma tenía los días contados ya que no cabía duda de que la ruina a la que los papas la habían condenado en nombre de Dios era solo la antesala de un infierno que se los tragaría a todos.

No le dio demasiada importancia a un par de buenos elementos que le fruncían el ceño, al reconocerlo como el brazo armado de la Inquisición romana. No es que esto le preocupara en especial, ya que si Corsini realmente tuviera que arrestar a todos los que quebrantaban la ley de Dios a diario tal vez no quedaría nadie en esa posada. Y, sin embargo, como lansquenetes que eran, tenían un odio particular por todo lo que pertenecía a la religión católica. Llevaban el pelo largo y bigotes caídos, chaquetas extravagantes y ojos rufianescos, pero ponían buen cuidado en no proferir obscenidades o amenazas como solían hacer. Sus maneras de fanfarronear funcionaban muy bien con los débiles, pero estaban fuera de lugar con alguien como él.

Tan solo para evitar alguna idea peregrina, Corsini asintió con la cabeza en su dirección, para ordenarles que no se atrevieran a tocar las espadas de gran empuñadura que llevaban en el cinto. Sumisamente, los dos volvieron a mirarse y a hablar en voz baja en esa lengua bastarda que era el alemán.

El capitán se permitió más de una mirada a las mujeres que servían en las mesas. Eran cinco, guapas y procaces, porque así las quería la dueña de la casa; llevaban vestidos de escotes pronunciados y, con todo lo que exhibían, sabían cegar la mirada de los clientes: todo estaba pensado para robar tantos escudos como pudieran a la chusma que allí comía y bebía.

Tras pasar las mesas y el mostrador, donde el posadero servía queso y jamón, Corsini tomó la escalera que conducía al piso superior.

Después de dos breves descansillos se encontró en una galería. Se extendía hacia un pasillo que daba a una serie de pequeñas puertas. Lo recorrió entero hasta llegar al fondo.

Una pesada cortina de terciopelo sugería la entrada de lo que, con cierta imaginación, podría llamarse estudio.

Al llegar ante la cortina se aclaró la garganta con el propósito de anunciarse.

Tras unos instantes un hombre de aspecto portentoso descorrió la cortina. Tenía ojos oscuros y cabello largo y negro. Llevaba un jubón de color sangre de buey de buena factura. Las botas altas le llegaban a las rodillas y una espada con empuñadura de canasta colgaba de su cinturón. Si no fuera por la apariencia casi salvaje del cabello, podría haber sido tomado por un caballero.

—Capitán —dijo con sincera sorpresa—. Confieso que no os esperábamos.

Y con esas palabras la voz viró a un tono divertido como si, tras un momento de titubeo, hubiera logrado un control perfecto de la situación.

—¡Gramigna! —exclamó el capitán de la guardia inquisitorial—. ¿Cómo estamos? Quiero creer que no habréis hecho algo de lo que podáis arrepentiros.

—En absoluto, en absoluto —se apresuró a replicar el otro con un toque de altanería—. Mirad, estoy aquí para proteger a nuestra común amiga. ¿Cómo podría estar haciéndole daño?

—¡Dios santo, Gramigna! Habláis como un libro abierto. Os felicito. Vuestro acento alemán no se reconoce ya. En cualquier caso, guardaos mucho de no tomar iniciativas precipitadas, porque me acabaría enterando, lo podéis dar por hecho —concluyó Corsini amonestándolo.

Gramigna pareció sopesar tal afirmación. No se inmutó.

—¿Estáis buscando a la hermosa Imperia?

—¿Y a quién, si no?

—Dadme un segundo y os anunciaré —dijo Gramigna—. Después de todo hablamos de una señora.

El capitán de la guardia del Santo Oficio bien se habría podido anunciar solo, pero lo dejó correr. Era él quien necesitaba a una de las más poderosas cortesanas de la ciudad, por eso, por una vez, daba lo mismo seguir el juego.

—De acuerdo —aceptó—. Espero.

Haciendo una seña con la cabeza Gramigna desapareció tras la cortina.

Corsini no tuvo que esperar demasiado.

Poco después el individuo reapareció. Con una reverencia apartó la pesada cortina de terciopelo y lo invitó a entrar.

8

La cortesana

Apenas la vio, Vittorio Corsini sonrió. Imperia era todavía una mujer atractiva. Es verdad que no podía decirse que su piel fuera fresca y lo cierto es que las arrugas de su tez se veían demasiado; sin embargo, no le restaban un ápice de belleza, es más, añadían un toque de vida bien vivida que no dejaba de capturar la atención del interlocutor. Una cascada de rizos castaños enmarcaba un rostro ovalado perfecto, unos ojos color miel oscura relampagueaban atentos y unos labios voluptuosos, brillantes y deseables hacían justicia a su fama de prostituta y cortesana. Llevaba un vestido sencillo, de color aguamarina. Estaba sentada detrás de un escritorio. Ahora que lo había visto se había abandonado contra el respaldo del sillón.

Corsini la miró sin pudor: admiró los hermosos hombros desnudos y también el pecho generoso que se elevaba al respirar. Fue Imperia la que reclamó su atención, fingiendo un carraspeo.

El capitán volvió los ojos hacia el rostro de la cortesana, durante algún tiempo mujer de placer, perfecta en el arte de simular rechazo hasta entregarse solo después de haber vaciado convenientemente los bolsillos de los muchos clientes, atraídos por su fama de mujer bellísima, que ahora se había convertido en emprendedora de éxito. Compraba y vendía tabernas, guardaba y gestionaba los beneficios, obtenía ganancias y en ocasiones adquiría fincas y palacios.

Imperia se había vuelto así una de las mujeres más poderosas e influyentes de Roma. Y todo ello por dos motivos: por un lado, porque sus chicas intercambiaban sus bienes más preciados por información de primera mano y no había prelado ni noble, embajador o político que no frecuentara posadas y burdeles propiedad de la bella Imperia; por el otro, porque ella utilizaba esa información para chantajear y sobornar en un mercadeo de la palabra que hacía mucho más daño que las espadas o arcabuces de la guardia inquisitorial.

Había en ella una astucia casi orgullosa, acostumbrada por la vida a dominar perfectamente el arte del engaño y la intriga, el principal y más necesario para hacerla rica, adinerada y, en una palabra, respetable.

Pero con la pátina de una mujer decente, de una cortesana honesta, el apetito no había disminuido en absoluto; de hecho, se había mantenido inmutable, ya que Imperia era perfectamente consciente de que dar un solo paso en falso habría significado sucumbir al fracaso, volviendo a llevar prendas raídas de meretriz de medio pelo y, como tal, incapaz de sobrevivir a las cuatro etapas de la decadencia: casera, empresaria, lavandera y mendiga en las escaleras de una iglesia. Ya nada la asustaba y por eso mismo siempre mantenía la mirada atenta y los oídos bien aguzados y, aun cuando se creía que una conversación no le interesaba en absoluto, había que fijarse bien en cada palabra que ella dijera, ya que jamás la pronunciaba por casualidad, sino con un propósito muy específico.

Corsini conocía el temperamento de Imperia y aún mejor sus artes, y por ello se cuidó mucho de infravalorarla ni siquiera un segundo.

—Entonces, mi hermoso capitán —saludó de manera afable y desvergonzada la bella cortesana—. ¿A qué debo el placer de vuestra visita?

Y mientras emitía estas palabras sus ojos parpadeaban.

Corsini sonrió. Había algo magnético en esa mujer que atrapaba a quienes se hallaban frente a ella. Sabía, por tanto, que tenía que estar en guardia, pero no hasta el punto de que se le notara. Si hubiera caído en tal error, Imperia habría entendido de inmediato que había algo que iba más allá de la tarea que le pedía. A decir verdad, quizá lo habría deducido de todos modos, considerando quién era, pero el capitán de la guardia del Santo Oficio quería acariciar, aunque fuera por un instante, la sensación de no ser más que un libro abierto frente a la hermosa cortesana.

—Mi divina Imperia —comenzó con cierta altivez—. Vengo a molestaros esta mañana con la esperanza de que me ayudéis en una pequeña misión que, si bien simple, debe ser ejecutada con toda la discreción y la cautela del caso.

La cortesana asintió, clavándole aquella mirada dulce y maliciosa. Con una seña de la cabeza lo invitó a proseguir.

—Mirad, recientemente se me ha ocurrido ponerle el ojo a una mujer de origen noble, una marquesa de tan alto linaje que no se puede esperar conquistar su corazón.

—Os lo ruego, Corsini —dijo Imperia—. No insultéis mi inteligencia molestándoos en confeccionar una mentira de tan baja estofa. Contadme los hechos como son.

El capitán suspiró. ¿De verdad había sido tan torpe en su intento? Imperia tuvo el buen gusto de sonreírle. Y aquella sonrisa consiguió endulzar la verdad.

—De acuerdo —aceptó él—. No se os puede ocultar nada —constató impotente—. Voy a empezar de nuevo.

—Os lo agradezco.

—La persona para la que trabajo, es inútil que os diga de quién se trata puesto que lo sabéis perfectamente, me ha ordenado que mantenga bajo vigilancia a una de las mujeres nobles más destacadas de Roma. Día y noche. Con cautela y discreción, se entiende. Una vez a la semana vendré por aquí para ser informado acerca de los avances realizados. Durante el primer mes recibiréis la suma que estoy a punto de entregaros por las molestias. Ni un ducado más. —Y, al decirlo, Corsini extrajo de debajo del manto una bolsita de terciopelo. Lo depositó en el escritorio. La cortesana se lo apropió en un instante y, en ese momento, el capitán de la guardia inquisitorial vio cómo cambiaba su mirada, se volvió rapaz, despiadada, fría. Inmediatamente después los ojos se tornaron de nuevo serenos y brillantes, como ámbar líquido.

—¿De quién se trata? —preguntó ella.

—De la marquesa de Pescara.

—¿Queréis decir Vittoria Colonna?

—Exactamente.

Imperia cruzó su mirada con la del capitán.

—Debe de tratarse de algo muy serio.

—Lo es. Y en lo que a esto respecta os pregunto: ¿disponéis de alguien lo bastante inteligente como para ejecutar con éxito una empresa de este tipo?

—¡Vaya que sí! Y, creedme, con toda seguridad no os fallará.

—¿Estáis segura? Porque, os lo advierto, en un caso como este no podemos equivocarnos.

Impera hizo un puchero: a pesar de que quedaba un poco fuera de lugar para una mujer de su edad, conseguía con ello resultar aún más irresistible.

—¿Os he decepcionado alguna vez en todos estos años?

Corsini fingió sopesar la pregunta, pero era puro teatro.

—En efecto, no —concluyó.

—Pues si es así, mi valiente capitán, dejad que yo proceda.

—Entonces… ¿estamos de acuerdo?

—No habríais podido ser más claro. ¿Nos vemos de hoy en una semana?

—Exacto. —Y, según lo decía, temiendo poder caer en tentaciones si se quedaba una vez más en ese lugar de pecado y perdición, y sabiendo que no podía permitírselo en aquel momento, añadió—: Ahora me tengo que ir. Haberos visto ha sido un placer. Como siempre.

—Os agradezco vuestra visita, capitán. Os esperaré aquí dentro de siete días con todas las novedades del caso —lo despidió la cortesana.

Levantando la cortina de terciopelo, Vittorio Corsini abandonó la habitación.

Mientras se marchaba tuvo la irritante sensación de que los ojos de Gramigna se burlaban de él, como si el títere de Imperia estuviera mofándose.

Se prometió a sí mismo hacerle desaparecer ese buen humor en un futuro encuentro.

Aunque tendría que ir con cuidado, porque a pesar de su apodo, Gramigna era un lansquenete y, por lo tanto, pertenecía a la más sanguinaria y despiadada estirpe de luchadores que el mundo hubiera jamás conocido.

9

Malasorte

Aquel día Imperia la había hecho llamar.

Había algo diabólico en aquella mujer. Estaba segura de eso. No te convertías en lo que ella era si no te acostabas con el demonio. Y después de la primera vez, ella se transformó en su puta para siempre. Pero le debía todo a Imperia. Así que salió sin perder tiempo, y se dirigió a la posada La Oca Roja.

Malasorte caminaba por los estrechos callejones del Trastévere: una maraña de callejuelas tortuosas por donde a duras penas cabía una persona. A pesar de que el sol estaba ya alto, los callejones se encontraban desiertos todavía a esa hora, pues los carros no podían recorrer calles tan angostas. Por no hablar de que el final de esos pasadizos era de lo más irregular que uno se podía imaginar: unos ladrillos de arcilla cocida sobresalían como agujas y colocados de cualquier manera, constituyendo la mejor manera de romper las ruedas de los carros.

A Malasorte, ciertamente, eso no la molestaba. Le encantaba perderse por las callejuelas admirando los palacios patricios de fachadas imponentes, para luego, de repente, contemplar una plaza o una iglesia extraña y sorprendente como la de Santa María en Trastévere. ¡Qué espectáculo! Aunque era casi invierno, el sol brillaba en el cielo y una luz cegadora envolvía la plaza. Se quedó admirada al ver la columnata y a continuación las figuras de mosaico en la parte superior de la fachada: una serie de mujeres estaban de pie alrededor de la Virgen María mientras amamantaba a Jesús, cada una con una lámpara. Malasorte no sabía por qué, pero esas figuras le alegraban el día cada vez que las veía. En su mente cobraban vida. Disfrutaba imaginándolas moviéndose, hablando, rindiendo homenaje al niño en una especie de ceremonial silencioso.

Era su secreto: perderse en fantasías imposibles. Mientras soñaba despierta, su mirada se posaba en los puestos de los vendedores ambulantes, los de frutas y verduras y los carteles de las tabernas. La plaza estaba llena de gente. En el patio de la iglesia los plebeyos y los comerciantes se apiñaban en densos grupos, haciendo que el paso fuera casi imposible. Las voces se elevaban en un cálido rumor que parecía desafiar el rigor de la mañana. Nubes blancas de vapor llenaban el aire.

Alguien le silbó. Malasorte traicionó una sonrisa tímida. Estaba en pleno crecimiento y sentía, poco a poco, el efecto que producía en los hombres. No diría de sí misma que era una belleza, pero sabía que tenía la piel fresca y bronceada, rizos negros gruesos y ojos de un verde intenso. Habría querido unos senos más grandes, pero sus largas piernas no pasaban inadvertidas e incluso con un vestido andrajoso y un chal sobre los hombros su figura era hermosa.

Pero también era consciente de que generaba problemas. Su madre siempre se lo decía, desde que era niña, desde que había tenido que cuidar a sus hermanos menores y no daba una en el clavo, al menos según ella. Así que se escapó de casa porque estaba cansada de sermones y de recibir palizas. Se merecía algo mejor.

Durante algún tiempo había vivido al día, cometiendo algunos robos y uniéndose a una pandilla de niños. Pensaban que era lo suficientemente inteligente como para ser admitida entre los *Sorci di Trastevere*. Dormían donde caía la noche, se lavaban poco y vivían de delitos menores. Todo lo que podían conseguir, de una forma u otra, lo compartían.

Habían pasado tres años. Una mañana de primavera, en el mercado de la plaza Navona, gracias a la confusión y la multitud, Malasorte había intentado robar a una mujer muy hermosa, vestida de manera llamativa. Estaba convencida de que lo lograría, cuando se encontró con un hombretón que la había obligado, con solo una mirada, a devolver lo que había sustraído. Supo de inmediato que se trataba de un profesional de la violencia, un guardaespaldas.

Así había conocido a Imperia. Pero, para su gran sorpresa, la cortesana no la había castigado ni, menos aún, la había entregado a los guardias, sino que le empezó a prodigar cuidados. Le había proporcionado un techo y el dinero que necesitaba para sobrevivir. Y le dirigía palabras dulces y amables, incluso por ese nombre suyo que, había admitido, por desafortunado que fuera, resultaba tan magnífico y perturbador como su rostro.

Malasorte le estaba infinitamente agradecida. Le gustaba saber que al menos tenía algo hermoso. Imperia tenía razón:

no conocía a nadie con un nombre como el suyo y aunque todos se santiguaban en cuanto lo escuchaban, no podían negar que no tuviera un extraño encanto. Tanto más si, al mismo tiempo, miraban el rostro fresco y malicioso de la muchachita.

Por eso sonrió al escuchar el silbido de aquel hombre, que la miraba con intensidad. Malasorte estalló en una carcajada y aceleró el paso.

Tras dejar Santa María en Trastévere a sus espaldas se dirigió hacia el puente Sisto. Pasó la iglesia de San Lorenzo de Curtis y prosiguió todo recto a lo largo del callejón Cinque hasta llegar a la plaza de puente Sisto.

Continuó avanzando y alcanzó la altura de los guardias que patrullaban a la entrada del puente. Estaban apostados allí y eran realmente impresionantes con sus grandes espadas en sus cinturones, sus cascos relucientes y sus casacas chillonas. Pero Malasorte pasaba a menudo por allí y ya conocía a toda la guarnición. Había quienes, aprovechando que estaba sola, intentaron algún acercamiento, a veces incluso agresivo, pero Malasorte siempre logró ponerlos en su lugar y ya nadie se había permitido acosarla más. Trabajar en una posada la enseñó a defenderse de inmediato y la niña tenía una lengua larga y suficiente coraje como para escupir en la cara del mismísimo diablo. Entonces se corrió la voz de que era mejor dejarla en paz, que algo había de locura en su cabeza y que ese nombre, tan inusual y extraño, lo tenía bien merecido.

De hecho, con uno de los guardias, Mercurio, Malasorte incluso había trabado una especie de extraña amistad. O quizá para él se tratara de otra cosa. Pero lo que importaba era que cuando estaba él de guardia casi no tenía que detenerse.

También aquella mañana se encontraba allí.

Él la miró como si fuera a comérsela viva, ella le lanzó una mirada irresistible y el joven le hizo señas de que pasara.

En un instante la chica siguió todo recto y se alejó. Si se hubiera apresurado, podría haber llegado en un santiamén a la calle de las Zoccolette, en la orilla opuesta del Tíber.

Sus zapatos medio agujereados arañaban los adoquines del puente cuando, de repente, escuchó a alguien detrás de ella llamándola con una voz infernal. No lo había hecho por su nombre, pero tenía la clara sensación de que se dirigía a ella. Fingió que no había pasado nada y siguió caminando, hasta que, al llegar a la mitad del puente, sintió una pesada mano caer sobre su hombro con tanta furia y energía que la obligó a darse la vuelta.

Notó que tiraban de ella hacia atrás. A punto de perder el equilibrio se movió hacia un lado, tratando de apoyarse en el parapeto, pero no pudo hacerlo y terminó chocando contra él.

Fue entonces cuando lo vio.

10

Guidobaldo II della Rovere

—Maestro Miguel Ángel, no creo que tenga que recordaros cuánto os ha pagado mi familia a lo largo de los años para llevar a cabo el monumento mortuorio de mi querido tío abuelo Juliano. ¡Por no mencionar que, a decir verdad, cabría añadir todas las comisiones que habéis recibido de él y que os han convertido en uno de los hombres más ricos de Roma! Ahora bien: no pretendo que ejecutéis todas las estatuas de la tumba. Mi familia abandonó esa hipótesis hace algún tiempo. No creo que sea una coincidencia que hayamos aceptado que la *Virgen*, la *Sibila* e incluso el *Profeta* fueran realizados por Rafael da Montelupo. Recurrimos a ello con el único propósito de facilitar vuestro trabajo. Pero, por esta y otras razones, tenéis que completarlo en los próximos dos años. ¡Este proyecto lleva esperando su final una eternidad!

Guidobaldo II della Rovere estaba lívido de rabia. A duras penas lograba contener el rencor que había albergado y alimentado durante todos esos años. Era evidente que odiaba tener que lidiar con tales asuntos: era un soldado y, como tal, la persona menos adecuada para hacer negocios así. Por otro lado, estaba claro cuánto deseaba a toda costa que se cumpliera el compromiso que el artista había adquirido con su célebre tío abuelo.

Miguel Ángel lo miró directamente a los ojos. Estaba cansado y sudoroso. Había cabalgado sin descanso durante todo el día. Habría preferido no conocer a Della Rovere, pero también sabía que no podría evitarlo permanentemente. Por lo tanto, después de seleccionar mármoles y desbastarlos se aprestó para ir a Rovigo. Esa reunión había sido programada hacía algún tiempo y sabía que no podía faltar. No le tenía miedo a Guidobaldo ni pretendía agachar la cabeza solo porque hubiera recibido y retenido los pagos que se le debían.

—Entiendo lo que decís —respondió—, pero sabéis muy bien que fue vuestro tío quien me pidió que comenzara el proyecto de la tumba y luego me encargó uno completamente diferente. Habíamos ideado un entierro majestuoso, imponente, que debería haber encontrado un lugar en la basílica de San Pedro, pero apenas un año después él mismo cambió de opinión, y abandonó ese primer proyecto por considerarlo de mal augurio. ¡Y todo esto a pesar de que me lo había pedido! ¡Y después fui a Carrara a comprar y elegir personalmente los mármoles, desbastarlos y hacerlos llegar a Roma!

—Con el dinero que os pagó el pontífice.

—¡Por supuesto! ¿Con qué otro dinero se supone que lo tenía que haber hecho?

—Maestro Miguel Ángel, ¡sois realmente un hombre extraño! Incluso admitiendo que lo que decís es cierto, ¡esto no justifica los sucesivos incumplimientos! Os recuerdo que el siguiente contrato, el segundo, requería que se completara el trabajo en el plazo de los siete años posteriores a la nueva asignación. Y ni siquiera en ese caso pudisteis hacer honor al encargo.

Miguel Ángel negó con la cabeza. No era justo, pensaba. Guidobaldo lo reducía todo a su congénito comportamiento incumplidor, pero la situación era mucho más compleja de lo que decía.

—Aunque fuera como vos decís, y ese no es el caso en absoluto, os recuerdo que el dinero proporcionado ni siquiera me permitió sobrevivir. Fue una tontería aceptar la cláusula de exclusividad en el contrato, y más teniendo en cuenta el hecho de que la suma inicial se había reducido de forma considerable. Me vi obligado a aceptar nuevos trabajos porque con la tumba ciertamente no habría podido alimentar a mi familia. Y vos lo sabéis bien.

—No entiendo —dijo Guidobaldo II della Rovere alzando la voz—. Os quejáis de ganar poco y sin embargo mi familia os ha pagado miles de ducados a lo largo de los años. Otro hombre con esa cantidad viviría como un príncipe. Y miraos, parecéis un mendigo —añadió, contemplándolo con desdén—. Venís aquí con esa barba sucia y ese pelo enmarañado. Y a pesar de tener la culpa, incluso albergáis un odio inconcebible. ¡Lo puedo ver en vuestros ojos!

Aquella fue la gota que colmó el vaso.

—¡Tengo la barba sucia, ciertamente! ¡El pelo enmarañado! ¿Y sabéis por qué? Porque vine corriendo aquí, poniendo a mi caballo a galope pleno, después de haber estado en el Monte Altissimo para elegir una vez más el mármol con el que hacer las estatuas. ¡Una vez más! ¡Como hace cuarenta años!

Guidobaldo lo miró con desprecio. Ese día llevaba una magnífica armadura de cuero, adornada con oro, debajo de la cual se podía vislumbrar una camisa de seda roja. Los calzones acolchados, también de color escarlata, completaban su atuendo tan ceñido y magnífico que parecía más apropiado para un hombre aficionado a los desfiles que a la guerra. No obstante, Miguel Ángel se mordió la lengua porque sabía que no podía atacar al capitán general del ejército veneciano de Tierra Firme más de lo que ya lo había hecho. Hasta el salón en el que fue recibido revelaba sin medias tintas el esplendor en el que vivía Guidobaldo: muebles en madera de roble, finamente tallados, una mesa ricamente decorada, bustos en mármol blanco de Carrara y frescos en las paredes. Y ese hecho le molestó muchísimo: aquella exhibición de riquezas y posesiones le parecía inmoral, como siempre, ofensivo para todos aquellos que ni siquiera tenían qué comer. Y en Polesine había muchos pobres, incluso más que en Roma, si tal cosa era posible: poblaban el campo, se apiñaban en pequeñas chozas, se hacinaban en cuartos diminutos y malolientes, condenados a infiernos cotidianos por completo desconocidos para familias como los Della Rovere.

Resopló, porque deseaba con todo su corazón estar en otro lugar. Pero no podía. Ese proyecto se había convertido ahora en la gran tragedia de su vida y le resultaba imposible escapar de él: era una maldición, una condena, una tarea que parecía haberle sido encomendada por el mismísimo diablo.

—Esta vez los papas no os podrán salvar, ¿lo tenéis claro?

Os habéis arriesgado a ser juzgado varias veces por vuestra vergonzosa falta de palabra. Por lo tanto, espero que esculpáis las estatuas que os han sido confiadas y superviséis a vuestros trabajadores para que completen la tumba a tiempo. Seré vuestro perro guardián, ¿me entendéis? ¡No os quitaré el ojo de encima! ¡Tenéis mi palabra!

Miguel Ángel asintió. Estaba muy cansado. Notó que le temblaban las piernas, en tanto que los escalofríos parecían congelar su espalda. Tuvo que apelar a toda su energía restante para mantenerse en pie. Le subía la fiebre a los ojos y su visión se fue nublando gradualmente. Apretó los dientes hasta que rechinaron.

—Juro que tendréis lo que pedís. Ahora, si no hay nada más que queráis decirme, os ruego que me dejéis marchar.

Guidobaldo parecía querer incendiarlo con la mirada. Debía de haberse dado cuenta de que quedarse allí lo hacía sufrir porque se tomó todo el tiempo necesario para autorizarlo a salir. Miguel Ángel permanecía quieto, inmóvil. También podría haber dado la espalda a su interlocutor y atravesar la puerta, pero tal elección habría sido equivalente a una declaración de guerra y no quería empeorar las relaciones, al menos no hasta el punto de arriesgarse a llegar a las manos.

Sabía que, a estas alturas, Guidobaldo solo soñaba con llevarlo a los tribunales o, mejor aún, con tener la excusa para poder clavarle un buen par de palmos de hierro en el pecho.

Estaba exasperado.

Se le veía en la cara.

Al final el capitán debió de sentir algo de piedad hacia él, puesto que le hizo una seña con el rostro.

Miguel Ángel se giró y estaba a punto de llegar a la salida cuando Guidobaldo lo detuvo.

—Esperad —exclamó—. Tengo que deciros una última cosa.

Permaneció quieto.

—El *Moisés* —dijo—, lo quiero para la sepultura de mi tío.

Sin pensarlo siquiera, Miguel Ángel se dejó llevar por una furiosa desesperación:

—Pero ¿cómo me podéis pedir eso? Si ya lo sabéis perfectamente: la estatua es demasiado grande, ¡nunca entrará en los huecos de la cornisa!

—Tenéis razón, por supuesto, por eso lo quiero para el hueco central. Si no encaja, lo adaptaréis. Cómo lo hagáis no es mi problema en este momento. ¿No os parece? ¡Ya ha disminuido considerablemente el valor de la obra al encargar tres estatuas a Montelupo! Y como es cierto que estuvimos de acuerdo en cuatro de vuestras estatuas, entonces como última quiero a *Moisés* y ninguna otra, ¿entendido? Si os negáis una vez más, debéis saber que vendré a buscaros y lo haré con un solo motivo: mataros. No me importa lo que pase después. Me basta con asegurarme de arrancaros esa cabeza bastarda del cuello.

Miguel Ángel miró a Guidobaldo como si fuera a estrangularlo. Lo odiaba. Sin medias tintas. Si pudiera, le habría hundido en el cuello una daga y se lo habría cortado.

En cambio se quedó en silencio.

La herida reciente palpitaba como si estuviera viva, dispuesta a devorarlo por dentro. Sintió cierta complacencia. Porque ese dolor tan intenso, agudo, le recordaba una vez más en qué infierno se había convertido su vida. Se aferró a ese sufrimiento, porque era bienvenido, porque en la última mirada que le lanzó a Guidobaldo concentró todo el resentimiento que le infligía ese dolor fresco, inmediato y desgarrador.

Después le dio la espalda.

Llegó a la puerta y, al salir, dio un portazo tan fuerte que de milagro no la hizo pedazos.

11

El estilete

Malasorte había sentido una mano gigantesca apretar su hombro. Un momento después se vio empotrada contra la barandilla del puente Sisto. El Tíber había permanecido en sus ojos por un momento, grabado en una astilla azul, una cinta que desapareció inmediatamente después, cuando el dolor alcanzó todos los rincones de su cuerpo.

Tan pronto como golpeó la piedra, el aire salió de su garganta a borbotones gélidos. Había sentido un dolor infinito, lancinante, en la espalda, y acabó desplomada en el suelo. Ni siquiera había tenido fuerzas para pensar.

Se puso de nuevo de rodillas con gran esfuerzo, mientras encima de ella alguien la asaltaba con palabras pronunciadas en un lenguaje duro y violento. No entendía su significado, pero conocía ese aliento del infierno: era el lenguaje de los lansquenetes, un idioma que se parecía mucho más al ladrido de un perro que a las palabras de un hombre.

Miró por encima del hombro y vio a un soldado vestido de vivos colores. La chaqueta de cuero acolchada corta lucía al menos cuatro colores diferentes: amarillo, azul, rojo y verde. Tenía un gran bigote caído y cabello largo y sucio sobre el que llevaba un sombrero de fieltro de ala ancha con cuatro plumas de los mismos colores que la chaqueta. Ojos claros y crueles que la contemplaban, ojos que se habían vuelto líquidos por la intoxicación provocada por el vino.

El hombre se acercó a ella sin dejar de tocarse la entrepierna por encima de los ajustados pantalones de lana: una expresión vulgar en medio de su rostro decía exactamente lo que pretendía hacer.

Con la garganta atenazada por el terror, Malasorte no fue capaz ni de gritar. Emitió un jadeo ronco. A la desesperada se llevó la mano al bolsillo interno del corpiño.

Ya tenía al lansquenete encima, con una mano extendida hacia ella, cuando, encomendándose al estilete, Malasorte reaccionó a ciegas, con la esperanza de mantenerlo alejado.

Apareció un filo brillante. Dibujó un arco bermellón profundo en la palma izquierda del lansquenete. La sangre brotaba, tiñendo la piedra del puente con una lluvia púrpura. Decenas y decenas de gotitas rojas salpicaban el parapeto y la cara de Malasorte.

Un grito atravesó el aire mientras el lansquenete se alejaba unos pasos, apretando su mano izquierda con la derecha: sus ojos reflejaban incredulidad, como si no quisiera aceptar lo que acababa de suceder. Los dientes, apretados por el dolor, se parecían a los de una bestia. Malasorte se estaba poniendo de pie, manteniéndolo a distancia. La muchacha sostenía el brazo extendido: la hoja relucía en su mano. Delgada como una caña, acurrucada sobre sí misma y lista para saltar. Ahora que había golpeado al lansquenete, el miedo había dado paso a una agresividad inesperada y sorprendente, algo que le resultaba completamente ajeno y que en cambio parecía poseerla en ese preciso momento: el rostro de Malasorte se transformó por completo; una mueca inquieta se le dibujaba en el labio, su mirada estaba petrificada. La ira pareció crecer a su alrededor en un aura gélida, como si el aire frío de la mañana de otoño la hubiera rodeado de repente, dirigida por la voluntad de una diosa guerrera.

El lansquenete desenvainó con la derecha su pesado *Katzbalger*, una espada conocida como «destripagatos», mientras la izquierda seguía sangrando. Malasorte retrocedió. La espada del oponente tenía una hoja ancha y mucho más larga que la de su daga.

El lansquenete avanzaba, una sonrisa emergía en su rostro. Escupió en el suelo. Sabía que ahora tenía a esa maldita niña a su merced. Empezó a aproximarse a ella, pero cuando estaba a punto de dar el primer sablazo, con el que tenía toda la intención de despedazarla, alguien lo detuvo.

—No os atreváis a tocarla —gritó una voz.

Malasorte abrió mucho los ojos y el lansquenete, volviéndose, hizo lo mismo. Dos guardias corrieron hacia ellos. La niña reconoció a Mercurio, que poco antes la había saludado.

Estaban a poca distancia del lansquenete. Le apuntaron con sus espadas. Mercurio, a modo de precaución, también puso a punto el cañón de una pistola de rueda: el lansquenete lo vio frente a sus ojos, el arma parecía lista para disparar la bola de plomo directamente al centro de su frente.

—Dejadla en paz, señor —gritó Mercurio—. O juro por Dios que os arrepentiréis de haber nacido. He visto lo que habéis hecho y no vais a salir de esta.

El otro policía avanzó sobre él, desenvainando su estoque, la hoja de su espada ropera, que parecía alargarse hacia su pecho.

Un tercer hombre se aproximaba desde el lado opuesto del puente Sisto.

El lansquenete parecía pensar en lo que Mercurio le había gritado. Por un momento hizo amago de dejarlo ir, pero justo cuando el guardia creía que se rendiría, se lanzó hacia adelante, se desvió hacia un lado, hizo que el contragolpe del oponente quedara en el aire y ensartó la *Katzbalger* directamente en su pecho, atravesándolo de lado a lado. Con un grito inhumano colocó su mano izquierda sangrante sobre la caja torácica del guardia. La había partido en dos. Luego empujó. Con la derecha extrajo la espada: la hoja se deslizó inquietantemente entre la piel y la pesada chaqueta de lana.

El guardia cayó sobre el pavimento del puente Sisto sin emitir ni un quejido. En el instante exacto en que se desplomó sin vida en el suelo, Mercurio disparó.

Malasorte vio el destello anaranjado del disparo, escuchó el rugido del trueno mientras un hilo gris de humo se enroscaba en el aire formando una pequeña nube.

La bala alcanzó al lansquenete en la mandíbula, arrancándole la mitad de la cara, en una explosión roja de carne y blanco de hueso. Mercurio sacó su espada, pero pronto se dio cuenta de que no sería necesaria. Su adversario soltó la *Katzbalger*, que aterrizó en los adoquines con un siniestro tintineo, luego se tambaleó hacia el parapeto. Su mano derecha hacía presión sobre la aterradora herida, su rostro completamente desgarrado, toda la mandíbula derecha pulverizada.

El lansquenete miró a Malasorte. Algo gorgoteó entre

burbujas de sangre y fragmentos de hueso, luego sus piernas parecieron ceder con estrépito. Se agarró a la barandilla con los brazos y, con un último esfuerzo, se incorporó. Se balanceó por un momento y finalmente cayó, hundiéndose en el Tíber.

Malasorte se quedó sin habla. Inmóvil sobre el puente, miró a Mercurio.

—Vete —le dijo—. ¡Vete! ¡Dejadla pasar! —gritó de inmediato en dirección a los demás guardias de la otra orilla.

Los otros asintieron.

—¡Lárgate de aquí! —gritó de nuevo Mercurio a Malasorte—. No hay nada bueno para ti aquí, ¿lo has entendido? Solo desventura y tormento. Justo lo que sugiere tu nombre.

La voz del joven guardia parecía ahora querer alzarse hasta el cielo azul de Roma.

La muchacha pareció volver en sí. La luz retornó a sus ojos verdes. Y se metió el estilete en el corpiño.

Se giró y se puso a correr con todo el aliento que le quedaba.

12

Obsesión

El yeso estaba enmohecido.

No podía entender por qué, pero era así. Con solo mirarlo estaba claro que, en esas condiciones, ya no podría pintar ni una sola figura. Sin embargo, había elegido con sumo cuidado al equipo designado para trabajar con él: Francesco Granacci y Giuliano Bugiardini, Aristotile da Sangallo y Agnolo di Donnino. Eran florentinos y estaban perfectamente familiarizados con todos los trucos de la buena pintura al fresco. Con algunos de ellos, Miguel Ángel se había formado en el taller de Ghirlandaio en Florencia. Granacci, en particular, era un buen amigo y había hecho suyos todos los secretos de la pintura, hasta el punto de convertirse en uno de los artistas más cotizados en la corte del Magnífico. E incluso después, a pesar de los cambios de poder, encontró multitud de clientes y había logrado prosperar.

También era por eso por lo que Miguel Ángel estaba seguro de que podía vencer al demonio de la pintura. No se lo había confesado al papa, pero estaba aterrorizado. Todo lo que Bramante le había susurrado al oído a Julio II era cierto. Con palabras acarameladas, para tapar el veneno que inculcó como la serpiente que era, Bramante había intentado robarle el encargo, alegando que era escultor y no pintor. Y tenía razón. Y a pesar de los andamios, las cerchas, los bosquejos previos, el granulado esparcido por la bóveda, Miguel Ángel ahora ya no sabía seguir adelante.

Y el yeso estaba enmohecido.

Veía las figuras deteriorarse. Ese *Diluvio* que tanto le había costado, por el que perdió la vista y casi se había roto los brazos en un intento de trasladar a esa maldita bóveda las figuras imaginadas.

Había dividido la escena en treinta partes, el yeso en treinta porciones, distribuidas en otras tantas jornadas. Pero había terminado el *Diluvio universal* y era evidente que el yeso no mantenía el color y que los pigmentos eran devorados por el moho: avanzaba como una sombra maloliente y se tragaba su obra.

Miguel Ángel no lograba entender por qué.

El yeso estaba enmohecido.

Y le reconcomía alma, el corazón y la mente, y el miedo crecía dentro de él como una marea ululante que le reventaba los tímpanos. Y habría querido tan solo dormir, descansar en su casa de Macel de Corvi. No haber aceptado jamás ese trabajo que le arrebataba la vida, que lo consumía entero, día tras día, en una capilla que era solo una prisión, una jaula en la que se había encerrado, con el único propósito de desautorizar a Bramante.

Qué idiota había sido.

El yeso estaba enmohecido.

Y ratificaba su derrota, su fracaso, la vergüenza que lo

ahogaría, gritando al mundo que Miguel Ángel no era capaz de pintar.

La masa no era la correcta.

Florencia era el problema. Había cometido un error creyendo que podía enfrentarse a Roma con un grupo de florentinos.

Pero a Roma había que conquistarla desde dentro.

El yeso estaba enmohecido.

El trabajo estaba paralizado. Y las manos le dolían como nunca. Y las piernas estaban sin fuerzas y cansadas. La espalda parecía que se le iba a quebrar.

Y ahora…, ¿qué iba a ser de él? Estaba desesperado.

Se despertó empapado en sudor.

Miró a su alrededor. Estaba en casa. Se había quedado dormido en el catre de su taller. Todavía estaba en la capilla Sixtina. Aún soñaba con aquellos momentos de puro terror que había vivido años atrás, cuando descubrió, a su pesar, que se había equivocado en todo; cuando la mezcla de puzolana y travertino para el yeso había revelado gigantescas diferencias en proporciones y calidad respecto a la arena del Arno y la lima margosa…; cuando tuvo que expulsar a los florentinos a los que había llamado para trabajar con él.

Y ahora, con los ojos abiertos, contemplaba su nueva obsesión: la estatua de Moisés. La había canjeado junto con otras tres y la suma de mil cuatrocientos escudos para librarse del quebradero de cabeza de la tumba.

Estaba muy orgulloso de su trabajo: los pliegues de las túnicas, la mirada austera del libertador del pueblo de Israel de Egipto, la barba larga que se parecía tanto a la suya. Miguel Ángel miró esa estatua y, al hacerlo, sintió que quería ser como Moisés: tener la estatura moral, la fuerza interior, la confianza de un pueblo en sus manos. Pero sabía que había traicionado sus ideales incluso antes que a sus amigos.

Y en aquellos días Vittoria Colonna le ofrecía la posibilidad de redimirse, de salvar su alma, poniendo el arte al servicio de Dios, de una manera que nunca había aceptado del todo pero que ahora, en cambio, pretendía perseguir con todas sus fuerzas.

Por eso había ido a Carrara, por eso incluso se había enfrentado a los lobos y, posteriormente, había mortajado los bloques de mármol blanco. Y de nuevo, siempre con el mismo objetivo, había corrido donde Guidobaldo II della Rovere para firmar ese sexto contrato.

El último.

Trabajaría en esas estatuas de otra manera: más simple, más sincera, pura. Sería la ocasión de acercarse a Dios.

Lo necesitaba infinitamente.

Después de la envidia que sintió por Leonardo cuando vio por primera vez el esbozo primero de la *Batalla de Anghiari*, preguntándose si alguna vez le sería posible dibujar mejor que él; después de haber odiado a Perugino porque se atrevió a criticar los cuerpos desnudos de los soldados en su *Batalla de Cascina*; después de que Rafael hubiera sido celebrado como el *summum* del arte romano, relegándolo a un segundo plano cuando aún estaba macerándose entre los muros de la Sixtina, Miguel Ángel se prometió a sí mismo que pintaría única y exclusivamente para la gloria de

Dios y nunca, nunca más, para demostrarse a sí mismo y al mundo que era el mejor artista de su tiempo. Solo Dios habría sido el testigo silencioso de su amor por el arte. Le ofrecería los frutos de su trabajo. A nada más, a nadie más. A ningún papa, príncipe, monarca. Tampoco a sí mismo, a esa estúpida vanidad suya que, diabólicamente, lo miraba a los ojos y lo obligaba a hacer lo que quería, convirtiéndolo así en esclavo de los peores instintos y las más profundas bajezas.

Miró a Moisés a los ojos.

Finalmente sonrió, porque por primera vez desde hacía mucho tiempo se sentía en paz.

13

Concibiendo el engaño

Imperia la miraba de reojo. Sus grandes y maliciosos iris brillaban bajo las largas pestañas negras. Malasorte sabía que, a pesar de fingir interés por los papeles de su escritorio, la cortesana quería conocer su reacción.

—Y entonces... ¿cómo es que tardaste tanto?

—He tenido un contratiempo —respondió Malasorte que tenía todavía en el fondo de sus ojos el rostro del lansquenete destrozado por el disparo, la pulpa roja de sangre y blanca de hueso que salpicaba todo alrededor. Cerró los ojos en el intento desesperado de desterrar ese pensamiento.

—¿Algo malo? —preguntó Imperia, que debía de haber intuido la turbación de la muchacha en cuanto entró y que ahora parecía jugar con ella. La cortesana ejercía de aquel modo su poder: haciendo entender a su propia sierva que sabía que algo no iba bien, pero manteniéndola en ascuas hasta que le dejaba caer una pregunta directa como un golpe de espada.

Malasorte decidió que no tenía ganas de esperar y lo escupió todo.

—Me han agredido mientras venía para aquí.

—¿Quién fue?

—Un lansquenete.

Imperia enarcó una ceja.

—¿Nada menos?

Malasorte asintió.

—Pero estás viva.

—De milagro.

—¿Qué es lo que te he enseñado todos estos años?

—Que los milagros no existen.

—Muy bien. ¿Y entonces?

—Me he defendido.

—¿Con qué?

—Con esto. —Y, mientras lo decía, Malasorte extrajo el estilete del corpiño.

Imperia sonrió.

—Magnífica, mi niña. Has aprendido deprisa. Sabía que eras la persona indicada para la misión que estoy a punto de confiarte.

Esta vez fue el turno de Malasorte de interrogar a la hermosa cortesana con la mirada.

—Ayer me hizo una visita el jefe de los guardias del Santo Oficio, el capitán Vittorio Corsini —prosiguió Imperia.

Malasorte no sabía quién era.

—¿Qué quería? —se limitó a preguntar.

—Me ha pedido que hiciera seguir de manera habilidosa y astuta a la marquesa de Pescara. Quiere una persona fuera de toda sospecha, alguien a quien no puedan descubrir, inefable y silenciosa, como solo puede serlo una ladrona. Y bien sabemos cuál era tu antigua ocupación antes de que te tomara bajo mi protección, ¿no es así, mi querida niña? ¿Y no ha sido precisamente esa profesión tuya la que te garantizó rapidez de reflejos y presencia de ánimo para enfrentarte esta mañana al lansquenete?

—Eso y una buena amistad con uno de los guardias del puente Sisto.

Imperia se quedó sin palabras. Luego aplaudió.

—Malasorte, te juro que eres una caja de sorpresas. Esta se la tengo que contar a ese pajarraco de Gramigna. Estoy sinceramente perpleja... Y complacida, lo tengo que admitir. ¡Magnífica por partida doble! Entonces... ¿estás dispuesta?

—¿A seguir a la marquesa de Pescara?

—Seguirla y contarme lo que hace, dónde va, con quién se ve, cuáles son sus costumbres y sus actividades, todo aquello que guarde relación con ella, en definitiva.

—No tenéis más que pedírmelo, señora mía.

Ante esa declaración Imperia se puso en pie, apartó el elegante sillón en que estaba sentada y rodeó el escritorio.

Se acercó a Malasorte. La acarició una mejilla.

—Eres tan bella, niña mía —le dijo—. Nadie podrá resistirse a ti, sea hombre o mujer. Pero para convertirte en fascinante y hábil al mismo tiempo, hice que mi sastre personal te preparara un par de cosillas.

Y al decirlo, Imperia señaló a la muchachita un cofre en mástique.

—Gira la llave y abre.

Malasorte hizo lo que le pedían.

Cuando levantó la tapa vio telas de espléndidos colores brillando ante sus ojos.

—Ánimo —le dijo Imperia—. ¿A qué esperas? ¡Cógelas!

Malasorte hundió las manos en el cofre y extrajo la ropa depositada en él. Eran dos atuendos maravillosos o, mejor dicho, el primero lo era y estaba compuesto por una blusa de lino, un corpiño y una larga falda de raso celeste y zapatos del mismo color. El segundo Malasorte no logró entender exactamente de qué se trataba. Para ayudarla, Imperia lo cogió entre sus manos y lo desplegó sobre el escritorio.

Cuando lo vio, la muchacha se percató de que se trataba de una especie de traje, negro como la noche: una blusa, una chaqueta de terciopelo y unos pantalones ajustados con unas botas altas hasta la rodilla, un corpiño también negro. Por último, Imperia sacó una máscara de terciopelo del mismo color.

—Tendrás el color de la oscuridad porque en la oscuridad es donde te moverás. Pero tendrás un vestido celeste para el día, para mostrarte a la luz del sol y ser hermosa sin despertar excesivas sospechas en las personas que te encuentres. Sin embargo, para ella, para Vittoria Colonna, tendrás que ser una sombra invisible.

Malasorte asintió en silencio, pero por dentro saltaba de alegría. Dos vestidos maravillosos, y solo para ella, eran un tesoro que jamás había poseído.

—Ah —prosiguió Imperia—. También está lo otro, obviamente.

Y según lo enunciaba volvió al escritorio y, con una doble llave que llevaba al cuello, activó un extraño dispositivo que dejó entrever una cerradura. Al meter la segunda llave, la cortesana extrajo un bulto bastante voluminoso. Al desenvolverlos de la tela que los protegía, Malasorte descubrió dos puñales de reluciente belleza.

—Eso es —concluyó Imperia—. Ahora tu equipamiento está ya completo. No creas que me pasó inadvertida tu habilidad guerrera. Antes de que entraras a mi servicio ya te había mandado observar y sabía que eras rápida con la espada, aunque no contaba con que le echaras tanto valor como para enfrentarte a un lansquenete. ¡Venga, ánimo, y muéstrame tu viejo puñal!

Sin responder, Malasorte sacó del bolsillo interno de su bolsillo el estilete, haciéndolo resplandecer de improviso.

—Pues no está nada mal —exclamó Imperia girando la hoja entre las manos—. Incluso está bien afilado —añadió con un deje de satisfacción—. No estaba segura de si superarías la prueba, pero, como habrás comprendido, este es un mundo cruel. Vivir o morir: si no eres capaz de resolver los imprevistos de la vida, entonces ¡pereces!

Malasorte abrió mucho los ojos.

—¡Me podían haber matado! ¿Os dais cuenta? —dijo fuera de sí.

Pero la cortesana ni se inmutó.

—En absoluto, solo le pedí que te asustara.

—Os aseguro que no fue así.

Imperia liquidó la conversación con un pestañeo y dando una manotada al aire le dijo:

—Menos quejas.

—Y, de todos modos, un hombre ha terminado asesinado.

—Un lansquenete menos…, ¡menuda pérdida! —La voz de Imperia sonó burlona—. Tenía que estar segura de que lograrías afrontar las dificultades.

—¡Y también un guardia!

—Si es preciso, lo silenciaré todo. No hay boca que no pueda ser comprada con dinero.

Malasorte suspiró: Imperia parecía tener una respuesta para todo.

—Como os he dicho, uno de los guardias me ayudó —insistió.

—¿Y qué? ¡Pues mucho mejor! Significa que eres capaz de encontrar aliados incluso dentro de la ley. Pero, perdona, ¿qué hay mejor que eso? Ahora calla y escucha.

Malasorte obedeció. Miró los puñales que Imperia le había entregado: eran hermosísimos, tenían largos y afilados filos, las empuñaduras estaban bien labradas y cada una de ellas llevaba un rubí engastado en el pomo.

—Te estás preguntando por qué hago todo esto por ti, ¿no es verdad?

—Puesto que lo preguntáis, la respuesta es «sí» —se limitó a afirmar la muchachita. Había comprendido que Imperia había dado por cerrado el asunto del lansquenete. Y cuando esto sucedía era mejor no llevarle la contraria.

—Porque me gustas, mi niña. Porque en ti veo algo mío de cuando era joven. Y descubrirás que la emoción y la ternura son elementos típicos de la vejez. Y sabe Dios lo vieja que ya soy…

—No lo sois en absoluto.

—Pues resulta que sí. Con la vida que he llevado he vivido el doble. Y creo que te ocurrirá a ti lo mismo, pero al menos por un tiempo serás joven. Y, además, desearía salvarte de todo aquello que yo he tenido que pasar. Si pones atención, confiando en tu capacidad y atesorando los dones de los que Dios te ha provisto, podrás incluso hacerte rica. Toma esto —continuó Imperia y, abriendo la mano de Malasorte, le puso en ella una bolsita de piel tintineante—. Para hacerme perdonar… por el mal trago que te hice pasar esta mañana. Son cincuenta ducados. Utilízalos bien. Cuando se hayan terminado tendrás otros tantos.

—Gracias, señora mía.

—No me des las gracias, te lo has ganado. Y además te servirán para la misión que te aguarda.

—De acuerdo.

—Ahora, querida mía, es hora de que te vayas. Vuelve dentro de una semana. Espero que me traigas noticias. Todo el mundo es útil pero nadie es indispensable, así que apáñatelas bien porque, lo creas o no, tengo una lista de sicarios dispuestos a trabajar para mí por mucho menos. No me decepciones, pues lo que te he dado es una gran oportunidad, pero si fallas no puedes imaginarte la que te espera.

Malasorte asintió en silencio. Nada se ganaba hablando con Imperia en momentos como aquellos. Hizo una reverencia y después se dirigió a la salida.

Mientras la contemplaba alejarse, la cortesana vio el estilete sobre el escritorio. La muchacha había olvidado su viejo puñal.

No pasa nada, pensaba Imperia, más pronto o más tarde se lo iba a devolver. Por el momento lo guardaría en lugar seguro. Su escritorio parecía perfecto. Quién sabe, tal vez un día aquel estilete se revelaría útil.

14

San Pietro in Vincoli

Las estatuas del monumento parecían estar mirándolo. Pero, en sus ojos, Miguel Ángel era incapaz de atisbar vida. Por duro que fuera, Montelupo no había conseguido infundir en ellas ni una gota de humanidad. Y el Urbino, incluso menos que él.

Y sin embargo la estatua dedicada al papa guerrero que Miguel Ángel había logrado terminar hacía poco mantenía una centralidad alienante y albergaba en la mirada una suerte de duda que reflejaba de manera inequívoca las preguntas y las incertidumbres que en aquellos días él mismo iba madurando.

Miguel Ángel se dio cuenta de que había proyectado en la figura que estaba a punto de levantar tal cúmulo de inquietudes y miedos que, al verla, Guidobaldo II no lo habría dejado de advertir.

O al menos eso era lo que a él le parecía.

¡Qué diferente era Julio II en esa imagen! El hombre que había ocupado el trono de san Pedro con una determinación y autoridad poco comunes, y no obstante haciendo un uso amplio del nepotismo y la corrupción. Había abolido la simonía, es bien cierto. Pero, al mismo tiempo, no se había negado a vender los cargos de cardenal por diez mil ducados cada uno, cuando tuvo que financiar su propia guerra contra los franceses.

Sin embargo, en esa incertidumbre de la mirada, tallada en mármol blanco, Miguel Ángel sentía que había captado la esencia de Roma y su propia y frágil fe. Porque eso era precisamente lo que le asustaba: ya no podía encontrar a Dios en aquellos tiempos llenos de sangre y locura.

¿Y cómo iba a hacerlo? Solo unos días antes, tras regresar a Roma desde Rovigo, se había encontrado, a petición del papa Pablo III, con el cardenal Giovanni Maria Ciocchi del Monte, que quería hablar con él desde hacía algún tiempo. Debía pedirle algo. Tan pronto como lo vio, Miguel Ángel se dio cuenta de quién era realmente el hombre que tenía delante. Todo lo que lo rodeaba en su propia casa denunciaba, o mejor gritaba, su lascivia, lo que resultó más evidente cuando vio al joven de hermosos ojos profundos y labios carnosos que caminaba por la casa. Tan pronto como apareció Innocenzo todo le quedó claro. Él mismo entendía lo que significaba tener un cuerpo joven y bien formado, constantemente vigilado y al alcance de la mano. El Urbino, su asistente, tampoco era menos guapo que ese chico pero, al menos, era un hombre joven. Con el añadido de que, con sacrificio y renuncia, Miguel Ángel había sabido controlarse. Nunca había tocado al Urbino, aunque sus atenciones y sus anchas y bien torneadas espaldas ciertamente no le resultaban indiferentes. Y tan solo por haber sucumbido a tales pensamientos, Miguel Ángel se despreciaba a sí mismo. Y se fustigaba la espalda bajo las furiosas tiras del látigo con que se castigaba a sí mismo por su indecencia.

Por tanto, después de todo, él no era muy diferente de aquel cardenal.

Y sin embargo muchos sostenían que Innocenzo era el hijo que había tenido Giovanni Maria con una mujer de la calle y que, más tarde, lo había metido en su propia casa atribuyéndole la paternidad a su hermano Baldovino.

Si bien Miguel Ángel no podía estar del todo seguro, no había dejado de percibir la verdad y, en el momento exacto en que la consciencia se apoderó de su corazón, no había logrado contener un profundo disgusto hacia aquel hombre.

Porque aquella concupiscencia vergonzante, reluciente de saliva y de palabras aflautadas, escondida tras rotundas y alusivas fórmulas, no podía más que reafirmar su papel de siervo de una Iglesia que se había extraviado.

Entonces…, ¿era verdad lo que se decía de Del Monte? Como para confirmar aquellos pensamientos odiosos y confusos suyos, Miguel Ángel había contemplado un gran lienzo sobre la pared del hermoso salón en el que lo habían recibido. Representaba a un cardenal, instalado en un asiento de madera, ricamente tallado y con incrustaciones de oro, con dos jóvenes monaguillos a los lados: tenían mejillas pálidas y suaves, teñidas con un toque enrojecido de pudor, labios como capullos de rosa y con cuerpos ágiles y hermosos. Miguel Ángel no tardó mucho en notar cómo el cardenal se regodeaba mirando ese cuadro. Y, lo que es peor, se había dado perfectamente cuenta de lo mucho que se había esforzado por complacer a Innocenzo, una vez que este apareció por allí.

Lo iba a odiar a partir de aquel momento y, cuando por

fin se pudo marchar, se prometió a sí mismo tener bien presente todo cuanto había visto.

Y ahora que se encontraba delante de la estatua de Julio II advertía, casi por reacción, que había esculpido una figura que en su pura esencia parecía querer volver a la mesura extraviada, a la simplicidad negada en aquellos años de vicio y perdición.

Así, la tiara que había concebido él, lejos de estar adornada con las muchas piedras preciosas que Julio II había hecho añadir para enriquecerla aún más, por el contrario, mantuvo una sobria elegancia, tal como aparecía en el escudo de armas de Della Rovere, y otro tanto hizo con el atuendo: una túnica ligera que se adhería suavemente a los anchos hombros y al musculoso pecho. El tronco de la figura estaba torcido en una pose que tenía el efecto de que la estatua no resultara imponente a la vista por su tamaño, debido a la reducción de las dimensiones del monumento deseado por los herederos de Julio II. Y por eso, en los espacios permitidos, incluso comparando con los que se habían concebido originariamente, Miguel Ángel había inventado soluciones audaces.

Pero para ser del todo honestos, en aquellos días no le disgustaba aquella reconfiguración de la obra y no solo porque, de esa manera se había reducido, sino también porque una proporción menos triunfal, menos imponente, lo autorizaría a seguir en esa nueva dirección que sentía que debía tomar.

El rostro de Julio II, visto más de cerca, tenía un aire grave, absorto como si estuviera en medio de una reflexión, como si el pontífice quisiera estigmatizar el colapso y la depravación en que había caído la Iglesia.

La suya era, por tanto, la expresión de un hombre dispuesto a la amonestación, a la denuncia, y aquella tiara tan sencilla como las sandalias de los pies, no hacía más que subrayar un retorno a la humildad, a la esencia misma de la Iglesia. Miguel Ángel no había esculpido el fanón papal ni la estola, y esto no por olvido o pereza, sino precisamente para amplificar esa sensación de modestia y cercanía al espíritu más que a los esplendores terrenales.

Esa había sido su primera promesa de rebelión contra lo que estaba sucediendo en la Ciudad Eterna, contra la ola desenfrenada de corrupción y malas costumbres que había invadido palacios y asediado los corazones de los habitantes.

Y lo mismo había hecho con la barba ondulante que enmarcaba su rostro. Miguel Ángel la había modelado en mármol con largos y suaves mechones: quería recordar, por si fuera menester, los días durante los cuales Julio II había luchado contra el rey de Francia, cuando entre el otoño de 1510 y marzo de 1512 había optado por no cortársela, a modo de voto y símbolo de su propia penitencia y mortificación, en homenaje a su consumada lucha contra Luis XII. Solo se la había afeitado al comprender con certeza que el rey de Francia estaba abandonando las tierras italianas que había ocupado impunemente.

Así, al representarlo como un penitente, despojado de magnificencia terrenal y temporal, como un monje guerrero en el momento de levantarse, Miguel Ángel había sabido capturar el honor y la dignidad de un hombre, consciente de presentarse ante Dios con todas sus inseguridades, pero también con la conciencia de haber renunciado a todo lo efímero y de poder aspirar a la salvación eterna.

Mientras lo contemplaba, Miguel Ángel sabía que había

hecho bien. Aquella era su manera de expiar las culpas que había acumulado sobre sus espaldas, día tras día.

Quería liberarse de aquel fardo, de aquella carga inútil de pesar y arrepentimiento, pero para lograrlo tendría que darle forma al mármol de un modo distinto al que lo había hecho hasta ahora.

Mirando la estatua de Julio II comprendió que hacía lo correcto. Aquella nueva consciencia le encendió en los ojos una chispa de esperanza.

INVIERNO
DE 1542-1543

15

Postración

—Por favor, Santidad, os lo imploro, liberadme de este compromiso que me consume como una fiebre, interceded por mí y os juro que entonces podré dedicarme solo a vos, a vuestras justas peticiones. Mientras tenga que ejecutar mi trabajo para satisfacer a Guidobaldo II della Rovere sabéis perfectamente que no podré hacerlo mejor de lo logrado hasta ahora. Un trabajo a medio terminar, me doy cuenta, pero no podía ser de otra manera. Si pudiera estar exento de hacer las dos últimas estatuas para la tumba de Julio II, no tendría que dedicar mi tiempo más que a la capilla. Soy viejo, Santidad. Y estoy cansado.

Miguel Ángel habló con sinceridad y apremio, ya que estaba realmente abrumado por las constantes peticiones. Conocía la naturaleza del papa. Era un hombre enamorado de sí mismo y del poder. Era nepotista hasta el punto de conceder un feudo a Novara para entregarle el dominio de la población a su hijo Pier Luigi, capitán del ejército pontificio: un joven pervertido que en Fano, durante una de sus incursiones armadas, había prestado muchas atenciones al obispo local. Cuando este último se negó a acostarse con él, no dudó en atarlo y luego violarlo amenazándolo con puñales.

Precisamente por eso, Miguel Ángel intentó durante algún tiempo obtener una intervención del papa: sabía que Pablo III podría dispensarlo de terminar él mismo la tumba de Julio II solo si de ello dependía el éxito perfecto de los frescos en la capilla dedicada a él. El papa comprendía tan solo el lenguaje del prestigio personal y la defensa de la supuesta grandeza de uno. Y no únicamente eso: confiaba en Miguel Ángel siempre que podía y él, de buen grado, acudía a donde el pontífice le ordenaba y lo hacía por razones mucho más anodinas que las examinadas aquel día.

Odiaba tener que hacerlo, humillándose frente a un hombre que, aunque amante de la cultura y dotado de profunda inteligencia, toleraba que su hijo pudiera cometer obscenidades indecibles, dejándolo, además, impune. Pero ¿era él mismo, después de todo, inocente? Le puso la mejor cara que pudo y volvió a mirarlo, tratando de mostrarse lo más convincente y sereno posible.

Pablo III lo observó con ojos penetrantes. Con una mano se acarició la larga barba blanca. En aquel momento, de no haber sido por la sotana de seda jaspeada y los magníficos atuendos, habría podido parecer incluso un profeta.

Dio la impresión de sopesar la petición. A la luz tenue de las candelas que bañaba los puntos luminosos de la nave su elucubración parecía todavía más grave, una carga que podía hundirlo de un momento a otro.

—Amigo mío —le dijo—, entiendo vuestras razones y, en cuanto a las dificultades de la vejez, también las comprendo perfectamente, puesto que, en cuestión de años, tengo bastantes más que vos. Y sin embargo cada uno de nosotros está llamado a hacer honor a sus propios compromisos. Sois un hombre de gran talento y energía inagotable. Sin duda encontraréis una manera de pintar el fresco la capilla y terminar el monumento funerario de la familia Della Rovere. Por supuesto, veré qué puedo hacer, si esto os sirve de consuelo; os prometo que le pediré a mi sobrino, el cardenal Farnese, que conoce bien a Guidobaldo II, que defienda vuestra causa, pero no puedo garantizar algo sobre lo que no tengo ningún control. Veréis, Miguel Ángel, yo también estoy llamado a una ardua tarea: defender a la Iglesia católica de las oscuras tramas de los protestantes. Mientras hablamos, en este momento, en Trento, justo a mitad de camino entre Roma y Alemania, algunos hombres de fe podrían estar a punto de reunirse para discutir apasionadamente y, al hacerlo, encontrar una reparación para la fractura creada por un monje alemán que, de una manera del todo imprudente, ha resuelto que quería dividir a los fieles con tesis completamente infundadas.

—Lo entiendo, vuestra Santidad, y comprendo cuán elevadas y difíciles son las tareas a las que estáis llamado cada día. Y es cierto que mis peleas no son más que tonterías, bagatelas contractuales. Sin embargo, aun así, os ruego que apoyéis esta petición mía y se la comuniquéis a Guidobaldo II.

—Lo haré, pero tenéis que continuar trabajando, amigo mío. ¿Cómo va la *Conversión de san Pablo* en la capilla parva?

Miguel Ángel contuvo una mueca de fastidio. ¿Era posible que los papas pensaran solo en lo que podría amplificar y celebrar su gloria? La capilla parva era la pequeña capilla del Palacio Apostólico. Había aceptado la misión apenas hacía un mes, pero el pontífice ya le preguntaba en qué punto se encontraba. Y al hacerlo se permitía, con toda la hipocresía del caso, nombrar genéricamente la capilla como si, después de todo, la tarea de verdad hubiera sido asignada en interés de la Iglesia. Era justo ese fariseísmo lo que encendía la sangre de Miguel Ángel.

A medida que pasaban los años descubrió que esa venenosa mezcla de autocelebración y falsa modestia papal era el vicio más profundamente terrenal y vulgar que podía cultivar un hombre. Y si había aceptado pintar al fresco las dos capillas era solo porque con las sumas recibidas en pago había podido mantener a su propia familia: su padre y sus numerosos hermanos. Y también a ese joven temerario del Urbino, que volvía a sus pensamientos más a menudo de lo que le hubiera gustado. Ese muchacho, por otro lado, le era tanto más necesario en esos días de dolencias y dificultades: lo ayudaba en sus quehaceres diarios, llevaba sus cuentas y lo apoyaba en el trabajo, puliendo sus colores y recogiendo créditos.

Suspiró. Como había aprendido hacía mucho tiempo, no sería una buena idea mostrar abierta hostilidad hacia el papa. Cuando había sucedido, en el pasado, siempre había pagado las consecuencias. Y en un momento así le convenía adaptarse. Tanto más si se tenía en cuenta que la alianza con Pablo III representaba la posibilidad de liberarse de las últimas obligaciones con la familia Della Rovere.

—Su Santidad, a pesar de estar viejo y cansado, me siento capaz de decir que todavía puedo trabajar con continuidad. Mentiría si os negara los mil dolores del cuerpo, pero el alma sigue intacta y la voluntad es fuerte. Y es a ella a la que apelo cuando me encuentro sobre el andamio. Acorde con vuestra petición, comencé a pintar la *Conversión de san Pablo*. Estoy usando mis colores más hermosos: lapislázuli en polvo para los azules y luego rojo ocre y blanco puro para los rostros y la piel. Cada fresco supone ochenta días de trabajo. Pero mientras tenga ese maldito entierro que completar para el Della Rovere no podré garantizar el cumplimiento de los plazos.

Esas últimas palabras salieron de una manera que habría deseado menos dura: muy al contrario, sonaron como un chantaje, a pesar de haber hecho todo lo posible para no dar esa impresión.

Si el papa lo había notado tuvo la elegancia, por una vez, de no darlo a entender. Sonrió. Y tomó buena nota de todo lo que acababa de decirle Miguel Ángel.

—Me reconforta saber que la voluntad y el ánimo se han mantenido intactos, amigo mío. Y estoy encantado de saber que los colores usados son los mismos que usasteis para vuestro maravilloso *Juicio Final*. Nadie lo ha apreciado más que yo.

—A otros les molestaban esas escenas: Biagio da Cesena, Pietro Aretino… las han juzgado. —Miguel Ángel no fue capaz de contener un rencor que, de repente, le devoraba el alma.

—Lo he escuchado decir —prosiguió el papa—. Pero como ya debéis de saber, amigo mío, existe tan solo una opinión que cuenta. Al menos mientras el buen Dios me conceda la misericordia de mantenerme con vida.

—Os lo agradezco, vuestra Santidad.

El papa carraspeó, y se acarició la barba blanca.

—Soy yo quien os lo agradece a vos, maestro Miguel Ángel, ya que vuestro talento es infinito y no depende de nada salvo, a ratos, de vuestro carácter, tan dispuesto a encolerizarse por nada.

Miguel Ángel intentó justificarse.

—No tenéis que explicarme nada —se le adelantó el pontífice—. Lo entiendo y lo acepto. Ahora, sin embargo, os debo pedir que me dejéis a solas. Tengo plegaria y luego una infinidad de tareas que atender.

Sin añadir ni una palabra, Miguel Ángel se arrodilló para besar el anillo del Pescador.

Después se marchó.

16

Miradas dentro de una nave

Malasorte se arrodilló. Miró el crucifijo con tal fervor que cualquiera podría pensar que era una joven temerosa de Dios. Murmuraba las palabras, meciéndolas en voz baja, arrullándolas en un cántico. Se había aferrado a las oraciones, y susurraba una tras otra con las manos juntas: eran la mejor manera de quedarse donde estaba y mirar de soslayo la escena que tenía ante sus ojos.

En Santa María sobre Minerva, la marquesa de Pescara se había encontrado con un hombre ese día. Nada más entrar, Malasorte había captado algo especial en él: era delgado, alto y bastante fuerte, pero sobre todo, a pesar de ser viejo, conservaba un vigor tan evidente que resultaba prepotente, descarado. ¡Y vaya luz en sus ojos! Deslumbraba a cualquiera que se atreviera a mirarlo a la cara. Alguien podría haber reconocido incluso una pizca de locura en él, pero Malasorte sabía perfectamente bien que, por más que fuera extraño, el hombre que acababa de entrar no estaba loco en absoluto.

Hasta ella conocía las maravillas que había hecho Miguel Ángel Buonarroti en Roma. Imperia le había hablado de los colores de la capilla Sixtina, tan increíbles como para componer una fantasmagoría, y del mármol que parecía volverse más suave que el terciopelo bajo el toque de su martillo, hasta el punto de arrugarse en los mil pliegues de la túnica de María en la *Piedad*. Esas historias la habían fascinado increíblemente y, un día, mientras caminaban por Trastévere, Imperia se lo señaló con un movimiento de cabeza, diciéndole que ese hombre de barba larga y espesa era el mejor artista de su tiempo.

Malasorte le había contemplado el rostro con un interés repentino e inexplicable y lo hallaba fascinante y especial, hasta el punto de no ser capaz de quitarle los ojos de encima. Cuando Miguel Ángel desapareció de su vista comprendió por fin lo que tanto la había conmovido: la luz de sus ojos.

Y ahora la había vislumbrado de nuevo. A pesar de que habían pasado los años, encaneciéndole la barba y llenándole de arrugas el rostro, Miguel Ángel Buonarroti no había cambiado. Lo habría reconocido en cualquier sitio.

Qué estaba haciendo en un lugar como ese, y más para encontrarse con la marquesa de Pescara, seguía siendo un misterio. Los dos habían estado hablando durante mucho tiempo. Él sostenía las manos de ella entre las suyas y la miraba con ojos hechizados.

Malasorte no entendía por qué motivo un hombre como Miguel Ángel podía sentir atracción por una mujer así. Era elegante, por supuesto. Pero nadie la habría definido exactamente como hermosa. Su rostro era demasiado duro, aunque no sin una especie de encanto autoritario si se la miraba con más atención. Su figura, indudablemente alta, no podía llegar a considerarse esbelta. Sin embargo, algo en ella subyugaba al artista, como si compartiera una pasión secreta con él. Nada físico y mucho menos carnal: más bien una comprensión del alma. Malasorte lo percibía de manera clara e inequívoca.

Miguel Ángel y Vittoria no estaban muy lejos de ella, pero hablaban en voz baja y Malasorte solo podía captar partes del discurso, palabras que, sin embargo, juntas, podían dar una idea del tema, que parecía ser increíblemente querido para el corazón de ambos.

Hablaban de fe y religión. En repetidas ocasiones ella se había referido a la gloria de Dios y al regreso a la sencillez. Había dicho muchas otras cosas que Malasorte no entendió del todo, pero de una estaba segura: la marquesa había mencionado un encuentro que pretendía propiciar en unos meses en Viterbo. Otra cosa que Malasorte estaba segura de haber captado era el nombre del cardenal Reginald Pole. No tenía idea de quién era exactamente, pero ese nombre en particular no lo olvidaría. Era él quien insistía en ver a Miguel Ángel, repetía Vittoria.

Fue en ese momento cuando Malasorte decidió que había escuchado lo suficiente. No quería pedir demasiado a su buena estrella. Con ese maravilloso vestido celestial era la encarnación de la inocencia y, aunque no se sentía a gusto, tenía que admitirse a sí misma que Imperia no solo le había hecho un regalo maravilloso, sino que, como profunda conocedora del alma humana que era, había ideado un truco sencillo pero muy eficaz para tener a sueldo a la espía más insospechada de toda Roma. Pues, aunque vestida con decoro, Malasorte sabía muy bien que parecía aquello que era, es decir, una plebeya, no en absoluto una dama sofisticada ni tampoco una mujer de la calle tosca y llamativa. No, era la mesura la que la salvaba, esa perfecta mezcla de sobriedad y discreción que garantizaba el vestido y su atractivo sencillo y fresco.

Y era justo ese tipo de juego lo que la volvía loca. Comprendía perfectamente los riesgos que corría, sin embargo, sabía vivir aquella misión con todo el entusiasmo y la serenidad del caso. Nunca habría imaginado que pudiera ser tan fácil. Hasta entonces, de hecho, no había tenido problemas ni sorpresas de ningún tipo. Ni siquiera cuando, unas noches antes, aprovechando su proverbial agilidad y destreza, subió a los tejados de la ciudad para, completamente vestida de negro, espiar a la marquesa desde las alturas de Roma.

Con esos pensamientos en mente hizo la señal de la cruz. Y, en cuanto estuvo segura de que ni Vittoria ni Miguel Ángel miraban en su dirección, se deslizó hacia la puerta de la iglesia.

17

Confirmaciones y sospechas

Lo que Imperia le había dicho superaba de lejos todas las expectativas. Mientras pensaba en las palabras de la bella cortesana, el capitán de la guardia inquisitorial se dio cuenta de que la secta que le había mencionado el cardenal Carafa revelaba muchas más ramificaciones de las que cabría esperar.

Había comprendido perfectamente que Reginald Pole no solo era el adversario político de Carafa en el seno de la Iglesia, sino también el heraldo de una nueva forma de pensar, el hombre que podía encontrar una solución de compromiso entre las tesis protestantes y la fe católica. Pero los descubrimientos recientes lo convertían en el enemigo absoluto, como poco, puesto que a través de Vittoria Colonna, que representaba su mano derecha, corrompía el alma de un hombre que siempre había sido el paladín de la Iglesia católica por excelencia: Miguel Ángel Buonarroti.

Ese hecho le resultaba tan claro al capitán Corsini como un rayo de sol de invierno que pintara una luz dorada sobre las cúpulas de Roma. Si, como parecía, la secta reunía a una de las principales figuras de la Iglesia, no solo algunos altos prelados, a una de las mujeres más poderosas de la ciudad e incluso al artista más destacado de todos los tiempos, el escultor que se había descubierto pintor y que sin duda había realizado las obras más impactantes y simbólicas de Roma, entonces era evidente que Carafa no solo tenía razón, sino que debía estar atento a que esa enfermedad no se convirtiera en una epidemia, dado que Pole podía contar con el poder eclesiástico, con el poder secular de la nobleza e incluso con la enorme influencia del arte.

La grandeza de Miguel Ángel Buonarroti era reconocida en Roma y en todo el mundo. Sus obras hablaban el lenguaje del esplendor y la belleza absolutos, y nada era más poderoso que una visión como esa.

El capitán Vittorio Corsini estaba pensando en esto cuando una bocanada de olor inmundo le asaltó la nariz. Acababa de entrar en el palacio, en la sede del Santo Oficio, en la calle Ripetta y, tras haberse anunciado a un asistente, lo habían llevado al ala este, donde se alojaban las jaulas y las celdas de la prisión. De hecho, era justo allí donde lo había citado el cardenal Carafa.

Absorto en sus pensamientos había borrado de su mente las condiciones de miseria y horror en que se encontraban los prisioneros: así, el repugnante hedor de los cubos llenos de excrementos, el ineficaz sistema de alcantarillado y las inexistentes condiciones higiénicas se apoderaron de él de repente, arrancándole una mueca de disgusto. Ciertamente no era un hombre fácil para las incomodidades o los manjares y el confort, pero ese olor escalofriante penetraba incluso en su garganta y lo dejaba sin aliento, y al acercarse a las celdas se volvía tan intenso que perturbaba los sentidos.

Por un momento Corsini tuvo miedo de perder el equilibrio, aturdido como estaba. ¿Por qué demonios Carafa le había ordenado que se reuniera con él allí?

El asistente lo dejó en manos de un guardia.

Gritos delirantes trepaban por las paredes de los habitáculos, gritos que ya nada tenían de humanos. El capitán caminó por un pasillo estrecho al que daban las angostas y malolientes celdas. Manos retorcidas, con uñas negras y rotas, se agarraban a los barrotes. Se lanzaban de repente, como si hubieran surgido de la oscuridad en la que se encontraban los prisioneros.

Las antorchas en la pared arrojaban una luz perversa y sibilante, mientras que el camino parecía interrumpido por el sonido siniestro del juego de llaves del guardián, golpeando contra su cinturón con cada paso.

Finalmente, el carcelero se detuvo frente a la última celda del pasillo. La puerta estaba abierta y, como Corsini se dio cuenta de inmediato, allí mismo lo esperaba el cardenal Carafa.

A pesar de lo que había supuesto, el capitán vio que la celda era más bien profunda, tanto que un preso con grilletes en manos y pies estaba a unos metros de distancia, acurrucado contra una silla. Un carcelero parecía afanarse al máximo para arrancarle una confesión, como parecían denunciar las tenazas de hierro en su mano y un par de dientes amarillos chapoteando en un charco de sangre recogido en una palangana de hierro.

—¡Capitán! —lo saludó el cardenal. Con su túnica púrpura, con su larga barba y anillos de rubí brillando bajo la luz de las velas, Carafa tenía algo de inquietante, aunque

Corsini se cuidó mucho de no detenerse en ese detalle. El cardenal sostenía en la mano una *pomander*, pequeño colgante esférico con hendiduras, cuyo interior contenía hierbas y esencias perfumadas, se la acercaba a la nariz a intervalos regulares y respiraba sus aromas de alcanfor, evitando a sus narices el insulto de los olores mefíticos que llenaban el espacio a su alrededor como la más poderosa de las maldiciones. A Corsini le habría gustado disponer de uno: el hecho de que fuera un soldado no significaba que debiera sentir pasión por la suciedad y los olores repugnantes.

—Os preguntaréis por qué os he pedido que vinierais a este lugar olvidado de Dios.

Corsini se limitó a mirar a Carafa a los ojos sin emitir ninguna queja.

—Pues bien —prosiguió el cardenal—, me siento complacido con vuestra resistencia. Os hace honor. Qué menos que esperar eso de un hombre con vuestro papel y de una sola pieza como vos sois. En cualquier caso, el prisionero que veis en esa silla no es otro que Henry Wilkinson, hombre de confianza de aquel hereje de Enrique VIII, de los Tudor de Inglaterra. Después de haber estado en Venecia y Padua, como buen protestante mantuvo intercambio de información con el cardenal Reginald Pole y lo ayudó a instalarse en uno de los palacios más hermosos de Viterbo, donde nuestro adversario está sentando las bases de ese movimiento del que os hablé. Por eso precisamente os he pedido que vinierais aquí: para ir encajando las informaciones que vamos recabando. ¿Qué me respondéis?

Corsini titubeó. ¿Era prudente revelar todo lo que había obtenido de Imperia ante la presencia del carcelero?

Pero Carafa pareció leerle el pensamiento.

—Si tenéis miedo de que el maestro Villani pueda decirle a alguien lo que estáis a punto de relatarme, puedo aseguraros desde este momento que no lo hará. Tengo fe ciega en él. Siempre ha estado a mi lado en la lucha contra la herejía. Y en cuanto al señor Wilkinson, bueno, como podéis ver, no está en condiciones de perjudicar a nadie.

Tranquilizado por esas palabras, Corsini contó cuanto había sabido.

—Su Excelencia, os traigo una noticia que puede que no os guste; esto es lo que he descubierto. Como acabáis de decir, Reginald Pole tiene la intención de utilizar Viterbo como centro de su Iglesia herética. Su red de contactos parece estar especialmente ramificada, ya que además de extenderse a algunas personalidades importantes de la Iglesia católica y a la noble Vittoria Colonna, marquesa de Pescara, ahora parece poder llegar al mundo del arte y a su figura más representativa.

Carafa enarcó una ceja.

—No me andéis con acertijos, capitán, no conmigo.

—Miguel Ángel Buonarroti —dijo Corsini—. Podría estar involucrado en un plan contra la Iglesia.

18

La sombra del miedo

—¿Estáis seguro de lo que decís?

—Mi fuente está segura.

—Bueno, si ese es el caso, la situación es más grave de lo que pensaba —exclamó Carafa, genuinamente preocupado.

—Yo también pensé lo mismo.

—La Iglesia no solo alimenta a un demonio dentro de sí misma, la herejía no solo se está extendiendo a los nobles, ya que resulta bastante evidente la capacidad de influencia de un exponente de los Colonna, una de las familias más poderosas de Roma, sino que incluso Miguel Ángel Buonarroti, el hombre que obtuvo su fama y riqueza gracias a los papas, ha llegado a renegar de sus propias posiciones, por lo que el poder seductor de ese pensamiento no debe subestimarse en absoluto.

—Por lo que entiendo, la marquesa de Pescara parece ser la principal responsable de esta inesperada implicación del artista —observó Corsini.

—¿Me estáis sugiriendo que Miguel Ángel se ha enamorado de ella? ¡Sería una noticia! Hasta hoy siempre había creído que ese hombre no era permeable a ninguna tentación terrenal, y mucho menos de carácter femenino.

—¿Qué pretendéis decir?

—Venga, capitán, no me hagáis creer que no sabéis lo que dicen las malas lenguas —sugirió el cardenal.

—¿Aludís a quienes afirman que Buonarroti apreciaría incluso hasta el exceso las formas de algunos de sus ayudantes y discípulos?

—No aludo. Me limito a referir lo que se comenta por ahí. Y si lo que se afirma contiene un ápice de verdad, entonces estoy francamente perplejo de que una mujer como Vittoria Colonna, que tampoco es que sea muy atractiva a decir verdad, pueda resultar tan sugerente para un hombre rudo y rígido como Miguel Ángel. A menos que... —Carafa se interrumpió, como si intentara reflexionar bien, antes de completar aquella frase.

—¿A menos que...? —repitió Corsini.

—A menos que el amor no tenga nada que ver. Por lo menos no el amor físico. Podría ser un sentimiento espiritual, lo que demostraría una vez más la irresistible fuerza de la fe religiosa propuesta por Pole. —Y, según lo decía, el cardenal Carafa se llevó el índice a la frente. Después, volviéndose hacia el carcelero, ordenó—: No le sacaremos más, maestro Villani. Retirad las tenazas y manteneos disponible. Entretanto, continuaré mi conversación con el capitán en un lugar menos inquietante. Venid —dijo, se giró hacia Corsini, acercó la nariz hacia el *pomander* y aspiró una vez más los fuertes aromas alcanforados, tras lo cual abandonó la celda y se puso a recorrer el pasillo al que poco antes había llegado el capitán de la guardia inquisitorial.

Regocijándose de corazón por ese traslado inesperado, Corsini hizo una seña al carcelero y empezó a seguir al cardenal.

Rebasado el pasillo, Carafa llegó a una amplia antesala. Se detuvo frente a un gran lienzo que representaba la crucifixión y se deslizó hacia un hueco en el que se vislumbraba una portezuela. Metió una llave de plata en la cerradura y abrió una pequeña puerta. Invitó a Corsini a entrar y cerró la puerta tras de sí con dos vueltas de llave. Luego lo antecedió subiendo la escalera. Los escalones eran estrechos y empinados y a aquella primera rampa le sucedió una segunda, al término de la cual los dos desembocaron en una galería bastante amplia a la que daban dos puertas.

Sin titubear ni un segundo, Carafa extrajo una segunda llave y abrió la puerta de la izquierda.

Entró.

Corsini lo imitó y se encontró en lo que parecía la celda de un monje.

—Pues bien, capitán, este es mi refugio —dijo Carafa sin esperar respuesta—. El lugar en el que me retiro para intentar encontrar paz. Como podéis ver, no hay nada que no esté inspirado en el rigor y la esencia de la oración. —Y, al decirlo, el cardenal señaló, con un gesto histriónico, un reclinatorio de madera gastada, un banco, también deteriorado y consumido por el tiempo, un par de sillas de paja, simples y desnudas, una pequeña pintura votiva en la pared—. Ya veis, pues, lo faltas de fundamento que son las acusaciones hacia mi persona de Pole y otros más y, sobre todo, hacia el papa y hacia otros tantos hombres de la Iglesia que, con gran mérito, día tras día, intentan llevar a la razón, y más que nada a la fe, a las ovejas perdidas del rebaño de Dios.

Corsini asintió. ¿Qué más habría podido hacer? En el fondo sabía que aquello no era más que un recital perfectamente preconcebido para que se difundiera la convicción de que el Santo Oficio y más en general la Iglesia no eran, como en realidad sí resultaban ser, un nido de pecadores, de hombres entregados a los placeres terrenales y a las comodidades de una vida refinada y elegante.

—Lo que me habéis dicho hoy, amigo mío, me ha dejado sin palabras. ¡Miguel Ángel Buonarroti! ¡El artista que se convirtió en lo que es únicamente gracias a la intercesión y benevolencia de los papas, ahora resulta que intercambia confidencias y relaciones con esa secta de protestantes cuyo cabecilla es Pole! ¡El mismo que, más que ningún otro, causó gran escándalo con sus pinturas obscenas, los insoportables desnudos de esa representación vulgar y pornográfica que es el *Juicio Final*! ¡El que jadea de placer cada vez que retrata un desnudo masculino y talla formas en el mármol de una lujuria tan licenciosa que merecería cadena perpetua solo por esto! Y un hombre así, un florentino, protegido por un pontífice tras otro, tutelado y apoyado por la Iglesia en sus extrañas maneras, pero qué digo rarezas, más bien locuras…, un hombre así ahora quiere adherirse a un pensamiento que predica el regreso a la sencillez, a la esencia, a la relación exclusiva del hombre con Dios, ¡lanzándose contra nosotros! ¿Nos acusa de haber sucumbido a los placeres de la carne y del dinero, de que no hay ya rigor y mesura en nuestra vida? ¿Y quién le ha otorgado su licencia de juez? ¡Pero qué arrogancia! ¡Qué impudicia!

—Y, mientras decía esto, el cardenal Carafa había tomado un abrecartas de plata, que descansaba en el estante de un pequeño escritorio colocado en el rincón más alejado de la habitación.

—Vuestra Gracia... —susurró Corsini.

Pero no tuvo tiempo de completar la frase cuando, con un filo, el cardenal ya se había cortado en la palma de su mano tan profundamente que un tajo rojo se había abierto y había comenzado a sangrar. Carafa apretó los dedos con el puño cerrado hasta que unas gotas oscuras empezaron a caer sobre el escalón del reclinatorio, manchándolo con decenas de puntitos redondos del color del vino.

—Entiendo muy bien cuál es la intención de Vittoria Colonna y, de su mano, la de Reginald Pole —prosiguió Carafa—. Mirad, capitán, la razón por la que el papa Pablo III me ha ofrecido este puesto, el de máxima autoridad de la Inquisición romana, está ligada al hecho de que Su Santidad sabe perfectamente que puedo ver mucho más allá de lo que es evidente. Y lo que veo, en lo que me habéis contado, es el intento preciso de Reginald Pole de proponer una nueva y diferente visión de Dios a través del arte del artista más influyente y extraordinario de nuestro tiempo. Una visión que tiene un solo nombre: ¡herejía!

Al escuchar la forma en que Carafa había pronunciado esa palabra, Corsini sintió un escalofrío helado por la espalda. Había algo de exagerado y de profundamente inquietante en la manera en que el cardenal había reaccionado a sus recientes descubrimientos. Si el capitán hubiera tenido que elegir una palabra para ello, habría optado por la única posible: fanatismo.

Y sin embargo procuró secundar a su interlocutor:

—¿Qué queréis que haga? ¿Que lo arreste ya?

—¿Y con qué pruebas? ¿De verdad creéis que esta es la solución que he ideado? Para nada, capitán, para nada —adujo Carafa—. Más bien tenemos que continuar recopilando información, detalles, todo lo que pueda ayudarnos a construir una investigación digna de tal nombre. Entonces, y solo entonces, podremos proceder con el arresto. Miguel Ángel es poderoso y querido por el papa y el pueblo: pertenece a esa categoría particular, me atrevería a decir única, de artistas que se benefician al mismo tiempo de la indulgencia del poder espiritual y temporal, por una parte, y por otra de la aprobación popular que, en un momento como este, lo convierte en intocable. No podemos escatimar cualquier precaución. Pero por eso mismo tu espía tendrá que ir a Viterbo para contarnos aquello de lo que pueda enterarse.

—Así se hará, Eminencia —prometió Corsini, cada vez más preocupado.

—Solo así, creedme, lograremos vencer a esta secta de herejes. —Y, en esa afirmación, Carafa dejó entrever una mirada tan llena de locura como para hacer que la sangre se le helara en las venas al capitán de la guardia inquisitorial.

VERANO
DE 1543

19

Viterbo

El sol había estado ardiendo sobre la tierra todo el día. Miguel Ángel había recorrido a caballo la campiña calcinada durante el verano. Los granos dorados que parecían sonreír en los campos, los prados de un verde vivo e incluso los olivos de troncos nudosos y robustos y las cepas que en otoño darían preciosas uvas: la naturaleza estaba en todo su esplendor y cegaba su mirada. El cabello de Miguel Ángel estaba empapado en sudor y se sentía cansado y fatigado por el largo viaje. El calor lo dejaba sin aliento. Sentía que la tela de la túnica ligera se pegaba a su cuerpo. Ya no podía soportar el abrigo negro que siempre usaba cuando montaba. Había actuado rápidamente porque no quería llegar tarde y, por lo tanto, no había prescindido de Tizón.

Conocía desde hacía poco la ciudad, pero Vittoria le había explicado cómo llegar y, por lo que había deducido, el lugar en el que la encontraría no sería difícil de identificar.

Y así había alcanzado la puerta de San Mateo.

Las enormes murallas de Viterbo se cernían sobre peregrinos y viajeros con su impresionante tamaño. Los guardias lo dejaron pasar en cuanto Miguel Ángel exhibió el sello papal que siempre llevaba consigo, por consejo de Pablo III. El pontífice, para permitirle moverse libremente, le había proporcionado un salvoconducto que Miguel Ángel mostraba cuando era necesario, como si fuera un talismán.

Después de cruzar la puerta, giró hacia el este y se encontró en poco más de un instante en la plaza Dante Alighieri, en el centro de la cual se erguía el monasterio de Santa Catalina.

Fundado apenas unos años antes y construido a gran velocidad gracias a los emolumentos de los nobles de Viterbo Nicola Bonelli y Giambattista Cordelli, el monasterio tenía una fachada neoclásica. El primer piso se elevaba sobre un bello pórtico de arcos de medio punto. Sobrias ventanas enmarcadas se sucedían en un desfile una al lado de la otra.

Miguel Ángel bajó de su caballo, llamando a la puerta. Mientras una monja abría un portón de madera reforzado con hierro, se presentó.

Tan pronto como supo quién era, la monja llamó a un niño. Este tomó a Tizón bajo custodia y lo llevó al establo. La monja tenía un rostro sombrío y una mirada acerada, pero revelaba maneras amables.

—Os están esperando, señor —dijo—. Permitid que me presente: soy la madre Cristina y, antes de acompañaros ante la señora Vittoria, os llevaré para que os refresquéis un momento y que podáis sacudiros el polvo y la solanera del viaje.

—Gracias —apenas tuvo tiempo de decir Miguel Ángel.

Sin más dilación la madre Cristina lo condujo por un claustro de columnas sencillas. Cuando llegaron a una puerta entraron y, después de subir un tramo de escaleras, la monja le señaló un pequeño baño a Miguel Ángel.

—Acomodaos —dijo—. Relajaos. Encontraréis ropa limpia que la marquesa de Pescara ha elegido para vos. Volveré en breve para llevaros hasta ella. Os espera en la biblioteca con un amigo.

La madre Cristina no añadió nada más y se fue, tal y como había aparecido.

Miguel Ángel miró a su alrededor. La habitación era pequeña pero cómoda. Alguien había colocado un traje de lino blanco limpio en un sillón. Se desabrochó el abrigo negro, se quitó la túnica sudada y gastada. Se acercó a la palangana con el torso desnudo. Vio un trozo de jabón de Alepo en un paño de lino claro y, después de llenar la palangana con agua fresca de una jarra, sumergió la cabeza en ella. Sintió una frescura infinita. Emergió de nuevo con el pelo chorreando. Se secó con el paño de lino y, tomando la pastilla de jabón, la suavizó con agua y se frotó la piel. Luego se enjuagó, eliminando así todo el cansancio de la jornada.

Se secó rápidamente. Tomó una botella de vidrio que contenía agua de talco y roció un poco sobre su pecho. La frescura de la loción resultaba embriagadora. Se puso el vestido de lino. Le quedaba perfectamente. Apenas tuvo tiempo de doblar la ropa sucia cuando alguien llamó a la puerta.

Miguel Ángel abrió y se encontró de frente a la marquesa de Pescara.

Vittoria vestía una gamurra sencilla pero elegante de color salvia. Los volantes blancos de su camisa parecían blancas corolas de flores alrededor de sus muñecas. En su mano izquierda sostenía un pañuelo lleno de encajes y lazos, único abalorio concedido a la vanidad femenina junto con un abanico fijo o aventador con mango de marfil decorado en plata, que agitaba con la mano derecha.

—Amigo mío, por fin habéis llegado —dijo abrazándolo con afecto.

Miguel Ángel se dejó llevar; por un instante se hundió en sus brazos. Sin embargo, cuando ella lo tocaba, a veces sentía algo más allá de la mera amistad. Se trataba de un sentimiento extraño e indefinible. Le agradaba, por supuesto, pero en el fondo temía que ese contacto pudiera ir demasiado lejos y, al hacerlo, arruinar el perfecto entendimiento que los unía mucho más profundamente que cualquier abrazo. Por un lado, esperaba con todo su ser ese momento; por el otro, en el instante exacto en que sucedía, le acometía el miedo, como si la bendición de su hermosa conexión pudiera romperse por medio de algún hechizo.

Cuando Vittoria se soltó del abrazo, lo miró a los ojos.

—Vuestro atuendo es perfecto. Venid, maestro Miguel Ángel, dejad que os presente a un amigo.

Entonces, tomándolo de la mano, lo condujo por el tramo de escaleras, saliendo una vez más al claustro. Después de caminar a ambos lados llegó a una puerta. Bajó la manilla y la abrió. Se encontraron en un pasillo corto. Lo recorrieron entero, hasta llegar a la biblioteca del monasterio.

En el amplio salón, Miguel Ángel descubrió una gran mesa de roble en forma de herradura. En todo el espacio alrededor, a lo largo de las paredes, miles de volúmenes estaban perfectamente alineados en altas estanterías de nogal. Los grandes ventanales daban a un gran patio con árboles frutales.

Una persona estaba sentada a la mesa: un clérigo, probablemente un cardenal, a juzgar por el color púrpura de su túnica. Tenía un rostro aristocrático, pómulos altos y ojos azules, muy inquietos, una barba de chivo afilada y cabello alborotado bajo un birrete rojo.

Fue Vittoria quien los presentó.

—Su Eminencia —dijo—. He aquí un hombre que puede hacer mucho por la *Ecclesia Viterbiensis.* Conocéis el valor de Miguel Ángel Buonarroti y sé que sentís por su arte una admiración infinita. Exactamente como yo. Por otro lado, sé que él podría reconocerse en los principios de esta nueva idea de fe que vos estáis defendiendo, así que, como podréis ver, no me imagino un encuentro más providente que este.

Miguel Ángel se acercó mientras Pole se levantaba de la silla de madera en la que estaba sentado. Así se encontraron dándose la mano, ya que el cardenal, lejos de querer recibir el homenaje que naturalmente habría demandado su cargo, pretendía acercarse a Miguel Ángel de inmediato de una manera franca y directa, sin los formalismos asociados a roles y títulos.

—Maestro —dijo—. No tenéis idea de lo que me congratula esta oportunidad.

—Vittoria me ha hablado mucho de vos, Eminencia—. Y en tanto así hablaba, Miguel Ángel observaba, no sin sorpresa, a aquel joven cardenal que lo saludaba con tanto afecto.

—A mí me ha ocurrido lo mismo respecto a vos. Amo profundamente vuestras obras y Vittoria tiene un gran mérito en que eso sea así. No hay persona que conozca mejor vuestro trabajo que ella, podéis creerme.

—No albergo la más mínima duda.

—Dejadme que os diga que estoy feliz de poder conoceros al fin. Creo que me sé de memoria cada línea del maravilloso dibujo de la *Crucifixión* que le habéis regalado a Vittoria. Es como si hubierais concentrado en él todo el sufrimiento de nuestra pobre Iglesia, resaltando en pocos rasgos esenciales todo lo que debería habitar el corazón de un buen cristiano: la humildad, el amor, el perdón. ¿No son estas, después de todo, las virtudes sobre las que debe basarse la fe? Y en cambio, Miguel Ángel, hoy la Iglesia se abandona al poder secular, a los placeres de la carne, al dinero, a la política. —Pole pronunció esa última palabra con un desprecio tan intenso que sonó como un insulto—. Y pensar que acabo de estar en Trento, en un intento desesperado por reconciliar una visión católica demasiado alejada de los valores originales con la rígida y feroz oposición de las tesis protestantes. Pero os confieso que temo un cisma. Sin mencionar que, huelga decirlo, para celebrar un concilio todavía tendremos que esperar.

Al escuchar a Pole, el rostro de Vittoria se quedó petrificado. Miguel Ángel, en cambio, no pudo ocultar perplejidad y curiosidad al mismo tiempo.

—El Concilio, por supuesto. O mejor, su convocatoria, puesto que, si no lo he entendido mal, por el momento estáis todavía en una fase preparatoria. Y, pese a todo, os pregunto: ¿por qué escucho palabras duras como hierro pronunciadas por vuestros labios? —preguntó.

El cardenal meneó la cabeza.

—Acabo de regresar de Trento. Fui convocado al Concilio en calidad de enviado pontificio. Como bien habéis dicho, Pablo III lo pospuso una vez más pero no podrá seguir haciéndolo siempre y, precisamente porque tiene la intención de encontrarse bien preparado para ello, está recabando todos los pareceres de sus obispos y cardenales. Yo sabía que sucedería, pero en verdad no me había preparado para pelear. Simplemente quería intentar promover una línea de conducta que pudiera zanjar la fractura creada entre la Iglesia de Roma y la nueva confesión protestante. Y esta es la línea de algunos amigos como el cardenal Morone, por ejemplo. Tengo una enorme deuda de gratitud con nuestro papa y lo conozco por lo que es: un buen hombre que solo está tratando de acercar de nuevo a la Iglesia católica a aquellos que se han apartado de ella para seguir las comprensibles reivindicaciones de Lutero. Para ello, sin embargo, debe renovar sus cimientos y, al mismo tiempo, tratar de no agravar las divisiones. Pero si esta es su intención, no se puede decir lo mismo de otros cardenales que, a pesar de hallarse investidos en importantes cargos justo gracias a él, ahora parecen querer seguir una línea de rigidez draconiana.

—Me temo que depositáis demasiada confianza en Pablo III —dijo lacónica Vittoria, poniendo así voz a la perplejidad que el propio Miguel Ángel sentía, ya que conocía bien las debilidades del pontífice.

—Entiendo lo que decís, Vittoria, y sabéis la devoción que tengo por vos, el cariño y la atención que pongo en vuestras palabras. Son las de un niño enfrentándose a su madre. Creo, sin embargo, que en este caso vuestra lucidez se ve empañada por la injusta persecución a la que ha sido sometida vuestra familia. En lo que respecta a los Colonna, Pablo III se comportó de una manera que no admite calificativos...

—¿Que no hay calificativos? —espetó Miguel Ángel con incredulidad—. ¿Bromeáis? Lo que el pontífice ha hecho contra los Colonna no puede definirse más que como infame. Ascanio Colonna se había negado, con razón, a pagar el impuesto a la sal: ¡era un privilegio expreso reconocido por Martín V! Sin embargo, el papa, amparándose en la negación, no dudó en declararle una guerra sin piedad hasta el punto de arrasar hasta los cimientos la fortaleza de Paliano, obligándolo a refugiarse en Nápoles...

Miguel Ángel se había manifestado de inmediato en defensa de la marquesa de Pescara.

Pero fue justamente Vittoria la que lo tranquilizó:

—Amigo mío, os agradezco vuestras palabras, pero todo eso ya es pasado. No dejemos que esta jornada se arruine por tales miserias. Además, con el pontífice luego llegamos a una reconciliación.

—Tenéis razón, Miguel Ángel, pero creedme si os digo que en este momento no es al papa a quien debemos temer, sino a un pensamiento que crece como una lepra entre las filas de los cardenales, oportunamente amplificado por algunos de ellos —parecía querer advertir Pole.

—¡Sed más claro!

—Sé que frecuentáis a menudo las salas del Vaticano. Lo comprendo y creo que es bueno. Pero hay un hombre del que os tenéis que proteger.

—¿Quién? —presionó Miguel Ángel.

—Gian Pietro Carafa.

Aquel nombre, pronunciado casi a quemarropa, se quedó flotando en el aire como una sentencia de muerte.

—¿El máximo representante del Santo Oficio?

Pole asintió con gravedad.

—No tenéis idea de a quién nos enfrentamos.

—No logro entenderlo.

—Desde que os habéis convertido en amigo de Vittoria habéis firmado vuestra condena —dijo Pole con tono inquieto.

Miguel Ángel abrió mucho los ojos.

—¡No es posible! —exclamó—. Y aunque así fuera, no me importa.

—Vos no conocéis a ese hombre.

Y en aquellas últimas palabras Miguel Ángel reconoció un peligro tan grande que, por primera vez, tuvo la certeza de que debía prestar la mayor atención posible a lo que sucediera a partir de ese momento.

20

Aventura nocturna

Las palabras de Reginald Pole lo habían dejado con una ligera pátina de inquietud. Era algo físico, un frágil malestar que le había penetrado bajo la piel, como si fuera fiebre.

Salió del monasterio cuando era de noche. Las calles de la ciudad estaban vacías, iluminadas tenuemente por antorchas y braseros.

Tizón trotaba despacio.

Miguel Ángel había prometido a Vittoria y al cardenal que los visitaría al día siguiente. Sentía que había encontrado las respuestas que buscaba. Las preguntas lo atormentaban desde hacía mucho tiempo, demasiado. Sin embargo, necesitaba acostarse, reposar hasta la mañana en una buena cama. Y así se encaminó hacia el centro de la ciudad para detenerse en una posada.

Llegó a la fuente del Sipale. Se paró un instante y dejó que Tizón abrevara. Oía el agua gorgotear en el silencio de la noche. Era una sensación tan hermosa e insólita que casi logró tranquilizarse. Había alrededor una calma tan profunda que le volvieron a la mente sus reflexiones en el claro de la luna sobre los Alpes Apuanos.

Se recuperó. Prosiguió al trotecito y fue a dar a la calle del Macel Maggiore, en la cual se divisaban varias carnicerías cerradas.

Y, de repente, algo atrajo su atención.

Fue como una nota discordante en aquella melodía perfecta hecha de silencio y paz.

Tiró de las bridas y se detuvo en medio de la calle. Por un momento estuvo seguro de haber escuchado pasos. Tuvo la sensación clara de que lo seguían.

¿La había visto? Malasorte no estaba segura, pero a juzgar por la forma en que detuvo al caballo, algo no iba del todo bien. Se deslizó entre las sombras y permaneció inmóvil. Se las había arreglado para meterse detrás del muro bajo de una casa. Alguien había apoyado en él barriles de madera vacíos. Debían de haberlos abandonado. El olor a vino no dejaba lugar a dudas sobre cuál había sido su contenido. Eso y los trozos de carne que un carnicero negligente dejó allí descomponerse casi le arrancan arcadas. Malasorte resistió lo mejor que pudo. Su vida estaba en juego. ¿Qué habría pasado si Miguel Ángel la hubiera visto? Ciertamente habría querido saber por qué lo seguía. ¡Y encima de esa manera!

La noche era húmeda, el calor insoportable amplificaba ese olor a uvas fermentadas y carne podrida que se le metía en la respiración casi hasta asfixiarla. Sintió que la tela del vestido se le adhería a la piel, el sudor le corría por la frente.

Estuvo cerca de dejar de respirar. Rezaba para sí implorando que el gran escultor no volviera sobre sus pasos. Al menos, la máscara negra que llevaba no le permitiría reconocerla con facilidad. Después de dejar el convento, Miguel Ángel caminó por la calle del Macel Maggiore y luego se dirigió hacia la plaza de San Pellegrino. Al principio, Malasorte realizó una buena jugada al seguirlo, pero ahora tal vez Miguel Ángel hubiera percibido algo. A ella no le había parecido que nada pudiera haber traicionado su presencia ni que hubiera dado un paso en falso. Quién sabe por qué Miguel Ángel había intuido de algún modo que lo seguían. ¿Tal vez alguien le habría puesto en guardia?

Y no obstante ella se había movido como un gato: había puesto buen cuidado en no delatar su presencia.

Oyó que los cascos del caballo volvían a golpear el pavimento. No se atrevió a mirar hasta estar segura de que Miguel Ángel había retomado su camino.

Pero cuando salió de su escondite para ver lo que había sucedido, abrió los ojos con desmesura de pura sorpresa.

Miguel Ángel había desaparecido. Ahora solo permanecía el caballo en medio de la calle.

¿Dónde demonios se habría metido?

Malasorte no tuvo tiempo de comprender del todo: algo había estallado a su lado. No llegó a saber lo que era, pero tuvo la clara sensación de haber sido descubierta, como si su corazón hubiera entendido la verdad antes que su mente.

Instintivamente se volvió y, sin perder ni un momento, empezó a correr a una velocidad vertiginosa. Desapareció bajo un arco de piedra, desde allí saltó a un balcón, luego a la azotea de un edificio. Mientras tanto, podía oír a alguien que, debajo de ella, estaba subiendo las escaleras exteriores de piedra.

No se molestó en averiguar lo que pasaba, saltó del techo y dio una voltereta. Dobló por un callejón estrecho cuando, detrás de ella, escuchó el sonido de pasos acercándose cada vez más, lo que demostraba que su perseguidor no debía de haberse rendido en absoluto.

Corrió con todas sus fuerzas. Dobló a la derecha, donde se abría una callecita estrecha y tortuosa. La recorrió hasta el final.

Fue en ese momento cuando pensó que escuchaba los pasos alejarse cada vez más. Pasó bajo un segundo arco de piedra; en el lado derecho del callejón vio una escalera exterior. La subió sin demora. Cuando llegó a la galería, bajó el tramo de peldaños que continuaba al otro lado. Al llegar de nuevo a otro callejón estrecho, avanzó hasta que vio una pequeña puerta de madera. Estaba abierta. Sin pensarlo, entró y pronto se encontró en un patio. Una antorcha iluminaba tenuemente el espacio circundante. Atravesó lo que le pareció una especie de campo baldío. Creyó distinguir al fondo una pared derruida. Aceleró el ritmo de sus zancadas, corriendo como loca, a ciegas, en la oscuridad, pensando solo en poner la mayor distancia posible entre ella y el perseguidor. Tomó impulso, dio un salto, estiró los brazos y alcanzó la parte superior de la pared.

Ayudándose con sus delgadas y musculosas piernas consiguió de un salto y una ágil voltereta subirse encima.

Antes de dejarse caer al otro lado, lanzó una mirada a sus espaldas.

Le pareció que nadie la había seguido. Obviamente ella

no tenía certeza alguna, dada la oscuridad que la envolvía. Pero ya no escuchaba los pasos nerviosos de su perseguidor. Sin embargo, una nunca podía estar segura. Mejor no correr riesgos. Miguel Ángel habría podido aparecer en cualquier momento, teniendo en cuenta cómo la había sorprendido bajándose del caballo y luego arrojándole algo, a juzgar por el chasquido que había escuchado.

Con esa sólida convicción saltó al vacío.

Cuando aterrizó dio gracias a Dios por haber caído sobre algo blando. En la oscuridad no entendió de inmediato de qué se trataba, pero luego el olor a paja la tranquilizó.

Al final escuchó un gruñido.

Y en ese momento reconsideró su opinión.

21

La posada

Miguel Ángel había vuelto sobre sus pasos. Había regresado a por Tizón. Montó de nuevo en la silla y se dirigió lentamente hacia la plaza San Pellegrino.

Las sospechas suscitadas por las palabras de Reginald Pole se habían confirmado. Alguien lo estaba espiando. Y quién sabe desde hacía cuánto tiempo. Probablemente el Santo Oficio ya conocía su viaje a Viterbo y su amistad con Vittoria Colonna.

Pero hasta ese momento ni siquiera se le había pasado por la cabeza. Bien podía entender que las ideas de Vittoria no pudieran ser demasiado apreciadas por la curia, y tampoco las suyas, a decir verdad. Pero que eso implicara la vigilancia efectiva por parte de matones y espías del Santo Oficio lo cambiaba todo. Es verdad que tal vez podría estar equivocado. Pero cuando arrojó la piedra en la dirección en que había oído el ruido había distinguido con claridad, a la luz sanguinolenta de las antorchas y braseros que iluminaban tenuemente el cruce de las calles, una sombra que se deslizaba entre las casas.

Y ese hecho disipaba cualquier duda. También podría tratarse de un hombre que no perteneciera a la Inquisición. Pero ¿quién, entonces, podría haberlo seguido? ¿Y con qué propósito?

Las cosas solo podían ser así. Y en ese punto la reacción natural e inmediata fue sentir un odio aún más intenso por esa Iglesia temerosa, traidora y rastrera que se preocupaba por controlar a sus propios hijos, con el único fin de castigarlos y doblegarlos a su voluntad, en lugar de mirar dentro de sí misma, para intentar captar, aunque fuera una sola vez, sus propias contradicciones y los evidentes fracasos que socavaban cada vez más sus fundamentos.

Incluso si hubiera albergado dudas sobre la idoneidad o la honestidad del pensamiento de la *Ecclesia Viterbiensis* de Reginald Pole, ese descubrimiento las borraba de inmediato y reafirmaba a Miguel Ángel no solo en su visión, sino incluso en su voluntad de hacer lo que hubiera estado en su poder para cuestionar las certezas aparentemente inquebrantables de los papas.

Mientras Tizón procedía a paso somnoliento y tambaleante, Miguel Ángel se preguntaba cuáles eran las verdaderas intenciones de la Inquisición. No había logrado ver el rostro del espía. Apenas había sido capaz de captar la sombra de quien lo había seguido. Y aunque había puesto en marcha una estrategia eficaz, al dejar al caballo solo en la calle para intentar tomar por sorpresa al sicario, su edad y el cansancio le habían impedido seguir durante mucho rato a esa especie de gato negro que se filtraba entre un arco de piedra y una escalera.

No le dio más vueltas al asunto. Estaba prácticamente

convencido de que más tarde o más temprano reaparecería, y para entonces estaría preparado.

Hasta entonces seguiría haciendo lo que creía correcto: era demasiado mayor para preocuparse por su vida. Pero no habría tolerado que una amiga sincera como Vittoria Colonna tuviera que inquietarse de veras por su propia seguridad. Esa mujer pura, amable e inteligente ya había pagado precios demasiado altos y no merecía más sufrimiento. En la medida de lo posible, permanecería a su lado.

Tras pasar un arco de piedra, llegó al monasterio de San Belardino, en la plaza del mismo nombre. Desde allí, finalmente, siguió recto hasta llegar a la plaza del Antiguo Mercado.

La oscuridad era densa ahora, apenas interrumpida por la luz de las antorchas. Acercándose a un lado de la plaza se percató del letrero de una posada, «Al gallo negro». Le pareció que este era el lugar adecuado para él. Por lo que podía ver, se trataba de un local no demasiado concurrido y, por lo tanto, particularmente idoneo para un hombre como él que no buscaba nada más que una cama limpia y una botella de vino barato. Se dirigió a la parte de atrás, donde, después de gritar un par de veces en busca de respuesta, fue recibido por un chico bastante educado, que se hizo cargo de Tizón. Antes de dejar el caballo en sus manos, Miguel Ángel se aseguró de que el muchacho lo trataría bien.

—Esto es medio ducado —dijo lanzándole una moneda—. Si cuando venga a buscar mi caballo lo encuentro en mejores condiciones de como lo dejé, te daré otra moneda más.

El chico asintió.

—Naturalmente, señor mío. Veréis que no os decepcionaré. —A pesar de la inicial apatía, el muchacho parecía dispuesto a cumplir.

Miguel Ángel le hizo una seña con la cabeza, luego se alejó, encaminándose hacia la posada.

Nada más entrar lo que vio le agradó mucho. El ambiente era pulcro y no había demasiado ajetreo. Una casera de generosos pechos y anchas caderas estaba detrás del mostrador. Llevaba un delantal blanco, una mirada franca y directa, y el cabello negro recogido en una cofia. A las mesas se sentaban no más de media docena de clientes. Cada uno miraba la taza o el plato que tenía delante. Miguel Ángel se acercó al mostrador y pidió comida y una habitación para pasar la noche.

La casera respondió de manera enérgica pero educada.

—Señor, la habitación cuesta diez *baiocchi*.* Para la cena os puedo ofrecer vino tinto, pan y un pastel de caza.

—Bien estará —respondió Miguel Ángel.

Colocó en fila, en el mostrador de madera, los *baiocchi* necesarios para pagar la habitación. La casera asintió con un destello de codicia en sus ojos. Miguel Ángel se acercó a una mesa.

Pronto le sirvieron y devoró el pastel. No tocó el pan, pero bebió el vino. Luego se sirvió un segundo vaso, se levantó y se dirigió al banco frente a la chimenea. Se apoyó contra la pared y, poco a poco, mirando las llamas rojas y ensangrentadas, se abandonó al silencio, roto solo por algún

* Nombre de un tipo de moneda que se acuñó desde el siglo XV hasta avanzado el XIX. De origen incierto, tal vez merovingio. (*N. de la T.*).

repentino estallido de brasas. El calor y el cansancio lo vencieron y se quedó dormido.

Vio grandes círculos llenando el suelo. Parecían girar, lenta y eternamente, en una especie de movimiento perpetuo. Estaba subyugado, como si obedecieran a leyes dictadas por el hechizo.

No logró apartar los ojos de allí hasta que, con un esfuerzo extraordinario, su mirada se posó en una barrera de mármol con guirnaldas y querubines que sostenían un escudo de armas. Esa visión pareció abrumarlo: reconoció los frescos con las historias de Cristo a la derecha y las de Moisés a la izquierda. Eran magníficos y tan enormes que lo intimidaron. Se sintió débil y cegado por tanto esplendor. No podía soportarlo: Perugino, Botticelli, Ghirlandaio, Cosimo Rosselli, Biagio d'Antonio, Signorelli. Le temblaban las piernas, el aliento se le cortaba en la garganta y el sudor le perlaba la frente.

Le habría gustado huir, pero algo se lo impedía y lo empujaba a avanzar a pesar de aquella vista que, aunque magnífica, le daba una sensación de opresión indescriptible.

Debajo de las historias corría una cortina falsa con el escudo de armas de Sixto IV, mientras que por encima desfilaban los papas, dispuestos por parejas en nichos a los lados de las ventanas. Tenía la impresión de que pretendían juzgarlo, como si sopesaran, con arrogancia, su valor.

En la pared del altar, el fresco de Perugino dedicado a la Asunción de la Virgen. La bóveda aparecía cubierta con un magnífico cielo de lapislázuli y oro, obra de Pier Matteo D'Amelia.

Fue entonces cuando sucedió: la pintura celeste comenzó a derretirse y a gotear, y luego a caer en una lluvia tan intensa que parecía que se iba a ahogar en color. Se sintió asfixiado mientras, como un náufrago, trataba de mantenerse en pie a pesar de que el nivel de esa extraña agua azul estaba subiendo rápidamente.

Luego, de repente, desapareció y se encontró desplomado en el suelo, con las estrellas sobre él todavía brillando en el cielo de la bóveda. Resplandecían como si fueran reales, arrancadas a la noche romana.

Y en aquel destello Miguel Ángel volvió a respirar, y recordó cómo el esplendor del arte podía capturar incluso una mínima astilla de lo divino, convirtiéndose en un puente único e irrepetible entre Cristo y los hombres.

Contempló largamente aquel cielo de Pier Matteo D'Amelia y vio de nuevo a Piero Rosselli que estaba picando la magnífica bóveda para prepararla para ponerle el granulado y después el yeso. Lo había elegido porque fue él quien desmintió las odiosas insinuaciones de Bramante sobre su incapacidad para pintar un fresco en la bóveda.

Bramante, que le había recomendado un andamio aéreo suspendido con cuerdas, ¡solo para que cometiera un error! Creyó ver su rostro reflejado en la bóveda celeste. Pero había encontrado la solución: un puente de estructura fija que se elevaba desde las paredes laterales. De esta forma se evitaban los huecos que pretendía hacer Bramante en la bóveda para anclar las estructuras de los andamios.

¡Cuánto lo odiaba!

Se puso de pie. Y el cielo estrellado sobre él se rompió, se hizo añicos, se arremolinó como astillas de vidrio coloreado, reflejando sus miedos: vio a Julio II nuevamente pidiéndole que pintara al fresco la bóveda con las doce figuras de los apóstoles separados, en el centro, por motivos geométricos. Luego se vio a sí mismo multiplicando, en cambio, los cuerpos, las escenas, las secuencias. Había dividido la bóveda en una cuadrícula formada por tres órdenes de elementos: las cornisas de las velas, las pechinas y las lunetas. Y dentro, la génesis del hombre y la mujer, el diluvio universal y a continuación las sibilas y los profetas: todos los que preconizaron el advenimiento de Cristo. Y además las generaciones que precedieron a su llegada: hombres y mujeres que, como en una magnífica procesión, habían sido sus involuntarios heraldos. Y por último, las intervenciones de Dios en el pueblo de Israel: como cuando David derrotó al gigante Goliat, o cuando Judit se había metido en el campamento babilónico para decapitar al general Holofernes.

Sonrió.

Había sido un proyecto grandioso. Casi imposible. Pero la fuerza de voluntad fue la clave de todo, ya que —y ahí residía realmente su único propósito— el tiempo glorificaría la grandeza de Dios y de la Iglesia y, en última instancia, de Roma.

Roma: esa magnífica ciudad que, justo entonces, había comenzado a brillar de nuevo en los colores de los frescos y en la blancura del mármol. Roma, que hasta hace poco había sido una guarida de lobos y pastores, resplandecía una vez más como un gigantesco templo de esplendor y magnificencia.

Entonces, de repente, el cielo estrellado se recompuso de nuevo y vio lo que había hecho…

… Se despertó sobresaltado.

—Señor, es tarde —le dijo la casera preocupada—. ¿Qué os angustia? —preguntó, mirándolo a la cara de frente.

Miguel Ángel se secaba las lágrimas que brotaban de sus ojos.

—Los estragos que hemos producido creyendo que podemos elevarnos por encima de Dios —respondió.

Ella asintió, como si hubiera comprendido su tormento.

Pero la mujer tenía razón: era tarde. Y al día siguiente debía volver a hablar con aquellos que le prometían esperanza.

Se puso de pie y, cansado, se dirigió hacia el descansillo de las escaleras que conducían al piso superior y a las habitaciones.

22

Noche inquieta

El gruñido parecía no terminar nunca, era un sonido ronco que hacía que se le erizara la piel.

Frente a sí, Malasorte descubrió dos puntos brillantes a unos pasos de distancia, amarillos como dos pedazos de ámbar. La miraban. Se sentía desnuda, como si pudieran descubrir su alma. Entendía perfectamente de qué se trataba. Más aún a la luz de ese gruñido que parecía a punto de explotar en cualquier momento.

Malasorte no tenía idea de dónde estaba: la oscuridad le impedía ver nada. Pero no podía perder el tiempo. Y, sin embargo, algo no iba bien: la bestia que tenía ante sí se arrojaría sobre ella para hacerla pedazos. Pero no lo había hecho. ¿Por qué? ¿Algo se lo impedía? Por descontado que no tenía miedo de ella. Trató de mantenerse serena y lúcida en la medida de lo posible. Ignoró los escalofríos que le recorrían la columna vertebral. Intentó calmarse, aunque le temblaban las piernas porque el temor que sentía en ese momento era algo indescriptible y tan intenso que le impedía pensar. Pero tenía que hacerlo, se repitió.

Decidió confiar en sus sensaciones. La paja sobre la que había caído estaba seca. Y la pistola de chispa que guardaba a buen recaudo en su bolso de cuero era perfecta para abrir fuego. Con un poco de suerte podría fabricarse una especie de antorcha y tratar de captar algo más a la luz del fuego. Por supuesto, se arriesgaría a despertar a alguien y la bestia le vería la cara, pero, en definitiva, ¿qué importaba? Llegada al punto en que se encontraba, cada momento extra era un regalo de Dios.

El gruñido no cesaba y el miedo continuaba royéndole el alma.

Si alguien la hubiera encontrado allí, con toda seguridad no iría a felicitarla.

Se rehízo. Rebuscó nerviosamente en la bolsa de piel de conejo hasta que encontró la yesca. La sacó. Dio unos golpecitos en el pedernal. Lo intentó varias veces, persistió y, de repente, estalló una lluvia de chispas. La paja que la rodeaba y que se había apresurado a apilar en una especie de montón desordenado se incendió. Las llamas restallaron como lenguas ensangrentadas.

Y en ese momento todo empezó a estar más claro.

Vio ante sí a una enorme bestia. No entendía gran cosa de perros, pero tenía todo el aspecto de tratarse de un moloso romano. Tenía un pelo negro y reluciente: era gigantesco y alguien, por razones que Malasorte desconocía, lo había encerrado en una gran jaula de hierro.

Quienquiera que fuera le había salvado la vida sin saberlo.

El entorno en el que se ubicaba parecía un patio. Tres lados estaban rodeados por un muro de piedra, el cuarto conducía directamente a una especie de establo o almacén donde, tras las rejas, estaba el moloso, rígido sobre sus musculosas patas. Mientras miraba a su alrededor, Malasorte trató de ver una salida: no podía retroceder porque la pared, desde la que se había arrojado antes, le quedaba demasiado alta. Pero la paja se consumía, la llama se debilitaba. Añadió nuevos tallos secos para avivar el haz de luz, avanzó hacia el almacén, asegurándose de mantenerse alejada de la jaula en la que ahora el moloso parecía haberse calmado. Malasorte lo miró: tenía los ojos pequeños color avellana y, aunque extraordinariamente robusto, estaba muy delgado. El pelaje oscuro y brillante estaba cubierto de cicatrices: líneas blancas y rosadas marcaban un pelaje corto y compacto. Heridas que alguien debía de haberle infligido, pensó Malasorte.

Como reconociendo en ella, por primera vez, una ayuda, el moloso comenzó a lloriquear, rascando el hierro oxidado de la jaula con las uñas. El sonido que emitía ahora parecía pertenecer a otra criatura, ciertamente no a la bestia que, poco antes, parecía querer despedazarla en cualquier momento. A pesar de lo que había vivido un rato antes, Malasorte se compadeció. Casi parecía estar llorando. Sintió un apretón en el estómago. Ahora ese perro se le apareció como una criatura dulce, víctima de la rabia y la crueldad de alguien. En confirmación de ese último pensamiento suyo, el moloso comenzó a menear la cola.

Y en ese momento Malasorte se preguntó por qué el dueño de un perro así lo tenía en una jaula en lugar de dejarlo libre por el patio. ¡Sobre todo porque habría sido perfecto para proteger la propiedad!

No tenía sentido alguno.

Exactamente como lo que estaba meditando hacer.

La llama se debilitaba. Miró a su alrededor y se dio cuenta de que había una leñera en una esquina del almacén. Los troncos estaban arrumbados en pilas desordenadas, quizá desechados de esa manera por aquellos que habían abandonado el lugar. Se acercó. Echó un vistazo rápido y vio algunos palos entre los tocones. Cogió uno. Con un trapo empapado que estaba en un balde y que parecía contener aceite u otro líquido espeso de olor acre, hizo una especie de antorcha que, poco a poco, se prendió con la llama de la paja. Muy pronto refulgió una lengua roja ardiente.

El moloso comenzó a rascar con las uñas contra los barrotes de la jaula. Gemía cada vez más fuerte y tenía una mirada conmovedora. A juzgar por la delgadez y las marcas en su cuerpo debía de haber pasado por mucho. Como ella misma.

Ese lugar parecía abandonado y, si por un lado podía ser perfecto para permanecer oculta, al menos en tanto que Miguel Ángel se quedara en Viterbo, por otra parte no era cómodo. Pero, a estas alturas, a Malasorte no le apetecía dejar a ese desgraciado gigante bueno encerrado en una jaula de hierro.

Así, con la antorcha en la mano, intentó comprender cómo hacer para abrirla.

Dio una vuelta por allí y descubrió que alguien había puesto una cadena con un candado en la cerradura. Nada que no se pudiera abrir si tuviera a mano un martillo o una barra de hierro.

Intuyendo sus intenciones el moloso se acercó a la puerta de la jaula.

—Tenías miedo —dijo Malasorte—. Por eso gruñías cuando surgí de la oscuridad. Alguien debe de haberte dado una paliza, a juzgar por los cortes y las heridas que tienes en los lomos. —Luego miró la cerradura—: Pero si alguien te encerró aquí —pensó en voz alta—, debe de haberlo hecho con una llave.

Sin más dilación comenzó a buscar. Tenía pocas probabilidades de que la encontrara porque era casi seguro que el dueño se la habría llevado consigo. Por otro lado, si por lo que fuera hubiera decidido abandonar ese lugar como parecía, bien podría haberla arrojado en algún rincón dentro de aquel revoltijo.

Vagó como un alma en pena a la luz de la antorcha. Vio cubos oxidados, ladrillos rotos, alguna herradura vieja. Se dio cuenta de que el entorno era mucho más grande de lo que había creído al principio. Encontró una fragua, vio unos fuelles abandonados por el suelo, luego halló un yunque viejo, en un rincón descubrió una cantidad de clavos oxidados y finalmente, en una pared, colgando de unos ganchos, una série de herramientas de herrador: escofinas, clavos y martillos. Eligió uno de los martillos, el más grande y fuerte que encontró. Fue en ese momento cuando descubrió, frente a ella, un portón, a unos pasos de distancia. Se dirigió hacia lo que debía de ser la entrada al taller. En primer lugar se percató de que una pesada barra de hierro corría a lo largo de las dos grandes puertas de madera maciza, que terminaban calzando en las bisagras laterales. Luego, a un lado de la pared, Malasorte vio un juego de llaves.

Quizá, con un poco de suerte, entre ellas encontraría también la que abría la jaula.

23

Hacia el monasterio

La luz de la mañana inundaba el taller.

Era como una cascada de oro fundido que la despertó. A pesar de la leve brisa que soplaba, el calor no daba tregua. Al principio Malasorte no entendía dónde estaba, pero luego la lengua áspera y violácea de Gruñido la ayudó a recordar. Le estaba lamiendo los dedos. La sorprendió, de todas formas, ver su hocico grande y oscuro, sus fosas nasales húmedas, sus ojos pequeños y tristes. Recordó de inmediato las aventuras de la noche anterior: la fuga, el descubrimiento de ese moloso en la jaula y el taller abandonado. Después de encontrar el juego de llaves, logró abrir la cerradura. El perro salió despacio, con cautela, y una vez más ella se había preguntado si se habría vuelto loca. Pero él se sentó sobre sus patas traseras, inclinó su gran cabeza hacia un lado y gimió de felicidad. Entonces, armándose de coraje, Malasorte había comenzado a acariciarlo detrás de las orejas y justo en ese momento el perro la había lamido lleno de gratitud.

Agotada por el calor, el miedo y el hambre había recogido un poco de paja para formar un lecho. El moloso la siguió y, cuando ella se acostó para intentar dormir un poco, él se acurrucó a sus pies.

Antes de abandonarse al sueño, Malasorte lo había mirado y le había dicho:

—Te llamaré Gruñido, porque esto fue lo primero que escuché de ti. —Luego, con una sonrisa, feliz con ese nuevo amigo suyo, se quedó dormida en el lecho de paja mientras el can emitía un bufido que se asemejaba a un saludo de buenas noches.

Ahora que se había despertado y que Gruñido le había dado los buenos días, Malasorte se dio cuenta de que tenía muchas cosas que hacer. Antes que nada, lavarse la cara y comprar algo de comer para ella misma y para el perro.

Le vino a la mente la calle del Macel Maggiore. Ciertamente allí encontraría algo para Gruñido. Recordó la gran fuente que se hallaba en el centro de la calle, donde podría enjuagarse el rostro. Por fortuna en su bolsa llevaba también un vestido. Era gris y simple, pero estaba limpio.

Tenía intención de ir al monasterio de Santa Catalina y presentarse de alguna manera. No había descubierto nada de interés y el dinero se le estaba acabando. Con un poco de suerte podría obtener información y en ese momento, una vez recuperara el caballo que había dejado en una posada fuera de la ciudad, también le sería posible regresar a Roma para comunicar las novedades a Imperia.

Si descubriera algo importante, con toda seguridad la cortesana se mostraría generosa con ella.

Entonces se puso de pie. El aire perfumado, el silencio de la mañana, los leves quejidos de Gruñido la pusieron de buen humor. Sacó el vestido de la bolsa y se lo puso. Se sentía como siempre que usaba ropa limpia: la tela ligera le acariciaba la piel, dándole una sensación de ebriedad que casi la aturdía. Sonrió. Necesitaba lavarse la cara, pero no podía llevarse a Gruñido con ella, aunque lo hubiera querido. Con toda certeza no pasaría desapercibida. Una mujer joven con un perro así, que cualquiera podría reconocer, no era una buena idea.

—Tienes que quedarte aquí —le dijo—. Volveré, te lo prometo, y te traeré también algo para comer.

El moloso la miró con esos ojitos suyos de color avellana. Ladró. Ella trató de tranquilizarlo acariciando su gran cabeza. Gruñido se agachó en la paja con la lengua fuera mientras jadeaba por el calor.

Malasorte interpretó ese comportamiento como una forma de obediencia y se encaminó hacia el portón. Tomó de nuevo las llaves y, después de quitar la larga barra de madera y buscar a tientas la cerradura, salió. Cuando el gran batiente se abría hacia la calle, escuchó el gemido sordo de Gruñido.

—Espérame —le dijo una vez más—. Volveré dentro de nada.

24

El monasterio

Se había lavado la cara en una gran fuente y el agua le había procurado una frescura regeneradora. Había dado de comer a Gruñido carne comprada en una tienda de los muchos carniceros que poblaban esa calle. Y luego había hecho tiempo hasta la tarde. En ese momento había salido sola, una vez más, en dirección a la plaza Dante Alighieri y al monasterio de Santa Catalina. No estaba muy segura de cómo entrar, pero ya se le ocurriría algún plan.

Sabía con certeza que, un poco más tarde, Miguel Ángel iría allí para su cita con la marquesa de Pescara. Y necesitaba información que vender. Imperia estaba cansada de esperar y no quería decepcionarla. Se sumaba, además, el hecho, nada despreciable, de que a ella no le disgustaba en absoluto esa vida de casi libertad. Para llevarla a cabo, sin embargo, necesitaba ducados contantes y sonantes. Sabía que su misión de espía entrañaba no pocos riesgos. Y que la actividad que ejercía no era de las más meritorias: en realidad no era más que una ladrona al servicio de una cortesana. Pero, considerando lo que había tenido que hacer tiempo atrás para vivir, lo que le había sucedido representaba una inesperada fortuna.

Mientras estaba absorta en aquellos pensamientos Malasorte había llegado al monasterio.

Tras llamar se quedó esperando.

Finalmente, una monja se había asomado, y la miraba con algo de sorpresa desde el ventanuco de la puerta. Le había preguntado qué quería y ella había insistido en que hablaran. Necesitaba un lugar para pasar la noche, dijo, porque no sabía a dónde ir. Estaba escapando de las garras de un hombre que había intentado abusar de ella. En esto, su rostro y su cabello despeinado, aunque limpios, pero con signos de cansancio por el viaje del día anterior y por la noche casi sin dormir, la habían ayudado.

Cuando la hermana por fin abrió la puerta, ella simuló no sentirse muy bien y se dejó caer en sus brazos, fingiendo desmayarse.

La religiosa, que era casi tan joven como Malasorte hasta el punto de ser novicia, tenía buen corazón, y tal vez había visto algo de sí misma en esa niña casi perdida. Por esta razón llamó a las otras hermanas y la llevaron a una pequeña celda. La tendieron en un catre diminuto, sobre un colchón acolchado, de paja y arpillera. Luego le trajeron un poco de agua fresca. Según las monjas, el reposo haría el resto. Esa era la mejor manera de recomponer su alma destrozada, habían dicho. Si se sentía mejor, la conducirían al comedor para la cena, inmediatamente después de vísperas y antes de completas. Tan pronto como fuera posible, la madre superiora hablaría con ella para escuchar su historia y luego se decidiría qué hacer.

Y así, en ese momento, Malasorte se hallaba en el interior del monasterio. No había tiempo que perder, pensó.

En cuanto la dejaron sola se recogió el cabello y se desvistió para ponerse los blancos hábitos con escapulario y toca negra que le habían dejado a los pies del catre. Se puso el cinturón de cuero en la cintura.

Sabía que corría un gran riesgo, pero no tenía alternativa. Confiaba en el hecho de que la dejarían en paz al menos hasta las vísperas. Sin mencionar que, con un velo y un hábito monacal, de alguna manera podía esperar pasar desapercibida.

Sin más preámbulos abrió la puerta y salió.

Malasorte recorrió un largo pasillo. Estaba desierto, fresco y lúgubre. Finalmente salió a un magnífico claustro. Pequeños árboles frutales y flores de vivos colores coronaban con una pequeña nube policromada una pequeña fuente en el centro. Por un momento se quedó hechizada contemplando esa maravilla. El gorjeo de los pájaros le dio un nuevo estremecimiento de felicidad.

Pero lo cierto es que no estaba allí para divertirse.

Fue entonces cuando la suerte la ayudó de una manera que parecía increíble, ya que, justo en ese momento, se topó con la marquesa de Pescara.

La reconoció de inmediato. Caminaba a lo largo de la columnata.

Y se aproximaba a ella. Estaban solas.

Se le acercó.

—Hermana —dijo sin titubeos y con cortés solicitud—. ¿Sería pedirle demasiado si le ruego que vaya a la cocina a buscar una jarra de agua fresca con cinco vasos y luego la lleve a la biblioteca? —Y, según lo decía, señaló una puerta que daba al claustro.

—Por supuesto —respondió Malasorte con una amable sonrisa. Dicho esto, se dirigió a una puerta de la que provenía un delicioso aroma de pan recién hecho.

Se hallaba en la cocina del monasterio.

—Llevaré una jarra de agua y vasos para la marquesa de Pescara —dijo. Era media tarde y pronto se dio cuenta de que no había nadie. La madre cocinera estaría descansando o, más probablemente, habría salido con la encargada de las compras a hacer recados.

Malasorte llenó una jarra de agua. En un armario encontró unos vasos de terracota. Lo dispuso todo en una bandeja de madera y, cuidando de no llamar demasiado la atención, se dirigió hacia el claustro, recordando la puerta que le había señalado Vittoria Colonna.

25

El Beneficio de Cristo

Ese día, junto con Vittoria y el cardenal Reginald Pole, había otras personas. Fue su bella amiga quien se las presentó.

Miguel Ángel estrechó la mano de Alvise Priuli, noble veneciano que respondió al gesto con afecto y justa correspondencia.

—Maestro, veros hoy en esta biblioteca tiene el sentido de una bendición para nosotros. No esperábamos tener tanta suerte —dijo este último.

Miguel Ángel reaccionó quitándole importancia con un encogimiento de hombros.

—El honor es mío —respondió.

Luego llegó el turno de Marcantonio Flaminio. Tenía unos ojos negros y profundos y una barba oscura estriada de blanco. Sus cabellos estaban peinados con raya al medio y caían prolijamente sobre sus hombros, enmarcando un rostro delgado con pómulos pronunciados. También él tuvo palabras llenas de gratitud y deferencia.

Miguel Ángel no podía entender el motivo de tanto cariño. Quizá debido a su desconfianza natural, al principio le había parecido que todas esas personas se mostraban demasiado afectadas, al menos hacia él, pero luego, poco a poco, fue desarrollando un sentimiento diferente. Ese cambio se produjo en parte gracias a los ojos de Vittoria, que lo sostenía por una mano, en parte gracias a Pole, que tenía el don natural de saber cómo hacer que la gente se sintiera cómoda. Estaba dotado de una gracia muy particular, que parecía pertenecerle desde el nacimiento y que se amplificaba con su cuerpo afilado, porte elegante, modales serenos y amables, pero nunca hasta el punto de caer en la altivez.

Así fue como, poco a poco, Miguel Ángel sintió una calidez, una sinceridad que lo conquistaron.

Tenía curiosidad por saber el motivo de esa convocatoria. Había acordado la noche anterior, con Vittoria y el cardenal Pole, volver a verse al día siguiente, por supuesto, pero cuando se lo pidieron, le pareció que Pole lo quería allí con ellos para poderle anunciar una gran noticia.

Miguel Ángel no tenía la menor idea de lo que era, pero, en parte porque quería corresponder a la gentileza de Pole y en parte porque Vittoria había insistido, había aceptado ese segundo encuentro.

La jornada era menos tórrida que la precedente, a pesar de que no podía calificarse como fresca.

El cardenal tuvo apenas el tiempo de saludarlo y preguntar:

—Queridos míos, ¿conocéis *El Beneficio de Cristo*? —dijo cuando alguien de repente llamó a la puerta. El cardenal se interrumpió.

—Adelante —contestó dejando entrever un punto de irritación.

Al instante entró una hermana. Llevaba una bandeja con una jarra de agua y cinco vasos.

—Excusadme —dijo—. Os traigo algo para refrescaros en este día tórrido, como me pidió la señora Colonna.

Vittoria asintió.

—¿*El Beneficio de Cristo?* —preguntó Priuli.

El cardenal asintió con la cabeza.

La monja dejó la bandeja sobre la mesa, se disculpó una vez más por la interrupción y se dirigió hacia la puerta.

Cuando estaba a punto de salir, Miguel Ángel la miró a los ojos y por un momento se quedó sin habla. Vio unos ojos verdes cuyo color era tan intenso y profundo que lo dejó sin aliento. Y no solo eso. Le produjo una extraña sensación que al principio no le permitió concentrarse.

Volvió a escuchar a Pole.

El cardenal esperó que la monja saliera y luego, en vez de hablar, extrajo del bolsillo de su sotana un librito.

—Aquí está —dijo con un tono casi triunfal—. Tengo entre mis manos *El Tratado Utilísimo del Beneficio de Jesucristo, crucificado por los cristianos*, que nos presenta con enorme valentía el señor Flaminio.

—Andrea Arrivabene, en Venecia, lo ha impreso para nosotros.

—Alabado sea Dios por este milagro —dijo el cardenal—. Mirad, amigos míos, este pequeño texto me resulta tan querido porque nos muestra un nuevo camino para la fe. Un camino basado en la comunión del hombre con Cristo, que descendió entre nosotros desde la cruz y se dejó matar para hacernos inmortales. —En ese punto, el cardenal Pole amagó una pausa, como para subrayar mejor esa afirmación con el silencio. Luego prosiguió:—: Pero entonces os pregunto: ¿cuáles son las obras útiles, inspiradas y concebidas, como los actos de limosna, las indulgencias, el respeto por los sacramentos?

Y al decir esas palabras, Pole plantó sus ojos claros en los de Miguel Ángel.

Fue entonces cuando percibió en el cardenal una energía que no había sentido hasta ese momento. Su mirada feroz pareció desafiarlo un instante y luego volvió a sumergirse en una vorágine de melancolía.

Aun así, el artista había comprendido perfectamente la pregunta.

—¿No deberían el amor y la humildad ser la esencia misma de la fe? —preguntó a su vez, desconcertado por lo que Pole estaba predicando.

—¡Precisamente, maestro Buonarroti! En efecto, tenéis tanta razón que creo que los actos de culto y otras obras, tal como las entiende la Iglesia católica actual, no son más que una forma de establecer un comercio con Dios, una especie de mercancía que se colocaría al mismo nivel que el hombre. Y esto, ya sabéis, no es posible en absoluto.

Priuli y Flaminio asintieron.

Y otro tanto hizo Vittoria, juntando las manos con tal fervor que casi sorprendió a Miguel Ángel. Por su parte, sintió la fuerza impactante de lo que acababa de decir Pole. ¿Cómo podría el hombre siquiera pensar que podía quedar limpio de sus pecados ante Dios exhibiendo caridad e indulgencias, como si esos actos tuvieran la capacidad de elevar un corazón impuro? Es más: si esas obras procedieran del corazón impuro del hombre, entonces solo podrían calificarse ellas mismas como impuras.

—Pero entonces, excelencia —preguntó Miguel Ángel con franqueza—. ¿Qué significa eso? ¿Que las buenas obras no sirven para nada?

—¡En absoluto! —le aseguró Pole con una sonrisa—. En absoluto, amigo mío. Pero escuchad lo que os digo: la fe, entendida como la comunión del alma con Dios, no puede separarse por sí misma de las buenas obras, por lo que, como dice *El Beneficio de Cristo*, tampoco estas últimas pueden separarse de la primera, no se consuman en un momento posterior, sino que más bien el que cree en Dios solo podrá hacer el bien por el único hecho de tener que ser un buen cristiano.

—Así es —dijo Pole—. Escuchad. —Y al decirlo abrió el librito que tenía en la mano y leyó con voz melodiosa:

—«Entonces, la fe es como una llama que, como tal, resplandece. La llama quema la madera sin la ayuda de la luz y, sin embargo, la luz está indisolublemente ligada a la llama. De manera similar, la fe por sí misma extingue y quema los pecados sin la ayuda de las obras. Y sin embargo no puede existir sin ellas, de lo contrario sería como una llama pintarrajeada y vana».

Esas palabras le calaron en la conciencia. Miguel Ángel percibió su fuerza disruptiva, sintió su poder refundador y, al mismo tiempo, le quedó claro que ese pensamiento no hacía más que devolver la fe en Cristo a la esencialidad del pasado. No pudo, por tanto, abstenerse de decir:

—Pero, excelencia, ¿no es tal visión la que sin duda promulgaba san Pablo?

—¡Por descontado! Y, de hecho, este folleto que tenemos la suerte de poder hojear no predica más que el amor y la reconciliación de la Iglesia con las palabras de san Pablo, y la convicción de que el creyente y Dios están unidos por la fe y que esta no puede sino expresarse a través de las buenas obras.

Miguel Ángel asintió, tranquilizado por esas palabras. Miró a Vittoria, que le sonrió.

Ahora entendía por qué a su amiga le importaba tanto que la visitara en Viterbo. El cardenal Pole era un gran hombre y realmente podía curar las heridas de su alma afligida. De repente las dudas, las conjeturas, el miedo y su angustia ligados a la conducta mundana del papa, la venta de indulgencias, la utilización de sus obras como celebración de una fuerza temporal que nada tenía que ver con una fe pura y simple parecieron disolverse y por fin se sintió en paz: consigo mismo y con lo que le rodeaba.

Fue una liberación. Miguel Ángel no podía entender cómo las palabras de Pole contenían en sí mismas todo lo que se necesitaba para restablecer una forma de vida: de ahora en adelante tendría en cuenta todo cuanto le había dicho. Era en la humildad, en el amor a Dios y al prójimo donde encontraría su propia redención. Y ya no se preocuparía por tener cuidado de hacer lo correcto. Le saldría de forma natural, ya que esa era la única manera de poder vivir con Dios.

Comprendió que la vida era como una escultura: para comprender su verdadera belleza era necesario restar, no acumular. Descubrir la maravilla que se mantenía oculta en la esencia, exactamente como un mazo y un cincel, si se usaba bien, podría revelar la perfección de una forma superior, modelada a través de llenados y vaciados, señalada por las líneas invisibles que recorrían como venas misteriosas y arcanas la materia pura del mármol blanco. Se sintió renovado y, al mismo tiempo, entendió la pobreza de su trabajo. Todo se estaba reubicando en una perspectiva nueva y más amplia: haría votos de austeridad y mesura como nuevas fuentes de vida. Siempre se había atenido a ellas y siempre había intentado, en tanto le había sido posible, ayudar a los demás, pero ahora, decidió, prestaría aún más atención.

No iba a ser fácil, lo sabía. Solo podía luchar por esa perfección, pero gracias a esos nuevos amigos suyos se sentía más fuerte. Es más, se sentía invencible. Porque el cardenal Pole y Vittoria le habían mostrado finalmente cómo su arte era tal no porque lo celebraran los papas, sino porque se trataba de una expresión de su amor a Dios, el modo irrenunciable que el Señor tenía de hablarle.

Si tan solo hubiera sabido escucharlo…

Como si hubiera leído sus pensamientos, el cardenal Reginald Pole lo miró. Luego dijo:

—Tened fe en Dios, Miguel Ángel, y solo podréis ser mejor de lo que ya sois. Todo os resultará más fácil.

Y, sin embargo, cuando esas palabras se desvanecieron, algo le vino a la mente. Miró a sus nuevos amigos y luego dejó que su mirada flotara en la de Vittoria. Entonces comprendió lo que su mente, de manera recóndita, buscaba, royendo como carcoma aquella paz perseguida durante largo tiempo y que descubría por primera vez.

¡Los ojos de la hermana! ¡Ya los había visto antes! No podía estar equivocado.

Aquella toma de conciencia casi le corta la respiración. Se levantó del sillón, con la intención de tomar un vaso de agua.

Se tambaleó. Se agarró del brazo del asiento para no caer.

—¡Miguel Ángel! —exclamó Vittoria alarmada.

—¡Maestro Buonarroti! —le secundó Priuli.

—La mujer que ha entrado antes… —susurró con un hilo de voz.

—¿Quién? —preguntó Pole.

—La monja…, la que ha traído las bebidas…, la he visto antes —exclamó.

—¿Dónde?

—En la iglesia de Santa María sobre Minerva —dijo, sacando fuerza de flaqueza y mirando a Vittoria.

—¿Estáis seguro? —le inquirió Pole.

—No tengo ninguna duda. Nunca olvidaría esos ojos. Además…

—¿Una espía? —preguntó el cardenal con creciente angustia.

—Me temo que sí —confirmó Miguel Ángel—. Además… —volvió a decir—, la otra noche, mientras iba a la posada, alguien me siguió.

Al escuchar tales palabras Alvise Priuli se lanzó hacia la salida.

—Señor Priuli… ¿qué hacéis? —preguntó preocupado Marcantonio Flaminio.

—Intento detener a esa mujer. —Fue la respuesta cuando ya el noble veneciano había abierto la puerta y se lanzaba a velocidad vertiginosa por el pequeño pasillo que conducía al claustro.

26

Una fuga rocambolesca

¡El Beneficio de Cristo! No tenía idea de qué se trataba, pero no olvidaría esas palabras. Y sabía que, por ellas mismas, ya habían justificado el viaje.

Ahora no tenía más que ir a buscar el caballo, llevarse a Gruñido y marcharse.

Vestida de monja había llegado al portón y, gracias al disfraz y bajando la mirada, se había escabullido fuera del monasterio. La hermana portera le había permitido pasar sin grandes dificultades. Había dejado el vestido en la celda, pero con lo que Imperia le daría como recompensa por ese trabajo, se compraría al menos tres prendas nuevas. Sintió que era casi un milagro que las monjas no hubieran descubierto su pequeña estratagema para irrumpir en la biblioteca antes de que fuera demasiado tarde.

Todo había salido a pedir de boca, pero ¿por qué no iba a tener suerte al menos por una vez?

Entonces, con la cabeza gacha, con cuidado de no tener ningún contacto visual y aprovechando al máximo el más eficaz de los disfraces, se dirigió de regreso al taller abandonado donde sabía que encontraría a Gruñido.

Su idea era esperar a la noche y, aprovechando la oscuridad, partir con el moloso hacia Roma. Se detendría en la posada a las afueras de Viterbo donde había dejado el caballo y galoparía de regreso a la ciudad.

Se encaminó hacia el taller.

Cuando encontró las llaves la noche anterior se dio cuenta de que estaban atadas a una cuerda de cuero. Así que se las había puesto alrededor del cuello como un rosario. Al llegar cerca de la puerta, sin llamar demasiado la atención, giró la enorme llave de hierro en la cerradura y abrió el batiente.

—¡Puaj! —dijo una voz que sonaba como a polvo de óxido—. Entonces ¿fuiste tú quien liberó a ese perro sarnoso? ¿Una monja?

Al principio, Malasorte no lo lograba entender. Tan solo sentía el sabor a hierro de la sangre en su boca. La persona que le hablaba la había metido dentro del taller y luego la empujó hacia un rincón haciendo que se estrellara contra algo.

Y ahora tenía el labio partido. Esputaba sangre.

Si consiguiera encontrar su bolso…, ¿dónde diablos lo habría puesto?

Malasorte no era capaz de pensar. Y sin embargo debía hacerlo con urgencia, a toda prisa.

—Eres tú la que te ocupaste de liberar al perro, ¿verdad?

A modo de confirmación de sus palabras, Gruñido dejó escapar un suave lamento. Malasorte alzó la mirada y vio al moloso en un rincón. Estaba cubierto de llagas y se mantenía firme sobre sus patas. Alguien lo había golpeado a muerte.

Luego, mientras trataba de ponerse de pie, centró su atención en esa voz áspera que parecía pertenecer a un demonio surgido de las entrañas de la tierra. Vio ante ella a un hombre alto y robusto de brazos grandes y nervudos, una larga barba negra y una cabeza brillante y sin pelo.

—¡Por Dios! ¡Casi me mata ese bastardo!

Al escuchar esas palabras, Malasorte se percató de que el hombre sostenía un garrote en la mano. El otro brazo estaba cubierto con un trozo de manga rota y parecía que acababa de ser desgarrado. Gruñido debía de haberlo atacado. Sin duda el hombre levantó el brazo para protegerse y ese había sido el resultado. Sin embargo, seguramente logró golpear al perro con el enorme palo más de una vez, a juzgar por las marcas de sangre que teñían de rojo el cuerpo del pobre animal. Lo había atado con una cadena a un anillo de hierro.

—¡Quiero que sepas que lo pagarás muy caro! —tronó el hombre agitando el brazo herido.

Un ladrido rabioso irrumpió en aquella amenaza.

—¡Tú intenta moverte! —gritó el hombre en dirección al perro—. Y verás cómo te reviento la cabeza. —Y mientras lo decía blandía el garrote ensangrentado.

Malasorte sabía que solo disponía de una oportunidad. Tenía que acercarse a la leñera, ya que ahí era donde había escondido la bolsa. Si tan solo lograra abrirla…

Pero el hombre se acercó y la tomó de las piernas, arrastrándola hacia él. Se encontró con la cara aplastada contra el suelo. Él le quitó el velo. Entonces, Malasorte sintió el frío de la hoja de un puñal. El hombre apuntó con él a la garganta. Luego agarró el borde del hábito y con el cuchillo se lo cortó a lo largo de su espalda, abriéndola justo hasta la mitad.

Sintió de nuevo la hoja metálica contra la piel. Y un escalofrío helado le recorrió el cuerpo.

—Y ahora veremos si eres tan bella como pareces —ladró el hombre.

Fue como si Gruñido hubiera entendido, de repente, lo que estaba a punto de suceder.

Saltó de improviso, rompiendo la cadena que lo ataba, y se arrojó con furia sobre el agresor.

Malasorte captó que aquella era su última posibilidad. Sin perder más tiempo se lanzó a la leñera.

Escuchó un grito tras de sí. Quería darse la vuelta, pero sabía que sería mucho más útil para Gruñido y para ella si pudiera ponerse manos a la obra con lo que tenía en mente.

Movió los troncos de madera y agarró la bolsa de piel de conejo, metió la mano dentro y encontró lo que buscaba.

Fue en ese momento cuando el hombre la agarró por una pierna de nuevo y la tiró hacia atrás.

Pero esta vez las cosas habían cambiado. Malasorte actuó rauda. Con una patada se liberó del agarrón y un momento después se volvió, arrojándose contra él. Las hojas de las dagas destellaron en el aire. Clavó la primera en el pecho de su atacante. Luego la segunda. Sintió una especie de doble laceración: el acero que desgarraba la carne. El hombre la miraba con los ojos muy abiertos, parecía no creer lo que acababa de ocurrir.

Dejó caer el garrote que sostenía a duras penas con la mano desgarrada. Después el puñal. Esputó una bocanada de sangre.

Malasorte se alejó, dejando los puñales clavados en el pecho: las empuñaduras refulgían desde la casaca como monstruosos apéndices de plata y madreperla.

El hombre emitió un último grito alzando el brazo herido. Pero ya no consiguió hacer nada más. Las piernas cedieron como si fueran de barro.

Terminó arrodillado.

Luego se desplomó de lado, con el rostro vuelto hacia el suelo y los restos de paja. Malasorte se quedó mirándolo aterrorizada.

Acababa de matar a un hombre.

Se quedó quieta, con la garganta apretada entre las garras del miedo. Sintió que se ahogaba. Notó cómo un mareo le subía a la cabeza. Luego percibió que las náuseas le acudían a los labios como una marea creciente. El estómago pareció romperse en una arcada. Se inclinó hacia adelante y vomitó en un cubo.

Permaneció inmóvil como una muerta durante un buen rato… hasta que sintió que Gruñido le lamía la cara. El calor era insoportable.

Cuando volvió a sentarse, vio un enjambre de moscas zumbando en torno al cadáver del hombre que acababa de matar.

27

La novicia

Las dos monjas los miraban con expresión contrita.

—No podía imaginar que esa joven pudiera ser una espía. Me pareció una chica en dificultades. Las otras hermanas también pueden dar fe —dijo la novicia con una pizca de pesar.

La abadesa la miró con severidad comedida.

—No te culpes, querida —la alentó. Pero ahora trata de recordar cómo era. Intenta describirla.

—Tenía unos ojos verdes profundos —comenzó a explicar la monja.

Miguel Ángel contuvo el aliento. Eran precisamente aquellos iris tan singulares lo que lo habían puesto en guardia. Si tan solo hubiera sido capaz de recordar antes dónde había visto aquella mirada…

—El cabello negro enmarcaba un rostro fresco y suave. Era bastante alta y no debía de tener más de veinte años. De hecho, creo que era más joven.

—¿Recordáis alguna cosa más? —intentó preguntarle Pole.

—Dijo que venía huyendo de la crueldad de un hombre. Por eso me decidí a dejarla entrar.

—Casi seguro que os mintió —concluyó Flaminio meneando la cabeza.

—Llevaba un vestido muy modesto —agregó la monja.

—El que os he mostrado —dijo la abadesa en dirección a Pole.

El cardenal asintió.

—Y pensar que me la he encontrado antes de llegar a la biblioteca —confesó Vittoria con tristeza.

Miguel Ángel miró a su amiga con sorpresa.

—¿En serio?

—Sí, le he pedido a ella justamente que nos trajera la jarra de agua y los vasos.

—¿Recordáis alguna cosa de esa mujer? ¿Algo más de lo que ya ha dicho la hermana? —preguntó Pole.

—Por desgracia, no —dijo Vittoria con un suspiro—. Ha sido muy amable, pero llevaba un hábito y no fui capaz de detectar nada más de cuanto se ha dicho hasta ahora. Vos tenéis razón —añadió la marquesa de Pescara dirigiéndose a la hermana—. Tenía unos ojos de un color muy hermoso e intenso, que no pasa inadvertido.

Reginald Pole suspiró.

—Lamentablemente no podemos hacer ya nada. Pero si yo fuera vos, no me preocuparía demasiado. Hemos tenido la confirmación, que hay que conceder que tampoco era necesaria, de que alguien nos está espiando.

—¿Quién se atrevería a llegar tan lejos? —preguntó la abadesa.

—Prefiero no investigar demasiado esto, madre. Lo que

importa es que esta espía ha abandonado el monasterio. A partir de ahora seréis más cautelosas con los peregrinos que soliciten amparo y, en cuanto a mí, mis amigos y nuestros inocentes encuentros —prosiguió Pole—, nos aseguraremos de que se celebren en la fortaleza donde me alojan con gran generosidad. Así no os ocasionaremos más molestias.

La abadesa asintió. Luego añadió:

—Eminencia, vos no nos causáis molestia alguna. Nuestro monasterio es vuestra casa.

Pero el cardenal se guardó la última palabra:

—No tengo duda alguna y os lo agradezco. Pero es evidente que quien ha entrado hoy en vuestro monasterio estaba interesada en nuestro encuentro, se apresuró a conseguir un disfraz con el único propósito de poder entrar en la biblioteca.

La abadesa no replicó.

—Gracias por las informaciones que nos habéis proporcionado. —Con una seña de la cabeza, Pole manifestó su propia gratitud también a la joven novicia. Por fin se puso en pie y, seguido por Alvise Priuli y Marcantonio Flaminio, llegó hasta la salida.

Asimismo, Miguel Ángel se levantó y, junto con Vittoria, se encaminó a la puerta.

Cuando se volvieron a encontrar en el claustro, Pole expresó su preocupación:

—Desafortunadamente, quien entró debe de haber captado la mención al *Beneficio de Cristo*. Con toda seguridad pronto se informará al Santo Oficio de nuestras lecturas. Eso es malo, por supuesto, pero el daño ya está hecho.

—Su Eminencia, me siento mortificado —dijo Priuli. Fue

él quien formuló la inocente pregunta que, en el momento equivocado, había revelado mucho más de la cuenta.

—No os lamentéis demasiado, amigo mío —lo tranquilizó Pole—. Tarde o temprano iba a suceder de todos modos. Lo que haremos, de ahora en adelante, es intentar ser más cuidadosos. Dudo que las buenas monjas vuelvan a dejar entrar a alguien tan fácilmente. Lo que me tranquiliza de cara a Vittoria —dijo Pole—. No puedo decir lo mismo de vos, maestro Buonarroti.

Miguel Ángel se encogió de hombros:

—Eminencia, como vos ya habéis dicho, yo no tengo nada que temer. Ya tengo muchos años. Regresaré a Roma e intentaré ir con los ojos bien abiertos.

—Entiendo. Sois famoso, maestro. Y muy amado. Hasta donde yo sé, el papa os estima. Le habéis pagado de la mejor manera: con vuestro trabajo. Sin embargo, no penséis ni por un instante que estáis a salvo. Desde el momento en que estáis asistiendo a nuestro cenáculo os mantendrán, con toda certeza, bajo estricta observación.

Con esas palabras Pole lo saludó. Y luego abrazó a Vittoria.

También Priuli y Flaminio se despidieron. Pretendían regresar a la fortaleza.

De nuevo solos, Miguel Ángel y Vittoria permanecieron un rato en el claustro admirando árboles y flores, incendiados por el rojo de la puesta de sol. El agua de la pequeña y deliciosa fuente de mármol parecía romper, con su chorro, ese silencio por lo demás perfecto. Sin embargo, era un sonido grato y rotundo, con una dulzura discreta y, al escucharlo, Miguel Ángel tomó a su amiga de la mano. Se llevó los dedos a los labios y los besó. Vittoria lo miró absorta, luego su rostro se oscureció un poco:

—Miguel Ángel, he puesto vuestra vida en peligro. No me lo perdonaré nunca.

—Amiga mía —replicó él—. Pero ¿qué estáis diciendo?

—Si no hubiera sido por mí, no os encontraríais en esta situación. Al contrario, ahora alguien informará de que pertenecéis al grupo del cardenal Reginald Pole.

—Vos no podéis entender lo importante que sois para mí. Os estoy infinitamente agradecido por presentarme a Su Eminencia. Sus palabras, tan llenas de energía y bondad, son la mejor cura para esta alma mía desesperanzada. Al contrario, os pido que me consigan un ejemplar del *Beneficio de Cristo*, para que pueda leerlo lo antes posible, ya que las tesis que en él se recogen serán de gran consuelo.

—¿Estáis seguro?

Miguel Ángel asintió.

—Pues entonces no se puede pedir más —respondió la marquesa de Pescara.

—A cambio —le dijo— pintaré una Piedad para el cardenal. Para compensaros. Será más hermosa que nunca, ya que pondré toda el alma para llevarla a cabo y él podrá rezar frente a ella.

—¿De verdad? ¿Me regalaríais una joya tan grande? Pues bien, eso es muchísimo más de lo que cabría esperar, ya que lo que hagáis para el cardenal lo hacéis para mí. Fijaos, Miguel Ángel, que su juventud, la bondad de su alma, su valentía lo convierten a mis ojos en el hijo que nunca he tenido. Él mismo tiene la ternura de considerarme como una madre para él. Un hecho así ya me compensa, junto con vuestra maravillosa amistad, de todas las amarguras que la vida me ha reservado.

—¿Lo dudáis? Haría cualquier cosa por vos, Vittoria. Estas afirmaciones vuestras refuerzan mi voluntad de ponerme manos a la obra de inmediato en el pequeño cuadro que tengo en mente.

Y en esas palabras ella sintió la solemnidad y la valentía de su grandeza de espíritu.

Permaneció en silencio. Le pareció que se deslizaba sobre esa brisa que finalmente se había levantado. La sensación de poder volar con grandes alas llameantes en el cielo rojo la golpeó con toda la fuerza abrumadora de esa confesión que acababa de pronunciar.

Luego, casi a escondidas, de repente hizo aparecer un envoltorio. Miguel Ángel no sabía dónde lo había guardado hasta ese momento.

—En esta ocasión —dijo Vittoria—, soy yo la que tengo un regalo para vos.

Miguel Ángel hizo amago de hablar, pero Vittoria le selló los labios con el dedo índice:

—Mirad. —Y mientras lo decía iba desenvolviendo la tela.

Al instante apareció una espléndida lente montada sobre un pie de plata.

—La hice preparar para vos por un maestro vidriero veneciano —anunció Vittoria—. Sé cuánto esfuerzo os cuesta reconocer las figuras y los colores que estáis aplicando a la capilla Paulina para crear el fresco. Por no mencionar que el mismo problema, supongo, se os presentará también para los acabados en mármol. Vuestra vista ya no es lo que era, la habéis consumido día tras día en las bóvedas de la Sixtina y en la pared del altar del *Juicio Final*. Por eso, por favor, aceptad este pequeño obsequio mío que os permitirá luchar de nuevo en condiciones justas contra los obstáculos que vuestras artes os imponen cada día.

Miguel Ángel la miró extasiado. Tomó la lente de las manos de su amiga. La miró largamente en silencio. Qué hermosa era. Tan brillante y perfecta, montada sobre ese espléndido pie plateado que relucía con los últimos rayos del sol.

Sentía una gratitud y un afecto indescriptibles por Vittoria porque, si pudiera, la habría amado mucho y mejor de lo que ya lo hacía. No se atrevía a preguntarle si alguna vez había deseado algo más, y por supuesto a Vittoria nunca se le habría pasado por la cabeza la idea de decírselo a él. Sin embargo, percibía la fuerza de su afinidad electiva llenando el claustro en ese momento y pareciendo sacudir las columnas y volar hacia el cielo. Pero estaba muy lejos de aquella fiebre devoradora que sentía en presencia del Urbino y que le hacía avergonzarse de sí mismo como nunca hubiera creído. Con él tenía que contenerse para no cometer actos obscenos, actos execrables.

Y no obstante veía, una vez más, una serenidad tan extraordinaria en los ojos de ella que, sin más resistencia interior, cedió a lo que sentía, se rindió a la dulzura de ese sentimiento y dejó que se manifestara de la manera más justa y sincera, sin pretender dar más de lo que realmente podía.

Tener a su lado a Vittoria era ya la mayor recompensa que un hombre como él podía soñar.

Y mientras la contemplaba, ella lloraba.

—Vittoria —preguntó Miguel Ángel—. ¿Qué os sucede? ¿Por qué esas lágrimas?

—No os preocupéis, amigo mío —dijo ella—. Estas lágrimas son de gratitud, ya que el mío es un llanto de alegría y únicamente a vos os debo un momento como este.

Él la tomó entre sus brazos y se quedó meciéndola con dulzura.

OTOÑO
DE 1543

28

El viejo impresor

Entonces… ¿*El Beneficio de Cristo* era un libro?

¿Y podía un objeto como ese ejercer tal poder? Malasorte no estaba segura. Ciertamente amaba las letras, las palabras y las historias que se iban componiendo ante sus ojos cuando tenía tiempo para leer. Unos años antes, Imperia le había enseñado ese tipo de magia y ahora le encantaba poder permitirse el magnífico lujo de la lectura. Era su pasión secreta y representaba un consuelo y un alivio para el alma.

Cuentos y poemas: no podría definir qué género prefería, pero un hecho estaba claro, y era que, en cuanto tenía la oportunidad, le encantaba dejar que sus ojos se hundieran en las páginas de un buen libro. Imperia tenía los estantes llenos de ellos y le dejaba sacar de allí los que más le gustaban.

Entre todos, recordaba que le había apasionado *Il Peregrino* de Iacopo Caviceo, porque en esa historia, más que en ninguna otra, había encontrado el encanto de la aventura, la pasión, el sentimiento que se desbordaba en el corazón de los protagonistas y que parecía anegar las páginas de una inquietud que dejaba al lector sin palabras. El libro hablaba de un gran amor entre Ginevra y Peregrino. Para poder hablar con la mujer que conquistó su corazón, tras escapar de un lío con la ley y haber evadido la vigilancia de los familiares, el protagonista se disfrazaba de campesino, deshollinador, mendigo. Y luego seguía a su amada por entre las fiestas, llegando a entrar en la casa de Polissena, la prima enferma, o escondiéndose en la oscuridad del sótano de un amigo, o incluso bajo un altar de una iglesia: hacía de todo para verla y expresarle su ardiente pasión. ¡Qué furor había en ese joven enamorado! Y con qué mesurada y suave armonía Ginevra trataba de repeler esas aproximaciones, aunque suspirara de amor por él. Y en esa trama, tan llena de sorpresas y giros, Malasorte había encontrado tanta felicidad y tanta dicha que quería dedicar todo el tiempo que tenía disponible a esa magnífica actividad.

Y cuando no disponía de él, no dudaba en robárselo a las horas de sueño. Y ese mundo suyo estaba tan poblado de historias y personajes que por momentos lograban distraerla de la peligrosa vida que se veía obligada a llevar.

Gracias a la lectura, recorría con la mente las andanzas de la vida de Peregrino y Ginevra, o presenciaba las traiciones cometidas por mujeres adúlteras contra sus maridos posesivos y violentos en las historias de Masuccio Salernitano. Pero quizá fue la historia de Romeo y Julieta y su amor frustrado en Verona, escrita por Luigi da Porto, la que más le había robado el corazón. Había en ella tanto anhelo de amor, un conflicto tan cruel y exacerbado contra los dos enamorados, que Malasorte, al leerla, no podía contener las lágrimas.

Esos eran sus héroes. Era gracias a ellos y a esas aventuras como la joven sentía más llevadero el mundo en el que vivía cada día, hecho de mentiras y fugas nocturnas, de espionaje y mentiras. Aunque continuaba tranquilizándose a sí misma con que no había nada malo en lo que estaba haciendo, percibía en cambio, claramente, la sensación de violar la intimidad de un hombre bueno y muy talentoso, y las penas sinceras de una mujer elegante y amable.

Y habría preferido no hacerlo.

Qué lejos quedaban los tiempos en que, aún al inicio de esa misión, se había dejado seducir por el encanto de lo prohibido. Ahora, sin embargo, se odiaba a sí misma por haber aceptado y no poder liberarse del yugo de ser espía.

Por ello en aquellos días se aferraba a las historias; sin embargo, ya se tratara de duelos y batallas o amores y promesas, Malasorte nunca habría creído que la lectura pudiera llevarse bien con un arma.

Se había quedado desconcertada cuando refirió a Imperia toda la información conseguida. Aun así, su ama no había titubeado. ¡Por supuesto! Las palabras podían herir más que la espada, le había dicho. Especialmente en un periodo como ese, en el que la Iglesia estaba consumida por luchas internas. Y si ese pequeño libro, *El Beneficio de Cristo*, había llegado a Viterbo, con mayor razón debía de estar disponible en Roma también.

Imperia le había confesado que *El Beneficio de Cristo* era en aquellos días uno de los libros más poderosos y peligrosos de toda la creación.

Y ese hecho era tan cierto que, por esa información que había traído de Viterbo, la hacía merecedora de la suma más conspicua que jamás hubiera recibido.

Así que, por mucho que le costara creerlo, Malasorte pronto se dio cuenta de que ese texto debía de haber sido de gran interés para las personas a las que Imperia les había prometido ir suministrando información. Y por este motivo, sin perder más tiempo, la cortesana lo había enviado a una imprenta en la que confiaba, para poder conseguir dos copias del libro en cuestión.

Y ahora Malasorte se encontraba justamente a la puerta de la imprenta de Antonio Blado en Campo de Fiori.

Miró a Gruñido, que la había seguido hasta allí. El moloso le había sido fiel desde el día de su regreso a Roma y pronto descubrió lo prudentes que se habían vuelto los hombres, incluso los más descarados, en el mismo momento en que la veían caminar con esa bestia a su lado.

Le acarició el enorme morro.

—Espérame aquí —le dijo—. Tardaré menos de lo que piensas.

Gruñido gimió complacido y se sentó obediente en un rincón, apoyándose sobre sus patas traseras. Malasorte le sonrió. La fidelidad de ese animal era tan conmovedora que siempre lograba sorprenderla.

Después llamó a la puerta y entró.

Tan pronto como cruzó el umbral, se quedó sin habla al ver lo que tenía ante ella. Más allá de la entrada, un gran mostrador de nogal separaba la entrada pública del taller. Detrás había una bulliciosa actividad: Malasorte ciertamente no entendía de imprentas; sin embargo, no tuvo dificultad en distinguir las grandes cajas tipográficas repletas de caracteres móviles, fabricados en una preciosa aleación de plomo, estaño y antimonio. Vio una gigantesca plancha de imprenta y percibió aromas claros de tinta y papel amontonados en resmas blancas, similares a torres albas de una época lejana. Justo en medio de todo ese despliegue de maquinaria y material, vio a un prensador aplicando papel en el tímpano, unos batidores que con almohadillas de cuero, empapadas en tinta, iban rellenando y frotando las formas impresas, mientras un cajista extraía de una caja los caracteres, los espacios y los símbolos para después disponerlos en una especie de regla.

Malasorte no pudo evitar abrir mucho los ojos, extraviada en aquella maravilla.

Casi dio un brinco cuando, acercándose, el viejo impresor Antonio Blado se dirigió a ella con voz débil y desagradable.

—¡Pues vaya con la chica guapa! ¿Y qué haces hoy, aquí, en una imprenta, tú que quizá ni siquiera sepas leer?

Rearmándose de repente, Malasorte respondió instintivamente al viejo impresor:

—¡Pues claro que sé leer y me encantan las historias de Jacopo Caviceo y Luigi da Porto! —Puso en esas palabras una convicción y una intensidad que sorprendió no poco al maese Blado.

Este último, por el contrario, al escuchar estas declaraciones entrecerró sus ojos penetrantes reduciéndolos a rendijas, casi como si fuera un ave rapaz, dispuesto a distinguir la presa en el cielo. Pero luego, tras ese instante de desconfianza, pareció calmarse, aceptando de buen grado que no había comprendido del todo bien a su interlocutora.

El maese Blado llevaba camisa y delantal. Tenía las manos manchadas de tinta con uñas tan negras que parecían vestidas de luto. Una fina barba blanca hacía que su barbilla puntiaguda y una masa de cabello despeinado le diera a su rostro un aspecto extraño, tal como debía de ser su propio estado de ánimo. Sin embargo, era un hombre de buen corazón y ver a una mujer joven en su tienda, después de la desconfianza inicial, lo había calmado lo suficiente como para que se mostrase amable.

—Pido disculpas por haber dudado de vuestras cualidades, mi señora, no hay muchas mujeres capaces de leer estos días. Y, sin embargo, me pregunto qué os trae hoy a mi modesta imprenta. Si hay algo que pueda hacer por vos...

—Doña Imperia me envía —dijo Malasorte sin perder el tiempo—. Me dio vuestro nombre porque estaba segura de que podríais satisfacer mis deseos sin demora, pues tal es el conocimiento que tenéis en el campo de la tipografía. ¡Y aquí estoy! —concluyó la muchacha.

En ese momento fue al maese Blado al que le tocó abrir los ojos por la sorpresa. Fue un segundo, claro, pero conocía el nombre de la famosa cortesana que, poco a poco, había ido subiendo tanto en la escala social que se convirtió en una de sus clientes habituales. Entonces ¿esa chica venía a él en nombre de una señora tan poderosa? Haría bien en mantener los ojos abiertos entonces, pues sabía que donde estaba el nombre de Imperia, el de Gramigna, el formidable lansquenete a su servicio, no podía andar muy lejos.

Malasorte intuyó la preocupación del impresor y no vaciló en tranquilizarlo:

—Estoy sola.

Visiblemente aliviado, Blado la miró con aire interrogante:

—¿Qué puedo hacer por vos?

—Para empezar, dejar de mirarme así —dijo Malasorte, que no había digerido el gesto de sospecha que el viejo impresor le había reservado nada más entrar—. En segundo lugar hacerme dos copias de un librito que mi señora anda buscando en nombre de un amigo.

—¿Y quién sería el amigo? —preguntó Blado que, por cierto, no se sentía capaz de mantener a raya su curiosidad.

—Esto no es asunto vuestro.

El impresor asintió con condescendencia.

—Claro —aceptó en un tono repentinamente complaciente—. ¿Puedo al menos preguntarte de qué libro hablamos?

Malasorte asintió. Pareció pensárselo, luego dijo:

—*El Beneficio de Cristo.*

Por un instante el maese Blado parecía no dar crédito a lo que había escuchado.

Después se recompuso.

—¿Aludís al texto religioso escrito por el monje Benedetto Fontanini y recientemente revisado y ampliado por Marcantonio Flaminio?

—Exactamente ese.

—¿Estáis segura? ¿Sabéis de lo que estáis hablando?

Malasorte no estaba dispuesta a involucrarse en una discusión religiosa que, por supuesto, no habría podido sostener. Quería ese maldito libro porque su ama se lo había ordenado. ¡No tenía ni ganas de leerlo! Estaba muy lejos de ese tipo de historias.

—La señora Imperia me lo mencionó…

—¿Os lo mencionó, decís? —El maese Blado negó con la cabeza, incrédulo—. No lo creo, dada la imprudencia con que mencionáis ese título. Así, en voz alta, de manera que cualquiera pueda oírlo.

—¿Lo tenéis o no? —lo instó Malasorte, que empezaba a sentirse incómoda.

Blado enarcó una ceja. Luego suspiró.

—El texto se imprimió en Venecia.

Al escuchar esas palabras, los ojos de Malasorte parecieron cubrirse de sombra e irritación.

—Pero —continuó Blado, que parecía experimentar un secreto placer en atormentarla con la incertidumbre— acabo de recibir algunas copias de la Serenísima República. Con razón o sin ella, ese panfleto está logrando un éxito inesperado: todo el mundo lo quiere y solo Dios sabe si este no será el fin de Roma, del papa y de la Iglesia tal como la conocemos. —Suspiró, como si en esas palabras suyas respirara todos los presentimientos de los que estaban imbuidas.

Malasorte bajó la mirada; entonces el impresor tenía por allí las copias necesarias… Sonrió.

Lo miró de nuevo. Se mantuvo en silencio.

Blado intuyó el significado de ese silencio. Y, mientras sus trabajadores procedían con el trabajo en la prensa y los caracteres, se despidió por un momento.

—Si podéis esperarme aquí —dijo—, volveré con lo que me pedís.

Malasorte asintió.

Mientras aguardaba, volvió la mirada a las portadas de los

libros colocados sobre el mostrador: estaba fascinada por las curvas de los caracteres, la elegancia de la escritura, la veta del papel. Inspiró hondo ese perfume tan acre e intenso al mismo tiempo.

Cuando el maese Blado regresó llevaba consigo dos libritos.

—Aquí están —dijo el viejo impresor—. Son diez *baiocchi*, cinco por cada copia.

Malasorte puso ordenadamente las monedas sobre el mostrador.

Blado las agarró con su mano rapaz y las hizo desaparecer en una bolsa.

—Y ahora —dijo—, si queréis mi consejo sincero, os sugiero poner pies en polvorosa inmediatamente y que os deshagáis cuanto antes de las copias del libro o, tenéis mi palabra, no apostaría ni un ducado por vuestra cabeza.

Sin que hubiera que repetírselo otra vez, Malasorte corrió hacia la puerta.

29

El cónclave reunido

Gian Pietro Carafa sabía que no sería fácil. A pesar de ser un hombre enamorado del poder, el pontífice había intentado equilibrar las diferentes posiciones que se enfrentaban dentro de la Iglesia en ese momento.

De modo que no todos los cardenales que integraban el Colegio del Santo Oficio estaban a favor de la línea de actuación más intransigente. Sabía con certeza que podía contar con Bartolomeo Guidiccioni, tan radical o más que él, en la lucha contra la Reforma protestante, tanto que recientemente había elaborado una lista de veinte puntos para refutar las tesis luteranas. Profrancés en su orientación política, además de tener dotes jurídicas y teológicas de primer orden, y apasionado por la literatura, era, por tanto, un importante aliado que casi parecía presagiar, con su sonrisa burlona y su temperamento sanguinario, la matanza que se desataría poco después.

Tommaso Badia, maestro del Palacio Sagrado, teólogo oficial de la corte papal, era en cambio un hombre de un tipo completamente diferente. Comedido, reflexivo, abierto, favorable al *Consilium de emendanda ecclesia* y extensor del *Consilium quattuor delectorum a Paulo III super reformatione SR Ecclesiae*, documentos fundacionales de la reforma imaginaria deseada por el papa; aquel hombre estaba decidido a tender puentes entre la Iglesia católica y los protestantes, como lo sugerían sus recientes viajes a Worms y a Ratisbona. Carafa a duras penas lo soportaba, pero había poco que hacer. Afortunadamente para él, como mínimo, el cardenal Dionisio Laurerio, prior general de los servitas, había fallecido el año anterior, y él también pertenecía a esa maldita corriente irénica que parecía querer encontrar un arreglo a la ruptura deseada por los protestantes.

En cuanto al hombre que se hallaba frente a él en ese momento, no sabría predecir cómo se comportaría. Juan Álvarez de Toledo, hermano del virrey de Nápoles Pedro de Toledo. Por supuesto, era un hombre de Carlos V, y ciertamente no se podía decir que fuera profrancés pero, en última instancia, Carafa sabía que lo que podría encontrarse era, si no un conflicto abierto, al menos cierta obstrucción. No obstante, De Toledo era un hombre de talante nervioso que casi siempre había abrazado tesis intransigentes. Y, sobre todo, odiaba a Reginald Pole. Carafa jugaría esa baza, por lo tanto, personalizando en gran medida la *Ecclesia Viterbiensis* para asegurarse el apoyo de De Toledo y Guidiccioni. Incluso en el caso de que el último de los miembros del cónclave, Pietro Paolo Parisio, se alineara con posiciones de poca intransigencia, todavía obtendría un voto más.

En cualquier caso, la situación no era la más sencilla. La última revelación que le había llegado del capitán Vittorio Corsini, de hecho, resultaba cuando menos impactante.

Tan pronto como había descubierto la existencia de la nueva edición del *Beneficio de Cristo*, el cardenal Carafa se había asegurado de tener una copia. El capitán de la guardia inquisitorial había accedido de inmediato a su deseo, consiguiendo una.

Se había apresurado a leerla enseguida y lo que había averiguado le había preocupado hasta el punto de convocar el cónclave.

Y ahora los tenía a todos ante él.

—Queridos —comenzó Carafa—. Os he convocado aquí hoy porque nos sobreviene un desastre y lo está haciendo de una manera aún más peligrosa porque es subrepticio, oculto. Mientras que nosotros estamos comprometidos a encontrar una manera de protegernos y resolver, siempre que sea posible, la ruptura con nuestra Iglesia que defienden los protestantes, se respiran, entre el pueblo y entre los nobles, de Milán a Nápoles, de Venecia a Génova, indiscutibles vientos de una nueva y aterradora epidemia, más letal que la peste, más despiadada que el tifus petequial.

Al escuchar esas palabras, Guidiccioni abrió desmesuradamente los ojos. De Toledo se limitó a entornarlos, esperando.

—¿Qué os angustia, amigo mío? —preguntó con franqueza Pietro Paolo Parisio, que era, de todos, el cardenal de temperamento más apacible y siempre dispuesto a aceptar las tesis de los demás, tratando por cualquier medio de aproximar posiciones para evitar los conflictos que, según él, no hacían más que debilitar a una Iglesia ya demasiado dividida y cansada.

—El poder de la imprenta —respondió enigmático Carafa. Luego, y tras una calculada pausa, continuó—: ¡Me imagino que sabéis qué ideas alientan los cardenales Giovanni Morone y Reginald Pole! Después de todo, fuisteis enviados papales junto con ellos hace solo unos meses, con motivo de las reuniones preparatorias del inminente Concilio de Trento que, a pesar de los encomiables esfuerzos de nuestro pontífice, está teniendo problemas para comenzar.

—Las dificultades son enormes, cardenal. En cuanto a Morone y Pole, puedo confirmar nuestro viaje común, aunque no entiendo a dónde pretendéis llegar.

—¿Sois conscientes, entonces, de que el cardenal Reginald Pole se encuentra en Viterbo en estos días?

—¡Por supuesto! Es precisamente donde debe estar, ya que fue nombrado administrador del Patrimonio de San Pedro y por tanto de esa provincia del estado eclesiástico que incluye Viterbo y Civitavecchia.

—¡Os ruego que me ahorréis esa pedantería inútil, cardenal! —exclamó Carafa enfadado, subrayando las palabras con un gesto de la mano.

Pietro Paolo Parisio se quedó estupefacto.

Pero Carafa no se detuvo. Sabía que solo estaba al comienzo de su reprimenda, y si quería poder triunfar después de cultivar el misterio y la sorpresa, tenía que clavar el cuchillo de repente.

—¡Sí! —exclamó con una leve sonrisa, pensando en lo que iba a decir—. Pero debéis saber que, además de ocupar ese cargo, Pole está alimentando a escondidas una *Ecclesia Viterbiensis* que reúne a su alrededor a los seguidores de Juan de Valdés, un círculo de intelectuales, nobles, cardenales, altos prelados e incluso artistas que, forjados en una nueva herejía impronunciable, ¡se disponen a difundir sus pensamientos como lepra!

Al escuchar esas palabras, Parisio reaccionó con fría determinación:

—¿Podéis ser más claro y contarnos en detalle de qué estáis hablando?

Las otras reacciones fueron menos mesuradas.

—Lo sabía —tronó Guidiccioni poniéndose en pie—. Nunca me gustó ese inglés.

—¿Y qué os esperabais del hijo del primo de aquel hereje de Enrique VIII? —lo secundó De Toledo.

—Calmaos, amigos míos, calmaos —trató de convencerlos Tommaso Badia.

Pero no fue fácil. Guidiccioni parecía poseído: los ojos desorbitados, los labios finos, rojos y tensos, como heridas de cuchillo. De Toledo, por su parte, no dio muestras de querer rendirse y prosiguió:

—Pole es un irresponsable, totalmente inapropiado para el papel que desempeña.

—¡Él y su compañero de aventuras, el cardenal Morone, condenarán a esta Santa Iglesia nuestra para que se convierta en la esclava de los protestantes! —añadió Guidiccioni, que, tras una indignación incontenible, había vuelto a encontrar las palabras para expresar su disgusto.

—Sea como sea —anunció Carafa—, son los hechos los que hablan por sí mismos. —Y, con un gesto teatral, arrojó una copia del *Beneficio de Cristo* sobre la gran mesa de roble.

30

Rabia y rencor

Miguel Ángel estaba molesto. Es más, estaba encolerizado. Guidobaldo II della Rovere se había presentado en su casa sin previo aviso, como un vendaval. Estaba allí frente a él con su armadura embarrada por el largo viaje, botas altas y esa mirada llena de altivez que parecía estar haciendo un favor condescendiente a cualquiera que se encontrara frente a él. Iba acompañado por un hombre de armas tan silencioso como amenazante resultaba su mirada.

Guidobaldo llevaba consigo unas cuantas exigencias y no había dejado de escupir sentencias desde el momento en que puso el pie allí, hasta el punto de que su estrépito incluso había llamado la atención del Urbino, que descansaba en las habitaciones que había terminado de construir junto a la suya, al ampliar la casa en ese último año y se levantó para averiguar quién estaba montando todo aquel jaleo.

—No entiendo, maestro Buonarroti, cómo podéis vivir en semejante tugurio, en un barrio tan popular y mal provisto que parece un refugio de pobres y desahuciados. Pero no es por eso que estoy aquí: dónde queráis vivir, aunque sea en medio de ratas y mendigos, es asunto vuestro. Lo que ahora mismo me urge deciros es que acabo de ver la estatua que le habéis dedicado a mi venerable tío abuelo y no hace falta que os diga que, como poco, me ha dejado decepcionado.

¡Era demasiado! ¿Ahora ese caudillo era experto en arte?

—¿En serio? —dijo Miguel Ángel con frialdad—. Entonces… ¿ahora sabéis disertar sobre arte? ¿Tenéis idea de lo que significa esculpir mármol? Pero ¡con qué arrogancia creéis que podéis venir a mi casa y decirme cómo debería haber tallado la estatua de vuestro tío abuelo! ¡Sería como si yo quisiera enseñaros a desplegar tropas!

—No es ese el punto.

Fue en ese momento cuando entró Francesco Amadori, conocido como el Urbino. Tenía un hermoso cabello rubio suelto. Los hombros anchos y bien formados; el pecho amplio y fuerte se marcaba en la túnica de lino hasta tensarla al máximo. Parecía un dios guerrero.

—¿Y vos quién sois? —preguntó Guidobaldo II, genuinamente asombrado.

—¿Que quién soy? ¿Y vos quién sois, señor, que venís aquí sin haber sido convocado y no tenéis nada mejor que hacer que insultar el trabajo de mi maestro y el mío? ¡Cuánto tiempo llevamos dedicando sudor y esfuerzo al proyecto de vuestro tío abuelo! Pero todo esto no os importa. No importa si, a pesar de sus años, mi maestro todavía se ve obligado a desgastarse los ojos y las manos en domesticar el mármol y modelarlo para haceros feliz. Porque vos tenéis otras cosas en las que pensar…

—¡Cómo os atrevéis a hablarme de esta manera! —lo interrumpió Della Rovere—. Y vos, maestro Buonarroti —le dijo a Miguel Ángel—, permitís que este chico vuestro me diga lo que debo o no debo hacer. ¡Ya veo que hacéis que os defienda! Ah, entonces ya está explicado el dilema…

—… solo pensáis en vuestra ganancia personal, en ver completada la sepultura, sin saber nada de lo que ocurrió en el pasado. ¡Juzgáis la obra de un maestro con una ligereza tan vergonzosa que solo con escucharla se me revuelve el estómago! —continuó el Urbino impertérrito, como si Della Rovere ni siquiera hubiera hablado.

A Miguel Ángel, sin embargo, no se le había escapado el último gesto que hizo el capitán del ejército veneciano de Tierra Firme. Y lo había encontrado particularmente ofensivo.

—¡Basta, Francesco! —dijo. Apreciaba el entusiasmo con el que ese joven, leal a él desde hacía trece años, había intervenido en su defensa, pero no se había convertido en el artista más importante de la época dejando a otros la tarea de protegerlo—. En cuanto a vos, señor Della Rovere —y el tono no admitía réplica—, no tengo ningún interés en conocer vuestra opinión sobre mi trabajo, porque no tenéis la capacidad para poder juzgarlo. Pedisteis cuatro estatuas y cuatro estatuas tendréis. La primera está completa. Se ejecutó de esa manera porque, como habréis visto, las geometrías y espacios del monumento han cambiado por completo y, teniendo en cuenta los nichos y perímetros, me pareció oportuno colocar la estatua del papa en el centro, manteniendo una proporción con las otras estatuas. No espero que lo entendáis y tampoco me importa. Es más, para ser del todo honesto, veo en vos ese humor cambiante que era típico de

Julio II. Su constante cambio de opinión sobre sus planes, ese ciego amor por la guerra, la permanente necesidad de tener una nueva misión a la que convocarme con el único propósito de que después tuviera que dejarla: su tumba, y luego la refundación de la basílica de San Pedro. ¡Todos ellos proyectos irrealizables! ¡Y lo eran porque se cansaba de ellos enseguida!

—¡Sois un ingrato! —tronó Della Rovere con los ojos inyectados en sangre—. ¡Qué fácilmente olvidáis que fue mi tío abuelo quien os dio fama eterna al confiaros los frescos de la capilla Sixtina! —Y al decirlo, escupió al suelo.

Francesco estaba cegado por la rabia. Un cuchillo emergió de su cinturón. La hoja brilló a la luz de las velas.

—Decidle a ese concubino vuestro que envaine el puñal o acabará perdiendo una oreja. ¿Queda claro?

—¡Intentad tocarme y veremos qué pasa! Ni una palabra más en lo que respecta a mi maestro, o como que hay Dios, señor, que esta daga beberá vuestra sangre.

Ahora, el hombre que acompañaba a Della Rovere también desenvainaba la espada que guardaba en su cinturón. Miguel Ángel no podía arriesgarse.

—¡Deteneos! Que nadie eche mano a los puñales. Como dije: no tengo la intención de discutir con vos sobre la forma en que he realizado la estatua, por no entrar en detalles como que el contrato es claro. Me comprometo a proporcionaros cuatro estatuas, formadas de tal manera que completen de manera armoniosa y coherente el monumento dedicado a la memoria de vuestro tío abuelo. La primera ya está en su lugar, las demás ya vendrán. En cuanto a la fama vinculada al hecho de estar al servicio de Julio II, bueno, creo que es bien merecida no porque se me haya encomendado la tarea, sino porque, señor Della Rovere, el fresco de la bóveda de la Sixtina se hizo de una manera que dejó a todos satisfechos. Finalmente, esa afirmación llena de soberbia y arrogancia de que Francesco sea mi amante no os concierne en absoluto. Encuentro vergonzosa vuestra declaración, sobre todo después de haber venido aquí sin que haya mediado ninguna invitación por mi parte.

Miguel Ángel se detuvo e indicó al Urbino que envainara el puñal. Cuando vio que lo había hecho, prosiguió:

—No necesito justificarme ante un hombre más joven que yo, que todavía tiene mucho que demostrar, que escupe en mi casa y que me acusa de esos comportamientos que, para ser sinceros, eran más propios de vuestro tío abuelo que míos.

Al escuchar esas palabras Francesco Amadori fue incapaz de reprimir una sonrisa.

Guidobaldo II abrió los ojos desorbitados, con incredulidad.

—¿Os atrevéis a afirmar que Juliano della Rovere, el pontífice, era un sodomita? ¿Os dais cuenta del ultraje que eso supone no solo para mí sino para Roma entera? ¡No sabéis con quién estáis tratando, maldito insolente! ¿Creéis que podéis comportaros como queráis y más os plazca por el solo hecho de que hayáis recibido algo de crédito por vuestras pinturas obscenas y esculturas igualmente vulgares?

—Decid lo que queráis —afirmó Miguel Ángel—. Allí está la puerta.

—¡Que así sea! Me voy porque ya no soporto esta conversación trivial. Pero no os creáis que sois intocable, maestro Buonarroti. A pesar de vuestras convicciones, mi estrella está destinada a brillar cada vez más. Mientras que vos no sois más que un viejo decrépito. No está lejano el día en que el papa me nombrará capitán del ejército pontificio y entonces, amigo mío, ¡ni siquiera vos estaréis lo suficientemente protegido como para escapar de mi venganza!

—Ahora marchaos. ¡Fuera! —tronó Miguel Ángel al borde de un ataque de cólera.

Sin añadir nada más, pero con una sonrisa diabólica en el rostro, Guidobaldo II della Rovere y su acompañante se dirigieron a la salida.

31

El poder de las ideas

—¿*El Beneficio de Cristo?* —murmuró el cardenal Badia, no sin sorpresa.

Carafa asintió con condescendencia.

—Impreso en Venecia.

—Venecia la laica —enfatizó De Toledo.

—Venecia la herética —subrayó con algo de gravedad Guidiccioni—. Una ciudad que desde siempre se sustrae a nuestra autoridad, como si fuera tan distinta, ajena a las leyes de Dios.

—Sea como sea —cortó por lo sano Carafa—, este librito está teniendo una difusión tan formidable como repentina: de Milán a Venecia, de Padua a Florencia, a Nápoles... entre nobles y plebeyos, entre ricos y pobres: las palabras de Benedetto Fontanini se hacen eco de las tesis de Martín Lutero de manera sibilina.

—¿Estáis seguro? —preguntó con un atisbo de preocupación el cardenal Badia.

Por toda respuesta, Carafa tomó el librito en sus manos, lo abrió y leyó la primera página que se abrió ante sus ojos:

—«Esta es la santa fe sin la cual es imposible que nadie pueda agradar a Dios y por la cual se salvaron todos los santos del Nuevo y Antiguo Testamento, como lo atestigua san Pablo de Abraham, del que dice la Escritura: "Abraham creyó en Dios y lo condenó a ser justo". Y por eso dice, un poco más adelante: "Por tanto, creemos que el hombre se justifica a sí mismo por la fe sin las obras de la ley"».

Al escuchar esas palabras hubo un gran silencio alrededor de la mesa, puesto que todos reconocían en qué medida ese pequeño texto estaba preñado de una fuerza potencialmente devastadora y subversiva. Porque, por supuesto, aquellas eran las palabras de san Pablo, pero puestas en manos de cualquiera, y ese era el poder de la difusión de un panfleto como *El Beneficio de Cristo*: permitía a los fieles construir su propia relación con Dios, excluyendo en su totalidad las «obras de la ley» y, por tanto, la función misma de la Iglesia, a la que relegaba a un papel que ni tan siquiera podría definirse como subordinado.

Fue el cardenal Badia el primero en romper el pesado ambiente que se había creado. Lo hizo más por amor a la verdad. Carafa sabía que sería el más difícil de convencer. Y también comprendió el significado de sus palabras:

—Amigos, entiendo perfectamente cómo frases como estas pueden romper el precario equilibrio que, con dificultad, tratamos de recomponer, vista la decisiva fractura que suponen las tesis protestantes. Por otro lado, me pregunto si el pasaje que se acaba de leer es el único o si (y confieso que, conociendo las tesis de Benedetto Fontanini, eso es lo que temo) hay otros que pueden, en las manos equivocadas, incitar a una rebelión que, sobra decirlo, equivaldría al fin de nuestra amada Iglesia.

Guidiccioni estaba a punto de hablar, pero Carafa lo detuvo antes y leyó otro pasaje:

—«... Afirmando que san Pablo quiere que la fe sola sea suficiente para la justicia, de modo que el hombre solamente por creer ya resulta justo, aunque no tenga en su haber ninguna obra, así puede ser que el ladrón fuera absuelto sin las obras de la ley, porque el Señor no indagó en cómo había obrado antes ni esperó que obrara después de haber creído, sino que, tras haberle absuelto por la sola confesión, le aceptó como compañero haciéndolo acceder al Paraíso».

Un silencio cada vez más profundo parecía envolver la habitación. Carafa sabía que ahora era el momento de actuar. Tenía que aprovechar la falta de aliento y el miedo que esas pocas palabras podían crear por el mero hecho de haber sido pronunciadas.

—Creo que este texto es tan peligroso que hay que prohibirlo. Todavía no tengo idea de cómo se puede hacer, lo pensaré, pero ahora este no es el problema más grave. Me permito recordaros a todos que se acerca un concilio, que el pontífice intentará con sus mejores hombres alcanzar la paz con los protestantes, reconducirlos al cauce de la Iglesia católica, y eso me alegra. Pero también es nuestro deber, por la tarea que nos ha sido encomendada, estar alerta. Y no hay nadie entre nosotros que no vea lo dañino y perjudicial que es para la Iglesia un texto como este.

Carafa se sirvió un poco de agua. Sabía que tenía que convencer a sus interlocutores, al menos a una parte de ellos, y al hacerlo debía proceder con cautela, hasta el punto de que se sentía como si estuviera en una travesía del desierto. Bebía mientras que nadie se atrevía a interrumpirlo. El agua no apagó su sed. Quería más, pero no podía esperar demasiado antes de retomar el discurso. Casi los tenía en la palma de la mano, así que prosiguió de nuevo.

—Pero la situación es aún más grave, ya que, como veis, si es cierto que Benedetto Fontanini es el autor de semejante calamidad teológica, también es innegable que Marcantonio Flaminio es su curador y, hace poco, lo ha enriquecido con ejemplos y reflexiones que sin duda hacen referencia a las tesis de Lutero y que en verdad aceptan el atrevido planteamiento del cardenal Reginald Pole, porque es precisamente este último con el que Flaminio intercambia informaciones. Mientras os hablo, el cardenal realiza lecturas de esta obra cerca de Viterbo, reúne a su alrededor a algunas de las personalidades más influyentes de nuestro tiempo, de modo que la *Ecclesia Viterbiensis* se está convirtiendo en una iglesia dentro de la Iglesia y, se mire como se mire este asunto, está claro que se trata de un hecho intolerable.

—¿Las personalidades más influyentes? —preguntó el cardenal Pietro Paolo Parisio, evidentemente conmocionado por cuanto Carafa acababa de leer.

—¿Queréis algunos nombres? —preguntó este último. Parisio asintió.

—En primer lugar, Vittoria Colonna.

—¿La marquesa de Pescara? —preguntó Badia.

—… Y poeta, intelectual, seguidora de Juan de Valdés y de Bernardino Ochino, hermana de Ascanio Colonna, que hace solo dos años se rebeló contra el papa fomentando una revuelta contra él.

—Es terrible —comentó De Toledo.

—¿Hay otras personalidades?

—El cardenal Giovanni Morone.

—¿En serio?

—Su amistad con Reginald Pole es un hecho establecido, creo —dijo Carafa—. Por no mencionar que sus nombramientos como nuncio en Gante y su participación en las dietas de Hagenau, Worms, Ratisbona y Spira siempre lo han visto muy empeñado en buscar un compromiso con los protestantes.

El cardenal Badia suspiró.

Carafa lo ignoró.

—Pero sobre todo, a partir de investigaciones precisas, resulta sin lugar a dudas que uno de los más grandes artistas de esta época se ha sumado recientemente a semejante círculo, un hombre cuya fama y popularidad son tan vastas que si tan solo se difundiera la noticia, sería para nosotros como la octava plaga de Egipto.

Carafa se detuvo. Se vertió más agua. Bebió. Dejó a los cinco cardenales expectantes.

Al final pronunció el nombre que daría un giro a aquella jornada:

—Miguel Ángel Buonarroti.

32

Encuentro en la Sixtina

Entrar en la capilla Sixtina siempre le producía un efecto extraño. A pesar de que la sentía suya, le resultaba una especie de misterio, una suerte de recipiente alquímico, un lugar místico que parecía vivir y respirar.

En cada ocasión se quedaba maravillado observando su forma irregular, ya que, por supuesto, la planta era un cuadrilátero, pero los dos lados largos, lejos de ser paralelos, convergían hacia el fondo y, por si eso fuera poco, este último estaba inclinado.

El motivo de tanta rareza estaba relacionado con el hecho de que el artífice, el arquitecto Baccio Pontelli, la había diseñado y construido sobre la preexistente capilla magna, en aquel momento en ruinas. Al edificarla, había querido tomar como modelo el templo de Salomón en Jerusalén y por eso había replicado sus medidas con una longitud igual a setenta brazas, exactamente el doble de ancho y el triple de alto, que llegaba a ser veintitrés. Por otro lado, Baccio Pontelli también había tenido que satisfacer las exigencias de Sixto IV, por lo que los muros eran muy gruesos, de cinco brazas y media, y, encima de la bóveda, se habían colocado alojamientos y pasarelas para los centinelas, aspilleras para los arqueros, en un entramado de obras defensivas que la convertían en una verdadera fortaleza militar.

En el interior, sin embargo, la gracia y la belleza de los frescos, en especial los de Perugino y Botticelli, lo dejaban sin palabras. Cuando se había roto la espalda día y noche, en un intento de completar el proyecto de la bóveda, las espléndidas figuras de Botticelli le habían brindado un consuelo infinito. Y el hecho de no poder verlas, estando de pie sobre el andamio, o sea, la mayor parte del tiempo, había supuesto un auténtico tormento para él.

Así que ahora, al entrar para presentarse ante el papa que lo esperaba en el centro de la capilla, su mirada se posó una vez más en esos colores deslumbrantes y en ese rostro de mujer que Botticelli había sabido representar con tanta gracia en el fresco dedicado a las pruebas de Cristo. La figura femenina lucía haces de madera al hombro, su rostro era espléndido, su piel nívea, su vestido en blanco y azul: era la Primavera y, cada vez que lo miraba, le venía a la mente Vittoria.

Pero ese hechizo estaba destinado a romperse porque el papa lo esperaba y, a juzgar por la forma en que se frotaba impaciente las manos, no debía de tener nada bueno que decirle.

De mala gana, Miguel Ángel se unió a él en el centro de la capilla, se arrodilló, le besó la túnica y luego el anillo. Después volvió a ponerse en pie. Y lo que vio no le agradó en absoluto. Pablo III negaba con la cabeza y una sonrisa amarga le cortaba el rostro.

—Miguel Ángel, amigo mío, no tenéis idea de cuánto lo siento: por vos y por mí.

Se le veía realmente desconsolado.

—No os niego que llevo mucho tiempo pensando en qué hacer y estoy resuelto, por supuesto, a estar de vuestro lado. Sin embargo, os confieso que hacéis todo lo posible para atraeros las flechas de tantos enemigos como os es posible, enemigos tan poderosos que, de continuar con esta alocada conducta, acabarán provocando vuestra propia ruina. Y no obstante, mirad, ¿no sois vos el creador de tanta maravilla? —Y mientras decía esto, el papa señaló la pared del altar frente a ellos.

Miguel Ángel la conocía bien. Había terminado el *Juicio Final* hacía poco más de un año y sabía cuánto trabajo y cuántos temores le había costado. Sin embargo, guardó silencio porque intuía que el papa no había acabado. Lo conocía desde hacía demasiado tiempo como para poder equivocarse. Aquello era solo el comienzo.

—Vos sois el hombre capaz de crear todo esto —prosiguió el pontífice—, los ángeles que levantan la cruz de Cristo y sostienen la corona de espinas, señalando a los bienaventurados, mientras estos llevan consigo la columna a la que habían atado y flagelado a nuestro Señor y el barril con la esponja empapada en vinagre. Pero el centro, el núcleo, el corazón de toda esa maravilla son Jesús y María, envueltos en la nube de luz. Cada vez que los miro siento que me sangran los ojos, porque ni siquiera después de haberlos visto una y mil veces puedo estar preparado para tanta belleza. —Y el papa suspiró al enunciar esas palabras. Era como si por primera vez le estuviera diciendo a Miguel Ángel lo que realmente pensaba de su obra desde el fondo de su corazón. Pero el hecho de que se prodigara en elogios y admiración también parecía ocultar algo desagradable y reptante que, tarde o temprano, afloraría a sus labios.

Miguel Ángel esperaba que no fuera así, pero percibió esa sensación de forma clara e ineluctable. A decir verdad, escuchar a Pablo III y sentir sus palabras no hacía más que confirmar sus peores presagios y, por lo tanto, se encontraba aún más inquieto y en guardia que si lo hubieran acusado abiertamente.

—¿No habláis, amigo mío? —intentó animarle el pontífice.

—Os escucho —respondió lacónico Miguel Ángel.

—Entiendo. Pero tenéis que creerme, no podéis ni imaginar cuánto amo esta obra maestra vuestra. De todas las maravillas que encierra esta capilla, el *Juicio Final* es el más querido para mí. Mis ojos no saben hacia dónde mirar, tanto es el esplendor: la mano derecha de Cristo levantada por encima de la cabeza, los ojos hacia abajo, donde desde las bocas del infierno luchan los condenados mientras que, con la izquierda, suavemente inclinada a la altura de la mirada de María, parece querer tranquilizar a los bienaventurados. Hay tanto amor en este fresco, tal triunfo que es casi imposible soportar su grandeza. Y sin embargo...

Y esa última palabra pareció chirriar en los labios del papa, ya que, era evidente, lo que estaba a punto de decir le debía de costar mucho. Incluso a un hombre como él.

—¿Y sin embargo? —le presionó Miguel Ángel. Si el pontífice quería declararle la guerra, era mejor que lo hiciera lo antes posible. ¿Qué sentido tenía esperar?

—Y sin embargo no perdéis ocasión de crearme preocupaciones. ¿Es cierto lo que he escuchado en relación con ciertas personas que frecuentáis?

—¿A quién alude Su Santidad?

Pablo III, que le daba la espalda, con los ojos todavía en el *Juicio Final*, se dio la vuelta de repente, mirándolo con los ojos fieros.

—Yo no aludo. Yo afirmo. Conozco vuestro intercambio de información con Vittoria Colonna. Y con Reginald Pole, Marcantonio Flaminio, Sebastiano Priuli... ¿y quién más? Pero... ¿os dais cuenta de lo que estáis haciendo? Debo advertiros, Miguel Ángel, porque así os estáis oponiendo a la Iglesia, a la que intento proteger de la deriva protestante que, como una marea, corre el riesgo de abatirse sobre Roma. Como si fuera el peor de los Apocalipsis. Y vos, vos, Miguel Ángel, que sois nuestro héroe, ¿nos estáis abandonando así?

—¡Pero si habéis sido vos el que designó a Reginald Pole como enviado vuestro para convocar el Concilio de Trento!

—¡No juguéis conmigo! Sabemos perfectamente que el cardenal es un hombre de gran talento y que, en la medida de lo posible, hizo todos los esfuerzos para tratar de promover un diálogo con Lutero. Pero de esto a crear una *ecclesia* que parece reflejar las tesis de nuestro enemigo más prominente, hay una notable diferencia, ¿no lo creéis así? Y eso es exactamente lo que está haciendo Pole.

—Entonces... ¿habéis hecho que me sigan?

—Yo no. Pero quienquiera que así lo haya decidido ha tenido razón, por lo que veo. —Pablo III suspiró de nuevo. Había en él una innegable y sincera desilusión y amargura que no era capaz de enmascarar.

—¿Qué es lo que debería hacer, según vos?

—Para empezar, dejar de verlos. De ahí no puede salir nada bueno.

—¿Me estáis amenazando?

—¿Amenazaros? ¿Cómo podéis siquiera pensar eso? ¡Vos sois la causa de vuestro mal! Yo me preocupo de vuestro bienestar desde que me convertí en pontífice. ¿Quién os ha nombrado escultor y pintor supremo de los Palacios Sagrados Vaticanos, proporcionándoos así un salario de cien ducados al mes? ¿Quién os está protegiendo hoy, a pesar de que hacéis todo lo posible para poneros del lado de los enemigos de la Iglesia?

—Sabéis perfectamente que no es el dinero lo que busco. —Y Miguel Ángel pronunció esas palabras como si fueran una injuria.

—Estoy seguro. Aun así, el discurso no cambia, ¿entendéis? No podéis estar frecuentando a ciertas personas y ser nuestro héroe, el heraldo de la Iglesia cristiana de Roma.

—¿Por qué? ¿Por qué? —exclamó Miguel Ángel exasperado—. ¿Por qué ya no os parece bien? ¿Porque no celebro la gloria terrenal de una manera suntuosa y magnificente?

—La gloria de Dios, Miguel Ángel.

—¿De verdad, Santidad? ¿O no es más bien que esta Iglesia vuestra se ha olvidado con el tiempo de que es la sierva de nuestro Señor? Como podéis ver, hay tantos hombres de Dios que cometen los crímenes más atroces todos los días que realmente tengo que imponerme aceptar su autoproclamada supremacía moral. ¡Simonía, venta de indulgencias, sodomía, violación, corrupción, pedofilia!

—¿Cómo osáis? —Pablo III estaba apoyado en los brazos del trono. Casi vacilaba, tanto le habían dolido esas palabras que llegaron sin previo aviso, desnudas, despiadadas, terribles.

—¿Que cómo me atrevo? Su Santidad, no me atrevo en absoluto, afirmo ciertos hechos. ¿Quizá podéis negar que vuestro hijo, Pier Luigi Farnese, no solo participó, junto con los lansquenetes, en el Saco de Roma, sino que, después de haber defendido el palacio familiar, perpetró, al día siguiente de la masacre, robos, profanaciones y asesinatos en la campiña romana, hasta el punto de merecer la excomunión y el anatema del papa Clemente VII? ¿Y qué hay del caos que hizo en Fano, violando al obispo mientras lo amenazaba con un puñal hace solo unos años? ¿Y qué hicisteis para amonestarlo? ¡Le disteis el feudo del ducado de Castro! —Miguel Ángel estaba en la cúspide de la ira. Sabía que se había atrevido a llegar muy lejos, pero estaba cansado de ser rehén de hombres que lo amenazaban, proclamándose siervos de Dios cuando nada de esto era cierto.

Pablo III, angustiado por el peso de aquellas palabras afiladas como puntas de flecha, se sentó, exhausto, en su asiento de madera.

Inclinó la cabeza, ya que no podía negar la verdad.

—No tenéis respeto, maestro Buonarroti.

Pero Miguel Ángel no tenía intención de rendirse. Estaba furioso.

—No me importa lo que penséis de mí. ¡Estoy cansado de tener miedo, estoy cansado de entregarme a la locura que devora esta ciudad!

Pablo III levantó la mano.

—Vos no lo entendéis. Por eso estoy pensando en nombrar a Guidobaldo II della Rovere como capitán general del ejército pontificio. Mi hijo no conoce la mesura. Y quizá ni siquiera la disciplina. Tenéis razón. Pero... ¿y vos que hacéis? Discutir también con Della Rovere. El otro día me llegaron sus quejas sobre el hecho de que lo habríais agredido...

—¡Se trataba de eso, entonces! Su Santidad, no fui yo quien atacó a Della Rovere, ¡sino él! Se dejó caer en mi casa, juzgando inadecuado mi trabajo, denigrando mi obra, considerando la estatua dedicada a Julio II no apta para la gloria y grandeza de su tío abuelo!

—Basta, Miguel Ángel, os lo ruego, me estáis hiriendo los oídos —dijo el papa ya exhausto.

—¡De acuerdo! Que sepáis que solo confiaba en vos para verme relevado en este encargo. Yo querría poder dedicarme a los frescos de la capilla parva para poder celebrar la gloria de Dios, ¡y en cambio mi tiempo lo tengo que dedicar a esculpir las estatuas para el monumento funerario de Julio II!

—Estoy cansado, Miguel Ángel. Marchaos. Vuestra presencia me ha postrado tanto hoy —dijo el pontífice— que os pido que os vayáis ahora, antes de que me vuelvan las fuerzas y decida castigaros como merece vuestra insolencia. Pensad más bien en terminar los frescos de la capilla. —Sin añadir nada más, el pontífice guardó silencio. Su rostro se convirtió en una máscara de sufrimiento y resentimiento.

Consumido por la ira, que brillaba en su mirada, Miguel Ángel dejó caer una rodilla al suelo.

—Se hará como manda Su Santidad.

Besó la túnica del papa, luego el anillo. Finalmente se puso de pie y, sin pronunciar una sola palabra más, salió de la capilla Sixtina en un silencio pesado y lúgubre.

Sabía que, después de todo lo que había dicho, el papa se cuidaría bastante de defenderlo.

Con su conducta imprudente había puesto en peligro a Vittoria más de lo que ya estaba.

Si le llegara a ocurrir algo, no se lo perdonaría nunca.

33

La ira

¡No! ¡Nunca los perdonaría!

Lo habían seguido a él y a Vittoria, que no había hecho nada malo. No lo habían protegido de las reclamaciones de Della Rovere, quien no solo le imponía terminar ya aquella maldita tumba, sino que se atrevía a cuestionar la bondad de su obra, ¡como si alguna vez hubiera entendido algo de arte! Protegían sus propios vicios y privilegios y difundían aquella depravación en nombre de Dios.

Estaba cansado.

Estaba disgustado.

Quizá nunca lo había estado hasta ese punto.

La amargura lo abrumaba: era como una gigantesca ola negra que se elevaba por encima de él para luego precipitarse en una cascada de agua y finalmente dejarlo roto en pedazos en la orilla de la vida, sin nada más que decir ni esperar. Era un naufragio, un casco de barco destrozado, trozos de madera y tablones, reducidos a un estado de ruina casi total.

Lloró porque se sentía traicionado. Lloró porque sabía que había confiado en la honestidad de las personas, en su sinceridad y en cambio, dondequiera que mirara, todo era corrupción, cálculo, mercadería. Y Roma, la Roma que había esperado convertir en algo bello como una reina; Roma, que brillaba con columnas blancas y el esplendor policromado de los frescos; Roma, que renacía en el Tíber con puentes de mármol; Roma, que era un espejismo, un cofre de maravillas… ¡su Roma! Ahora era solo una amante ultrajada, herida, con la respiración entrecortada, presa de los apetitos y la codicia de traidores y ladrones, asesinos y mentirosos.

Había esperado que este papa fuera diferente a los demás, pero no era cierto en absoluto. Él también pensaba única y exclusivamente en su propia familia, en regalar nuevas tierras a esos hijos bastardos que había tenido con una cortesana y que no eran más que violadores, ladrones, sodomitas, sacrílegos. Y lo acusaba a él de tener mal carácter, de no comprender la voluntad de Dios, de asociarse con herejes. Pero eran ellos los filisteos, los traidores de la verdadera fe. Eran ellos los que adoraban al becerro de oro. No él, que vivía en una casa miserable y sencilla, que ayudaba a su familia con el trabajo y las obras que realizaba en nombre de Dios. ¡Y ese dinero nunca le alcanzaba! Y lo condenaba a volver a tallar y esculpir el mármol y a pintar al fresco las capillas a pesar de la pérdida de visión y de no poder distinguir bien los bordes de las figuras.

¡Y en cambio perseguían a Pole, perseguían a Vittoria, que le había regalado ese hermoso cristal veneciano con el que recuperaba la vista para trabajar! Y llenaban la ciudad de mentiras, devoraban Roma bocado a bocado y no hacían más que repetir que había que extirpar el pecado.

Y Pablo III también había fundado un instituto que se

ocupaba de semejantes persecuciones: el Santo Oficio, liderado por un hombre a quien Miguel Ángel no conocía, pero a quien Pole no había dudado en definir como un demonio sediento de sangre: el cardenal Carafa.

Odiaba sentirse así. ¿Por qué no podía él también, por una vez, tener un momento de quietud? Sacudió la cabeza. Miró la estatua de Moisés. Alto, gigantesco frente a él. Moisés, que había llevado a su pueblo a la Tierra Prometida. Moisés, que llevaba consigo las tablas de la ley en las que estaban escritos los Diez Mandamientos. Moisés, que golpeó la roca con su bastón haciendo que el agua brotara a borbotones. Moisés, que había subido las laderas del Sinaí, permaneciendo allí cuarenta días y cuarenta noches.

¿Cuánto había sacrificado de sí mismo por su pueblo, sostenido por la fe en Dios? Con solo pensarlo, Miguel Ángel se sintió mezquino y débil. No hacía más que preocuparse por sí mismo: le ofendían las injurias dirigidas a su arte, porque la Iglesia lo estaba espiando. ¿Cómo podía siquiera ocurrírsele perder el tiempo en asuntos tan absurdos? ¿No había superado Moisés muchas otras pruebas? ¿Y no había confiado siempre en su Señor? Y el Señor, ¿lo había traicionado alguna vez? ¿No fue Dios quien abrió las aguas del mar Rojo para salvar a su pueblo? ¿Y no las había vuelto a cerrar, tragándose al faraón y sus carros de guerra? ¿No había hecho Dios descender el maná del cielo cuando el pueblo de Israel ya no tenía nada para comer?

En la fe estaba la respuesta a todas sus preguntas. La ira que lo consumía como un fuego tenía que transmutar en hielo y convertirse en energía silenciosa al servicio del arte. Alabaría a Dios con su trabajo y celebraría su grandeza.

Miró a Moisés a los ojos y sintió que tenía que hacer alguna cosa.

Alguien llamaba a la puerta. Miguel Ángel no tenía ni idea de quién podría ser.

Fue a abrir la puerta y se encontró frente a Tommaso de Cavalieri. Al principio quedó impactado. No se habían visto desde hacía mucho. Durante largo tiempo, Miguel Ángel había alimentado sentimientos indescriptibles hacia él, hasta el punto de que Tommaso era la única razón real por la que se había marchado de Florencia y regresado a Roma hacía diez años.

También ese día estaba más hermoso que nunca: el largo cabello de color cobrizo, el rostro de pómulos altos y fuertes, los ojos claros, tan claros como fragmentos de cielo.

Lo abrazó y le pareció ahogarse: sus hombros fuertes, sus brazos musculosos. ¡Y cómo iba vestido! En terciopelo negro con monedas de oro bordadas.

—Entrad, Tommaso —dijo Miguel Ángel—. O bien os congelaréis. —El noble De Cavalieri no se lo hizo repetir dos veces.

Delante de la chimenea Tommaso alargó las manos para caldearlas un poco, dando la espalda al maestro. Miguel Ángel lo miraba embelesado.

—¿Cómo estáis, maestro Buonarroti? —preguntó el joven revelando una voz dulce y bien modulada.

—Como un anciano, que es lo que soy, Tommaso. Confieso que os he echado de menos. Son días muy complicados.

—¿En serio?

Miguel Ángel suspiró. Cuando veía a Tommaso le costaba

encontrar las palabras. Era tan elegante, regio, inalcanzable para él… Sintió una sensación de mareo. Se armó de coraje.

—Me habéis encontrado en un momento difícil.

—¿Y cómo es eso? —preguntó Tommaso volviéndose hacia él. Tenía una sonrisa de niño en el rostro.

—Porque siento que la estatua de Moisés, la que vos ya habéis visto en el pasado, no es como debería ser.

—¿Es decir?

—No lo sé. Es como si estuviera en la posición equivocada. —Tommaso abrió mucho los ojos. No comprendía.

—No me resulta claro. ¿Acaso no la habéis esculpido vos?

A Miguel Ángel le parecía que se estaba equivocando en todo. No había visto a Tommaso por un tiempo y lo primero de lo que hablaba fue de sus dudas sobre Moisés. No podía haber sido peor anfitrión, ni siquiera haciéndolo a propósito.

—¿Os apetece algo? ¿Un poco de vino? ¿Un cuenco de caldo para recuperaros del frío?

—No, gracias —respondió Tommaso—. Estoy bien así. ¿No vais a responder, entonces, a mi pregunta?

—Por supuesto. Es solo que no os veía ya desde hace un tiempo y me parecía descortés y absurdo abrumaros con mis dudas.

—No os preocupéis por eso. Me pillaba de camino y me pareció correcto venir a saludaros. Es más, ¿por qué no vemos juntos a ese Moisés? Si os preocupa tanto quizá entre los dos podamos encontrar una solución.

Miguel Ángel sonrió. En el fondo de su corazón daba las gracias a Tommaso por aquella dulzura suya.

—Claro que sí —dijo, poniéndose en pie—. Venid conmigo. —Y, según lo decía, se lo llevó al taller.

En el centro, magnífica, traslúcida, en mármol perfectamente pulido, se encontraba la estatua de Moisés.

Cuando la vio, Tommaso se deshizo en elogios.

—Qué milagro tan asombroso habéis creado —le dijo, girándose hacia el maestro—. Se me hace difícil creer que semejante maravilla no os satisfaga todavía.

—Está bien lograda, es verdad, pero me parece que la posición en que está no captura la luz.

—¿La luz?

Miguel Ángel negó con la cabeza.

—Tenéis razón, Tommaso: primero debo explicarte. Mirad, en San Pietro in Vincoli, donde se encuentra la tumba de Julio II, dos ventanas están colocadas frente a frente, simétricamente, de derecha e izquierda. Entre ellas fluye una luz maravillosa. La estatua se colocará en el registro inferior del conjunto mortuorio. Tal como está en este momento, con la mirada al frente, miraría al altar, pero, al hacerlo, no podría interceptar el cono de luz proveniente de la ventana izquierda hacia la cual podría girarse de manera casi natural.

—Creo que lo entiendo —dijo Tommaso—. Y os confieso que, cuando lo he visto, también he pensado que, si Moisés mirara de lado, me parecería que la estatua sería aún más hermosa de lo que ya es. Pero, llegados a este punto, no creo que sea posible cambiarla.

Miguel Ángel lo miró. Fue en ese momento cuando entendió lo que tenía que hacer, pero decidió callar a Tommaso lo que tenía en mente. ¡Qué hermoso sería sorprenderlo haciendo algo extraordinario! Entonces permaneció en silencio. Luego le dijo:

—¿Os apetecería volver a visitarme en dos días?

—Por supuesto. De hecho, ahora que lo pienso, debería irme ya. Como ya os había dicho, iba con cierta prisa. Me quedaría con muchísimo gusto más tiempo, pero…

—No os preocupéis. Lo entiendo perfectamente. Nos vemos pasado mañana, entonces dispondremos de más tiempo.

Y al decirlo, lo acompañó hasta la puerta.

34

Esculpir en nombre de la luz

Cogió el cincel.

Golpeó con el martillo. El impacto fue de tal fuerza que todo el brazo pareció vibrar y la energía liberada subió hasta el hombro y luego al cuello y después aún más alto, hasta la cabeza.

Le gustaba la estatua del Moisés. La había esculpido esperando que se le asemejase un poco. Pero ahora había decidido que, así como estaba, no le satisfacía.

De cara al futuro, la mirada del profeta se habría quedado detenida en el emblema mismo de la superstición católica, ese altar de las cadenas que habría representado la piedra angular de un poder temporal que la Iglesia estaba lejos de querer abandonar. Y no quería contribuir a perpetuar tal vergüenza.

En cambio, sabía que justo a la izquierda de la estatua, por como se habría de colocar, una ventana proporcionaría la luz necesaria para iluminar la mirada del profeta: una luz limpia, pura, libre de cualquier imperfección temporal y terrenal.

Por eso tenía que solucionarlo de manera que Moisés volviera la mirada del altar hacia la fuente de luz.

Y ahí residía el motivo para trabajar de nuevo el mármol. El primer golpe del martillo lo había despertado del letargo en el que lo había aprisionado aquella inmensa red de mentiras. Comenzó a trabajar con vigor: sabía que tenía que explotar la masa de mármol correspondiente a la pierna izquierda, debía doblarla hacia atrás para tener suficiente espacio para el pie. No había otra posibilidad.

Mientras golpeaba y astillas de mármol se elevaban en un revoloteo blanco de polvo, pensaba en cómo resolver el problema de la rodilla izquierda, que se había encogido considerablemente en comparación con la derecha. Trabajó la piedra hasta cubrir la rodilla con la túnica de Moisés. Creó un pliegue frunciendo la prenda. Al hacerlo, logró disimular la desproporción, engañando a los ojos del observador.

Cuando el cincel atacó el mármol y sus brazos aún fuertes vibraban por los golpes del martillo, el sudor comenzó a deslizarse por su frente.

Sin embargo, cuanto más cambiaba la postura de la estatua, más sentía que tenía razón y un canto parecía abrirse en su pecho, una liberación de todas esas imposiciones y limitaciones, dictadas por una Iglesia hipócrita, impuestas años atrás cuando, más bien, debería haberlas rechazado de una manera más tajante.

No sabía de dónde venía esa música desconocida, quizá de un rincón recóndito del alma. Tal vez se estaba volviendo loco o tal vez ese intento desesperado por devolver la dignidad a los símbolos, a la figura del profeta sosteniendo las tablas de la ley, que casi parecía escapar a cualquier sujeción, deslizándose de lado, era ahora lo único que realmente importaba.

Decidió darle forma a la barba, moviendo los mechones en un largo toque de mármol de izquierda a derecha, dejando que la mano diestra casi se enredara en ella. Se mantuvo ligero pero preciso, procediendo a los sucesivos arreglos, acariciando el maravilloso y pulido mármol, golpeando cuando era necesario, pero cuidando de mimar el material como si fuera algo vivo y vibrante de pasión.

Perdió la noción de cuánto tiempo llevaba en ello, pero de repente decidió detenerse, extenuado de cansancio.

No obstante, sabía que era demasiado tarde para dejar esa transformación sin finalizar. Continuaría hasta que el trabajo estuviera terminado. Se tambaleó haciendo caer el mazo. Agotado, casi iba cojeando hasta que entró en la otra habitación de la casa. Se dejó caer en una silla. Con respiración jadeante, los ojos ardientes, los brazos doloridos. Sobre la mesa había una jarra con agua. Fue a buscar un vaso y se sirvió un poco. Bebió. El agua lo refrescó y lo aquietó. Se quedó con el vaso en la mano y la vista fija en la superficie líquida y cambiante en la que se reflejaba su mirada.

Esperó un poco más.

Se puso en pie: tenía que retomar el trabajo hasta finalizarlo.

Observó lo que había hecho.

Ahora el Moisés miraba a su izquierda. Lejos de un altar donde se veneraban las cadenas de san Pedro y se concedían las indulgencias. Lejos de una Iglesia que se había desviado de su camino.

Le pareció que había esculpido una imagen de sí mismo, un reflejo brillante de aquel en quien podría haberse convertido o, más bien, una proyección de lo que realmente quería ser. Le habría gustado saber cuáles eran los pensamientos de Moisés, ese Moisés que tanto se le parecía y que también era mejor que él porque había sabido apartar la mirada de los ídolos y los espejismos.

Miguel Ángel se habría dejado arrancar un brazo con tal de escuchar lo que tuviera que decir. Pero no podía. No podía, y ese hecho, por obvio que fuera, le produjo una decepción absurda y extraña que se propagaba por todo su ser, se iba extendiendo como una fiebre y lo hacía enmudecer en aquel silencio empapado de sudor y fatiga que reinaba en su casa.

Lo miró, tratando de capturar los ojos que ahora parecían rehuir hacia la izquierda.

Se aproximó, agarrando el martillo. Sintió el mango caliente, hirviente, a causa de los golpes propinados hasta hacía poco.

Entonces, de repente, casi sin darse cuenta de lo que estaba haciendo, levantó el martillo por encima de su cabeza y lo dejó caer en un último golpe desesperado sobre la rodilla de mármol de la estatua.

—¿Por qué no hablas? —preguntó.

35

El Moisés

Miguel Ángel lo estaba esperando.

Tommaso de Cavalieri sabía que, cuando le pidió que volviera para saludarlo, el gran artista tenía algo en mente.

No sabía el motivo o, mejor dicho, al principio creyó haberlo adivinado: durante mucho tiempo Miguel Ángel había nutrido una especie de pasión, casi un enamoramiento, por él. Los dibujos que le había ofrecido como regalo diez años antes eran los más atrevidos y, en algunos aspectos, los más desconcertantes que jamás había visto. En particular, cuando los recibió, *El rapto de Ganímedes* lo dejó sin palabras. El dibujo era magnífico, pero en algunos aspectos impactante: expresaba un poder tan erótico que hacía que los sentimientos de Miguel Ángel por él fueran lo suficientemente ambiguos y, si al principio Tommaso había creído que el maestro lo consideraba nada más que un compañero de conversaciones, pronto se dio cuenta de que el deseo que sentía debía de ser algo mucho más intenso y ardiente. El águila que se llevaba a Ganímedes hacia lo alto, hacia el cielo, entrelazaba sus alas con los brazos del joven y apoyaba su robusto y fuerte cuello en su pecho, de una manera que él no dudaría en llamar lasciva. Tommaso había observado durante mucho tiempo cómo la gran cabeza del ave rapaz y el pico fuerte y en forma de gancho parecían querer despertar los pezones del joven, el copero de los dioses.

El mito decía que el rey de los dioses, Zeus, se había enamorado de ese muchacho de irresistible belleza. Y que lo había secuestrado y violado para convertirlo en su siervo.

Había admirado el espléndido dibujo durante días, hasta el punto de que había sentido crecer dentro de él un deseo devorador e incontrolable. La belleza del trazo, la plenitud de los símbolos y las formas, la energía de las figuras… eran casi aturdidoras. Tommaso no podía apartar los ojos de lo que veía, subyugado, atrapado por un hechizo inexplicable pero que lo atacaba como una pulsión, un instinto irrenunciable de querer entregarse a lo que sentía en ese momento. Percibía un violento deseo de abandonarse a las salvajes sensaciones que fluían por su cuerpo, encendidas por esa fantasía sorprendente y maldita al mismo tiempo: albergaba en su alma una necesidad tan profunda de ser violado que casi lo volvía loco.

Pensaba que se estaba perdiendo a sí mismo. Hasta el punto de que nunca se había separado de ese dibujo y lo había mantenido entre las cosas más queridas que tenía. Siguieron tres más. Igualmente espléndidos y de idéntica naturaleza: casi parecía que Miguel Ángel desahogaba su deseo por él con una perversión tan desenfrenada como para herirlo y así, después de mirarlos, Tommaso se sentía exhausto y sumergido en una fuerza expresiva bastante abrumadora.

Y, sin embargo, después de esos meses de tormento, imbuidos en una extraña pasión bizarra y muy poderosa a la vez, en los que había visto al maestro casi ponerse a sus pies, esperando una señal de cariño por su parte, de un estímulo para seguir adelante, se había dado cuenta de que ese impulso ingobernable en él se había desvanecido y Miguel Ángel, que sabiamente se había guardado para sí cualquier ulterior avance, nunca volvió a mencionarlo.

Esta vez no tenía la sensación de que algo así estuviera a punto de repetirse, pero había sentido en su mirada un deseo profundo y sincero de asombrarlo, de querer dejarlo sin palabras como hacía diez años.

Y, de hecho, cuando entró, Miguel Ángel lo había recibido y, sin decir nada, sin tan siquiera saludarlo, se limitó a conducirlo al taller. Al llegar allí, Tommaso se encontró la colosal estatua de Moisés completamente diferente a la que había dejado solo dos días antes.

—¿Habéis visto? —le dijo Miguel Ángel—. El Moisés se ha dado la vuelta. —No había presunción en esas palabras ni arrogancia. De hecho, solo una especie de éxtasis místico, como si Moisés realmente pudiera haberse girado.

No era plausible que Miguel Ángel hubiera logrado que la estatua realizara un giro tan perfecto de la cabeza y el torso en un tiempo tan breve.

Y, pese a todo, por más que le costara creerlo, Tommaso tuvo que concluir que había sido así.

Ahora el profeta ya no miraba hacia adelante. Sus ojos buscaban la luz a su izquierda. Pero no era solo el rostro y toda la cabeza lo que había efectuado un giro completo con respecto a dos días antes, ya que ahora, por ejemplo, la pierna izquierda estaba doblada hacia atrás en una flexión que parecía provocar un espasmo. La tela sobre la rodilla era del todo diferente y los largos y magníficos mechones de la barba se deslizaban como olas de mar a la derecha, delicadamente enredados entre los dedos índice y corazón.

Cómo todo eso había podido acontecer en el plazo de dos días resultaba un misterio.

Buscó la confirmación en los ojos del maestro, pero solo encontró el espejo silencioso de su expresión vagamente complacida.

Estaba turbado. Pero al mismo tiempo irremediablemente atraído. Sabía que, aunque preguntara, no podría obtener más información de la que ya tenía, por lo que no lo hizo.

—Tenéis razón. Moisés se ha girado. Y ahora está en una postura más conveniente.

Miguel Ángel asintió.

Ambos se quedaron contemplando la estatua.

Pero en aquel silencio y en el repentino cambio de figura, Tommaso advertía algo sobrehumano y amenazante, hasta el punto de que, muy pronto, sintió la necesidad de salir. Allí se ahogaba… porque la grandeza de ese hombre era excesiva. El talento de Miguel Ángel lo dejaba sin aliento.

—Necesito un poco de aire —dijo.

—Pues salid —respondió Miguel Ángel—. Os espero aquí. —Y en esas simples palabras, Tommaso sintió el poder absoluto del maestro, como si él mismo fuera Moisés.

Y de repente lo vio, fue un momento, pero no tuvo más

dudas: en los ojos de la estatua creyó ver la mirada ardiente de Miguel Ángel.

Salió porque ya no podía resistir más.

INVIERNO
DE 1543-1544

36

La sorpresa

Hacía frío.

Roma estaba cubierta por una cortina de hielo. Y seguir, sin ser vista, a Miguel Ángel resultaba extremadamente peligroso. Malasorte debía tener cuidado de no dar un paso en falso. Era ágil y con el tiempo había adquirido una habilidad considerable, pero el invierno y la vestimenta de lana en verdad no la ayudaban en su tarea. Junto a ella, Gruñido no la perdía de vista ni un instante.

El tiempo transcurrido uno al lado del otro lo había hecho tan fiel que ni siquiera en sus sueños Malasorte habría imaginado disponer de un guardaespaldas semejante. Sabía que con él nada malo podría ocurrirle. Había aprendido a seguirla por las calles, incluso mientras ella trepaba por los tejados.

Era impresionante.

Malasorte había visto a Miguel Ángel salir de su casa en Macel de Corvi. Desde ese momento ella le había estado pisando los talones para averiguar a dónde iría.

Se mantenía a cierta distancia para evitar lo que había

sucedido en Viterbo, cuando la había descubierto, e incluso trató de perseguirla.

Esta vez Miguel Ángel no se había llevado el caballo. Ese hecho la había sorprendido porque, al menos por lo que pudo verificar, casi siempre elegía cabalgar cuando decidía moverse.

En cambio, ese día había preferido caminar. Y en realidad resultaba tanto aún más extraño puesto que el frío y la helada daban más dentelladas que nunca.

Miguel Ángel había cruzado apresuradamente la plaza San Eustaquio con su iglesia de amplio pórtico y un alto campanario con columnas de mármol en la parte superior. En el lado derecho del edificio se destacaban dos columnas más, mucho más grandes, que trepaban como tallos blancos contra el cielo del atardecer.

Mientras continuaba caminando, se dio cuenta de que, lejos de dirigirse a Campo de Fiori como había previsto inicialmente, Miguel Ángel parecía querer continuar hacia la calle del Monte della Farina.

Siguiéndolo a una notable distancia, y por ello temiendo perderlo de vista, Malasorte había apresurado el paso.

Sin embargo, tan pronto como se encontró doblando la esquina, con Gruñido todavía un poco lejos, tropezó de lleno contra el torso de un hombre. Tal había sido el impulso que se desequilibró y cayó al suelo. Cuando levantó la cabeza, vio que Miguel Ángel la miraba.

Sus ojos se abrieron desorbitados con sorpresa porque, en un instante, se dio cuenta de que esa caminata interminable había sido planeada con el único propósito de ponerla en evidencia.

Miguel Ángel llevaba el pelo despeinado y una larga barba grisácea que le hacían parecer un profeta. Sin embargo, no daba la impresión de alegrarse de verla. También él, por un momento, había parecido incrédulo, pero ahora había entrecerrado los ojos de modo que quedaron reducidos a una rendija, y la miraba con enojo. El hecho de que Gruñido acudiera en su ayuda ladrando y abriendo las mandíbulas, mostrando sus encías moradas y los afilados colmillos, no parecía intimidar demasiado al hombre que se hallaba frente a ella.

La figura de Miguel Ángel destacaba por encima de la suya.

—Dile a tu perro que ni siquiera intente atacarme o se arrepentirá —dijo.

La calma con la que había pronunciado esas palabras indujo a Malasorte a ordenar a Gruñido que se calmara.

—¡Pórtate bien! —ordenó con toda la determinación de la que fue capaz, mientras trataba de retroceder, deslizándose imperceptiblemente sobre los codos y rasguñándoselos en los adoquines.

Pero Miguel Ángel no parecía dispuesto a dejarla irse de esa manera.

—¡Así que eres tú! —exclamó—. Poco más que una niña. Los hombres del Santo Oficio saben elegir bien a sus espías. ¡Fueron tus ojos los que te traicionaron! Son de un color tan hermoso que no se puede olvidar. Ahora… —la instó—, como me has estado siguiendo al menos desde que fui a Viterbo, hace casi un año, quiero que me digas quién eres y qué sabes de mí y de mis amigos.

Malasorte sintió que se le cerraba la garganta por el miedo. Si revelara por qué lo estaba siguiendo no solo perdería la fuente primaria de sus ingresos sino, también, muy probablemente, la vida. Conocía a Imperia y sabía que no consentía errores: era tan generosa con los que triunfaban en sus tareas como despiadada con los que fallaban.

Y ella acababa de cometer un error colosal.

—¡No esperes que alguien venga a ayudarte! Como que hay Dios que ahora mismo te vas a levantar y vas a venir conmigo al almacén de mi propiedad. ¡Allí nadie podrá escucharte y tú podrás contarme todo lo que sabes!

37

Una promesa peligrosa

Miguel Ángel encendió algunas velas.

Malasorte pronto se encontró en un gran espacio, abarrotado de caballetes, mesas, cartones, pinceles, martillos, vigas, cinceles, resmas de hojas de dibujo, operaciones de cálculo, lápices, gubias y todo tipo de herramientas e instrumentos para esculpir, dibujar y pintar. Todo aparecía tirado aquí y allá, como si el lugar estuviera abandonado o frecuentado por un artista loco. Y, mirado con más detenimiento, ese desorden, ese revoltijo de madera, hierro y piedra reflejaban plenamente a su dueño.

—Entonces —le dijo Miguel Ángel, una vez que ella estuvo sentada y que a la luz de una lámpara pudo ver su rostro con claridad—, quiero saber tu nombre y el de quien te ha ordenado que me sigas. No quiero tener que repetírtelo.

Malasorte comprendió que no tenía posibilidad de escapar ni mucho menos de mentir. Además, estaba cansada de todas esos engaños, esas persecuciones nocturnas y de tener que avergonzarse de lo que estaba haciendo. No tuvo más remedio que soltarse la lengua.

—Me llamo Malasorte. Desde hace ya un año he recibido el encargo de mi señora de que os siguiera y de que le informara de lo que hacíais.

—¿Cómo se llama tu señora?

Malasorte vaciló, pero apenas unos segundos.

—Mi señora es la cortesana Imperia.

—¿La propietaria de la posada La Oca Roja?

Malasorte asintió.

—¿Y por qué lo hizo?

—No sabría decíroslo, creo que trabaja por encargo del capitán de la guardia del Santo Oficio.

—¿El capitán Vittorio Corsini?

Malasorte se encogió de hombros.

No estaba segura de conocer ese nombre. Prefería no saber nada sobre los clientes de la cortesana. Era asunto suyo y no tenía ganas de ir a la búsqueda de detalles que pudieran acabar salpicándola. E incluso aunque admitiera que había escuchado ese nombre, ciertamente nunca había conocido al hombre que así se llamaba, por lo que, a fin de cuentas, tampoco cambiaba nada.

—¿Quieres decir que no sabes quién es? —insistió Miguel Ángel.

—Es exactamente así.

—¿Y esperas que te crea?

—No importa que me creáis o no. Os repito que no sé quién es. Podemos estar aquí hasta mañana y mi respuesta no va a cambiar. —Y los ojos de Malasorte brillaron de determinación.

Algo debió de impresionar a Miguel Ángel puesto que, al escuchar tales palabras, dejó de insistir. Es más, para mayor énfasis, alzó las manos.

Había algo en aquella muchacha que lo sorprendía, dejándolo sin palabras. La belleza de sus ojos y el brillo de su cabello negro casi le cortaba el aliento. Estaba subyugado por
tanta gracia y sintió lástima por ella, porque percibió que
había algo que callaba por pudor, por miedo a mostrar una
parte de sí misma de la que se sentía avergonzada. Sin embargo, no podía alentar el silencio. Así que, con más razón,
intentó que volviera a hablar.

—¿Por qué has obedecido a tu ama, accediendo a sus de-
signios? ¿Te sientes feliz por haberme espiado? ¿Qué beneficio te ha reportado?

La chica negó con la cabeza. Y cuando habló, parecía
querer quitarse un peso de encima de su alma.

—Me juzgáis con dureza. No os culpo de ello, pero no
sabéis qué es la miseria, qué significa crecer sola, verse obligada a robar para vivir. Yo… me he equivocado, claro, pero
no tenía alternativa. Os espié a vos y a la marquesa de Pescara, y a ese cardenal que reside en Viterbo y que os recibió en
el monasterio…

—Sí, sabía que eras tú…

—Naturalmente. ¡Y todo lo que sabéis hacer es acusar!
¡Amenazar! Señalarme como espía. Y tenéis razón. Pero no
tuve elección. Imperia me dio un trabajo, algo de dinero,
algo de ropa para cubrirme. ¡Me dio un hogar! ¿Qué más se
suponía que debía hacer? ¿Acudir a vos? ¿Me habríais ayudado? —Y, al decir esto, la niña escupió en el suelo. Estaba
furiosa y no tenía miedo en absoluto. Siguió hablando, des-
cargando su ira y desesperación—. No sé hacer nada, señor

Buonarroti, aparte de complacer a los hombres y robar. He crecido en la calle y no he aprendido a hacer otra cosa que cultivar mi amor por las historias leyendo, pero de esto, como bien podéis imaginar, ¡a nadie le importa nada!

—A pesar de su enfado y determinación, una lágrima bañó su rostro.

Al escuchar esas palabras, Miguel Ángel se sorprendió por segunda vez en el lapso de poco tiempo. ¿Sabía leer aquella muchacha?

Y mientras lo pensaba, sacó un pañuelo de lino y se lo dio.

—Para de llorar. No quiero verte en ese estado.

Mientras decía esto, el moloso, que al principio se acurrucó obediente a los pies de su ama, había comenzado a gruñir suavemente.

—Dile a tu perro que se calme. —Luego, mientras la chica tomaba su pañuelo en la mano y le hacía señas al animal para que se callara, Miguel Ángel prosiguió—: Entonces te llamas Malasorte. Realmente único. Y también melancólico. Y sabes leer y te gustan las historias. Que sepas que también me gustan mucho a mí y, tienes razón, no he tenido una vida tan dura como la tuya, aunque yo también debí ganarme el pan.

Suspiró. No esperaba semejante situación.

—¿Te apetece comer alguna cosa? —le preguntó de un modo brusco—. En alguna parte debo de tener compota de membrillo y pan.

Malasorte asintió y, ahora que se los había secado, sus ojos volvían a brillar. Parecía indecisa, pero Miguel Ángel comprendió que estaba a punto de confiar en él.

—Vamos —le ordenó—. Sin miramientos. Pido disculpas por lo que dije, pero debes comprender que también has cometido errores.

El rostro de la muchacha se iluminó. Sonreía.

—Entonces ¿te apetece la compota? —insistió.

—Es muy amable de vuestra parte —admitió ella.

Miguel Ángel se puso en pie. Se encaminó hacia el fondo de la habitación. Rebuscó un poco y cuando volvió llevaba consigo un plato.

La chica vio el pan blanco, que parecía fresco, y un cuenco de compota. El aroma era maravilloso: dulce y aromático. Con la boca hecha agua, partió el pan y lo sumergió en el dulce. El delicioso sabor casi le corta la respiración.

—No tengo agua, pero si quieres puedo darte vino.

Malasorte asintió.

Miguel Ángel se volvió a levantar y al poco regresó con una jarra de vino medio llena.

—Bébelo despacio.

El vino era oscuro y fuerte. Pero a Malasorte no le desagradaba lo más mínimo. Aquel lugar era tan frío y gélido que se necesitaba aquel tipo de sustento.

—Y ahora, ¿qué vamos a hacer? —preguntó Miguel Ángel, casi en un susurro—. ¿Crees que puedes guardar nuestro secreto? Porque no cabe duda de que si Imperia o Corsini se enteran es fácil que te hagan daño. Quizá lo mejor sea huir.

—¿Para ir a dónde? —preguntó Malasorte.

Miguel Ángel meneó la cabeza.

—Ya… —admitió con una pizca de malestar.

—No, no haremos nada semejante —dijo la muchacha—. Lo dejaremos todo como estaba.

—¿Estás segura?

—No veo otra posibilidad. Por ahora lo que importa es que de vez en cuando vos me deis algo que pueda usar, algo que no os perjudique, pero que me permita tener información con la que hacerles creer que no he sido descubierta y que trabajo para ellos en detrimento vuestro.

—Sí, pero ¿daros qué?

—Información.

—Pero así…

—No en el sentido en que lo entendéis —lo interrumpió ella—. Me resulta suficiente alguna noticia, detalles que incluso puedan resultar inútiles o reconocidos pero que, de alguna manera, testifiquen la continuidad de mi trabajo y, lo que es mejor, el hecho de que estoy de parte de ellos.

Miguel Ángel parecía reflexionar sobre ello.

—De acuerdo —dijo—. Algo inventaremos.

38

Una visita inesperada

En aquella fría mañana de enero, el capitán de la guardia inquisitorial, Vittorio Corsini, se sintió al tiempo divertido y decepcionado. Se había enterado de que ese mismo día Vittoria Colonna llegaría a Roma a bordo de un carruaje que se dirigía al convento benedictino de Santa Ana, en San Eustaquio, y esto, en cierto sentido, era divertido porque le permitía dar una buena sorpresa a esa dama que albergaba simpatía por los enemigos de la Iglesia. Por otro lado, sintió cierta decepción porque la noticia no le había llegado de la propia fuente y, a decir verdad, hacía ya un tiempo que Imperia no le proporcionaba detalles útiles sobre los Espirituales y la *Ecclesia Viterbiensis* de Reginald Pole.

Ese hecho en sí mismo no representaba un problema en absoluto; el cardenal Carafa y, por supuesto, él mismo, también disponían de otros espías diseminados por toda Roma y todo el Estado Pontificio, pero, sin embargo, era innegable que la razón de tal silencio por parte de Imperia debía ser investigada y sancionada.

En cualquier caso, teniendo en cuenta lo que le había dicho el cardenal, el carruaje llegaría dentro de poco, por lo que Corsini se puso alerta de buen grado y esperó. Se bajó de su caballo y se echó la capa sobre los hombros.

Un viento frío barría la ciudad y, desde el momento en que supo que le tocaría aguardar un poco más, decidió que lo mejor era entrar en una posada cercana. Para vigilar el monasterio y avisarle de la llegada del carruaje ya contaba con sus hombres. ¡No tenía intención de quedarse allí para que se le congelara la nariz ni un momento más!

Sin más preámbulos, encajó su gran sombrero de plumas sobre la cabeza y, después de llamar a sus hombres, entró por la puerta de la posada El Botón de Oro.

Vittoria estaba preocupada. No tanto por el viaje, que ahora ya casi tocaba a su fin, sino por una enfermedad que no parecía darle tregua. En esos días se sentía agotada, extenuada de cansancio, y no veía el momento de llegar al convento de Santa Ana para descansar. El carruaje avanzaba con dificultad por las maltrechas calles de Roma y no se salvaba de sacudidas y tropezones. Pero ese era el menor de sus problemas. Sintió un sudor frío perlándole la frente y escalofríos helados que la hacían temblar, como si la muerte hubiera llegado a tocarle la piel con sus manos huesudas.

Se preguntó dónde estaría Miguel Ángel y confió en que la visitara pronto. Sentía nostalgia de él, de su fuerza, de la determinación de su mirada. No lo había visto desde el verano, desde los días de Viterbo, cuando la *Ecclesia* de Reginald Pole todavía estaba unida y fuerte. Ahora, sin embargo, el joven cardenal, que se ocupaba de ella con la devoción de un hijo, temía que el papa lo convocara una vez más para asistir al próximo Concilio de Trento en calidad de legado. Y ese hecho, de una forma u otra, la angustiaba prematuramente.

Sin embargo, tanto Miguel Ángel como Pole le habían prometido ir a visitarla en Santa Ana y los estaba esperando como habría aguardado a dos ángeles. Además, al monasterio había llegado su mejor amiga de toda la vida: Giulia Gonzaga. Así que confiaba en que, con ese pequeño círculo de amigos de confianza, la estancia le resultaría menos dolorosa.

Estaba atrapada en esos pensamientos cuando escuchó que el carruaje se detenía. Un momento después se abrió la puerta y vio a Gaspar, su cochero, con el rostro pálido y expresión contrita, comunicando la más extraña de las noticias.

—Su Excelencia, ya disculparéis mi insolencia, pero el capitán de la guardia inquisitorial del Santo Oficio, el señor Vittorio Corsini, pretende hablar con vos.

Vittoria estaba tan sorprendida por ese hecho que casi no logró articular una palabra, pero luego, después de un momento de desconcierto, tuvo la presencia de ánimo para responder:

—Muy bien, Gaspar. Entonces decidle al capitán que venga aquí conmigo, en el carruaje, ya que no me siento lo suficientemente bien como para salir.

El cochero asintió.

Un momento después, un hombre de hermoso aspecto se subió al estribo, se sentó frente a ella y cerró la portezuela. Se quitó el sombrero de ala ancha y gran pluma, y mostró una cara de rasgos elegantes con ojos grises y pícaros, pómulos marcados y un bigote perfectamente arreglado, con las puntas hacia arriba. Una cascada de cabello castaño oscuro, brillante y bien peinado lo hacía aún más atractivo; de hecho, era como si todo en él sugiriera un hechizo taimado y maldito, y a Vittoria no le resultaba difícil creer que las mujeres pudieran volverse locas por él.

Llevaba una elegante chaqueta de terciopelo rojo púrpura, decorada con el símbolo de la Iglesia y de Roma: dos llaves, una bordada en oro y la otra en plata. Del jubón sobresalía el inmaculado cuello de la camisa. Pantalón largo hasta la rodilla, botas largas y una gran capa con un cuello de piel completaban su atuendo. Mientras el capitán le dedicaba la más afable de sus sonrisas, Vittoria no pudo evitar percibir la espada de gran empuñadura y la pistola de rueda en su cinturón.

—Su Excelencia, permitidme que me presente: soy el capitán de la guardia inquisitorial del Santo Oficio, Vittorio Corsini. Os pido perdón si he perturbado vuestro viaje de una manera tan vulgar pero, como comprenderéis, era necesario.

Vittoria no se inmutó.

—Capitán, no os preocupéis. Os escucho.

Corsini pareció casi sorprendido por tanta cortesía, pero le duró un instante porque luego continuó.

—Mirad, mi señora, me permití hacer lo que he hecho porque estoy preocupado por vos.

—¿Por mí? —preguntó la marquesa con una pizca de asombro—. ¿Y cómo es eso, capitán?

—Os lo explicaré de inmediato —dijo. Y en ese momento la sonrisa de Corsini desapareció—. Me llegan de varias fuentes rumores sobre el hecho de que Vuestra Gracia estaría en compañía de personas peligrosas.

—¿En serio? —preguntó Vittoria una vez más, levantando un ceja—. ¿Y desde cuándo mis conocidos han sido objeto de atención pública?

Corsini carraspeó.

La marquesa no entendió si era para ocultar la vergüenza o para crear un silencio efectista. No conocía al capitán, pero la opinión que ella tenía de él empeoraba por momentos.

—Desde que Su Excelencia ha estado con el cardenal Reginald Pole, los intelectuales Alvise Priuli y Marcantonio Flaminio y lee *El Beneficio de Cristo*, recientemente impreso en Venecia, un texto que se acerca de manera peligrosa al protestantismo. Y bien, como podéis ver, como persona designada por el cardenal Gian Pietro Carafa, inquisidor general del Santo Oficio, tengo todo el derecho e incluso el deber de poneros en guardia contra ciertas personas que frecuentáis y así evitar vuestra perdición.

Al escuchar aquellas palabras Vittoria se quedó atónita. O sea, que Pole tenía razón: ¡la Inquisición romana lo sabía todo! Había intentado olvidar lo que había pasado unos meses antes en Viterbo, en el convento de Santa Catalina, pero por mucho empeño que hubiera puesto para lograrlo con todas sus fuerzas, empezaba a advertir cuánto daño había hecho la visita de ese espía maldito. ¡Y ahora ese capitán! Venía a amenazarla en su propio carruaje. Vittoria hizo acopio de fuerzas. No sucumbiría a ese abuso.

—Mi querido capitán: a quién frecuente en mi vida es

cosa mía, ciertamente no vuestra. Ni siquiera quiero saber por qué vía habéis obtenido semejante información sobre mí. Claramente, si lo que sugerís es que soy una hereje, pues bueno, en verdad no podéis estar más desorientado. Como bien podéis ver me dirijo al convento benedictino de Santa Ana para pasar un periodo de paz y penitencia. Y también para aliviar una enfermedad que en estos días no me da tregua.

—Me entristece el mal que os aflige —dijo Corsini, aunque la sonrisa que se dibujó en su rostro denunciaba abiertamente lo contrario—. En cualquier caso, nunca me permitiría sugerir que estéis en olor de herejía. No sin las debidas pruebas, al menos —concluyó.

A Vittoria no se le escapó lo traicionero de esa amenaza, pero tampoco lo real que resultaba.

—Decid lo que tengáis que decir —lo cortó en seco—. Y después abandonad mi carruaje.

Corsini levantó las manos.

—Ya he terminado —dijo y, mientras pronunciaba esas palabras, abrió la puerta—. Pero recordad —agregó— que os vigilamos. No me hagáis volver para buscaros, porque la próxima vez podría ser para llevaros a la sede del Santo Oficio y que se os interrogue de una manera bastante diferente. ¿Queda claro?

—¡Fuera de aquí! —gritó Vittoria, exasperada.

Sin responder ya nada, el capitán se bajó, cerrando la puerta, pero su mirada valía más que mil palabras.

Mientras lo veía irse bajo la lluvia que había comenzado a caer en ese día frío como la angustia que crecía en su pecho, Vittoria se desplomó sobre los cojines de terciopelo.

El carruaje empezó a moverse.

La marquesa de Pescara sintió una opresión en el pecho. ¡O sea que todo estaba perdido!

Un ataque de tos casi la partió por la mitad. Se inclinó hacia adelante y se llevó la mano a la boca.

Cuando se recuperó, vio que su palma estaba roja de sangre.

39

Una cuestión terriblemente complicada

Por lo menos la primera parte del trabajo fue exitosa. Corsini sabía que el día no había terminado. Por ello, después de haberse encontrado y amenazado a la marquesa de Pescara, había ido a la posada La Oca Roja. Tardó un poco en llegar, pero cuando entró en la habitación y se halló delante de Gramigna, que, como de costumbre, levantó la cortina para dejarlo pasar, lo que vio lo dejó sorprendido. Sabía de sobra que Imperia era hermosa, elegante, y su mirada inteligente, pero lo que lo asombró, incluso hasta dejarlo algo atónito, fue el atractivo de la joven que estaba con ella.

Tal milagro no le sucedía a menudo, pero cuando ocurría no dejaba de percibirlo. Y la chica que tenía delante, sin ser llamativa, tenía una gracia sorprendente. Era una belleza simple e inquieta y, por tanto, irresistible. Al menos para él. Llevaba un magnífico vestido de damasco color melocotón. Y el encaje de la camisa que ondeaba en una nube clara, casi impalpable, para sugerir la curva apenas pronunciada del pecho en el escote, no dejaba de producir su efecto. Pero no era aquello su verdadera belleza. Era ella, melancólica y maravillosa, quien sorprendía al capitán.

El rostro de piel blanca parecía tallado en la nieve, esa que tal vez caería sobre Roma poco después. Los ojos verdes, profundos, intensos, magnéticos, cautivaban la mirada de cualquiera que se atreviera a desafiar ese rostro. De ello el capitán estaba seguro. De hecho, la miró más tiempo de lo que habría sido apropiado. La larga cabellera negra, en lugar de estar recogida, caía en mechones rebeldes, como si fueran acianos nocturnos. No solo había belleza en ella, sino un aura de fatalidad.

—Señora mía —le dijo Corsini a Imperia—, venir a veros es siempre una fuente de gran alegría para mí. —Hizo una pausa—. No obstante, no creo conocer a la espléndida doncella que hoy os acompaña.

Imperia no mordió el anzuelo de aquellas palabras del capitán pronunciadas con altivez y un toque de afectación. Conocía perfectamente bien de qué pasta estaba hecho Corsini y lo cortó en seco.

—Mi querido capitán, como ya os he dicho otras veces, no tratéis de apaciguarme con vuestras zalamerías. Sabemos de sobra por qué estáis aquí. La persona presente es Malasorte, una joven que me ha servido fielmente durante algunos años y en quien deposito mi plena confianza. Pero, a pesar de lo que ya veis, debéis saber que ella es la espía de la que os hablé en su momento. ¿Os acordáis? Os había hablado, si mal no recuerdo, de alguien por encima de toda sospecha.

—¿Malasorte...? —dijo Corsini, casi incrédulo, como para sugerir que estaba esperando el apellido.

—Malasorte a secas —le respondió la muchacha—. Un nombre que dice todo de mí. Y que en verdad no me ha hecho ganar demasiados amigos.

—Únicamente los que necesitas, niña mía —adujo Imperia en un tono maternal.

Al escuchar tales palabras, a Corsini le acució cada vez más la curiosidad. ¿O sea que ella era la espía? Claro, con un aspecto así se desvanecería cualquier sospecha. Imperia ciertamente tenía razón en eso. ¿Quién habría albergado la menor duda sobre una criatura tan hermosa? Pero no era solo el atractivo lo que lo sacudió, sino esa sencillez desarmante de quien no necesita baratijas ni joyas de ningún tipo para brillar con una luz sublime. Corsini se sentía atrapado y agradecido ya que a menudo la señora Imperia dudaba de su sinceridad, y por una vez esperaba haberla engañado. Porque, en realidad, deseaba volver a ver a esa muchacha.

De cualquier manera, tenía que intentar averiguar qué podía saber acerca de los Espirituales y si sería capaz de proporcionarle información nueva respecto a la que ya tenía. Si no, debería enfrentarse a la ira del cardenal Carafa y, para ser sinceros, no le apetecía lo más mínimo.

—Mi señora, tenéis razón, por supuesto. —Y volviendo la mirada a Malasorte, añadió—: En cuanto a vos, querida, no os preocupéis por un nombre como ese ya que, os lo garantizo, es tan extraño como peculiar y, de una manera que no sé explicar, os conviene porque realza vuestro atractivo.

Malasorte sonrió sin responder.

Imperia, que empezaba a aburrirse de todo aquel guirigay, quería ir directa al grano.

—Muy bien, capitán. Habiendo establecido eso, aquí estoy para comunicaros la noticia. ¿No es verdad, querida mía? —Y, mientras lo decía, Imperia lanzó una mirada que, por un momento, sugirió una estrecha complicidad entre ella y Malasorte. Fue cuestión de un instante y Corsini no se dio cuenta.

—He seguido al señor Buonarroti por todas partes, capitán —dijo la muchacha—. Y he llegado a descubrir que hoy la marquesa de Pescara llegará a Roma y se quedará en el convento benedictino de Santa Ana.

—Bueno, esto ya vale la pena, ¿no lo creéis, capitán? No siempre se pueden descubrir y obtener en tiempos veloces, obras recién traducidas que contienen tesis de clara inspiración protestante, como lo hemos hecho en el pasado. A veces se tiene más suerte, a veces menos. Lo cierto es que una vez establecida una tarifa, debe permanecer así. Por lo tanto, os pregunto por qué el dinero recibido por las últimas averiguaciones no es el mismo de antes, sino que ha ido disminuyendo.

Corsini comprendió que, aun siendo la muchacha tan hermosa como para distraerlo, él no podía justificar, por lo que a él respectaba, convertirse en presa de los sutiles juegos de Imperia. Por lo que respondió en el mismo tono.

—Las sumas han caído porque los resultados ya no estaban a la altura. Tanto es así que, hoy mismo, venía a que me rindierais cuentas, ya que no podemos seguir así.

—Eso no es cierto —insistió Imperia—. Los recortes se han hecho incluso antes, cuando ciertamente las averiguaciones que hicimos habían sido de inestimable valor. E incluso ahora, a pesar de quedar patente que pretendéis menospreciar nuestro trabajo, no hay duda de que las indiscreciones recogidas por Malasorte son de absoluta utilidad.

—En cuanto a esta última declaración vuestra, permitidme decir que como mínimo suena osada a mis oídos.

—¿Qué decís? —preguntó Imperia enojada.

—No solo lo digo, sino que incluso lo repito: ¿y sabéis por qué?

—En realidad no —respondió Imperia, que no tenía idea de dónde quería ir a parar Corsini.

—Bueno, dejadme que os aclare algo. Justo esta mañana me he detenido con mis hombres frente al convento benedictino de Santa Ana, en el distrito de San Eustaquio. ¿Podéis adivinar por qué? —preguntó Corsini de nuevo.

—No juguéis conmigo, capitán —respondió Imperia secamente—. Explicad lo que queráis y luego preocuparos por conseguirme el dinero que os he dicho.

—Como os comenté, lo veo poco probable. De cualquier manera, esta mañana he estado en la iglesia de Santa Ana. Tenía que detener un carruaje, cosa que hice, por supuesto. No adivinaríais nunca quién era la persona que estaba dentro.

—La marquesa de Pescara.

—¡Magnífico! ¿Y cómo lo habéis sabido?

—Prefiero no responderos.

—¡Ah!

—Volviendo al tema… Los quinientos ducados que todavía me debéis, ¿cuándo me los vais a traer? ¿O tengo que mandar a Gramigna a recogerlos?

—Adelante —dijo el capitán sin traicionar la más mínima emoción—. Si queréis venir a recogerlos al Santo Oficio, ¡no tenéis más que decírmelo!

—Eso es exactamente lo que no voy a hacer: decíroslo.

—¿Os atrevéis a amenazarme?

—Haré que os ataquen cuando menos lo esperéis.

La conversación estaba tomando un giro inesperado. No había esperado tal resistencia.

—Tal vez no tengáis bien presente con quién estáis hablando. Soy el capitán de la guardia inquisitorial del Santo Oficio.

—Y yo soy Imperia, estimada cortesana, dueña de posadas y hoteles, terrateniente. No me desafiéis, capitán, que como hay Dios que os arrepentiréis de ello. De hecho, os sugiero, si vuestra vida os es querida, pagar el saldo ahora, si tenéis esa posibilidad.

—Si creéis que podéis intimidarme de esta manera, estáis tremendamente equivocada. Dad por rotas nuestras relaciones.

—Así será cuando hayáis saldado vuestra deuda.

—No os debo ese dinero. En cuanto a tu Gramigna, lo espero. Y agradeced mis buenos modales, si no os enviaría a la guardia inquisitorial para poner patas arriba la posada —concluyó.

—No os conviene hacerlo. O debería recordaros que habéis recurrido a mi ayuda y a la de Malasorte para seguir y acechar al artista más importante de Roma y a una de las mujeres nobles más prominentes de la ciudad.

Corsini se negó a responder a esa última provocación.

Se encasquetó de nuevo el sombrero en la cabeza y, volviéndose de espaldas, levantó de malas formas la cortina de terciopelo y desapareció.

40

En el convento benedictino de Santa Ana

Miguel Ángel no creía que encontraría a Vittoria en semejante estado.

La vio delgada, el hermoso rostro demacrado, hueco, los pómulos tan prominentes que se asemejaban a los suyos. La cara parecía de cera, excepto por las mejillas ardientes. Su hermoso cabello castaño se escapaba como en flecos de estopa a través de una cofia blanca y sencilla.

Vittoria estaba sentada en un pequeño sillón, envuelta en una manta de lana gruesa. Las manos sobresalían huesudas y los dedos parecían palillos claros, destinados a romperse de un momento a otro. La marquesa de Pescara estaba frágil y cansada como jamás Miguel Ángel la había visto antes.

La chimenea de piedra confería a la habitación una calidez grata, el fuego ardía ferozmente y era quizá la única nota dulce en aquella tarde por lo demás amarga.

Sin embargo, en aquel rostro postrado de sufrimiento y ahuecado por la enfermedad, Miguel Ángel tuvo una visión de pureza. La luz en sus iris no se había perdido, al contrario, brillaba como amplificada por la fiebre devoradora.

Y en ese martirio suyo, Vittoria, a sus ojos, resultaba más grande y hermosa que nunca. La abrazó a pesar de que la marquesa lo intentó apartar por todos los medios, por miedo a contagiarlo. Pero él, grande y aún fuerte, la mantuvo abrazada como a un pajarito con las alas rotas. La besó en la frente: estaba caliente, hirviendo.

Fue en ese momento cuando entró una de las hermanas, cargando unos envoltorios helados, con menta y caléndula.

La monja la hizo acostarse en la cama con sábanas blancas y con cómodas mantas. Luego le aplicó las compresas frías, esperando de esa manera calmar el mordisco de la fiebre.

Cuando la religiosa hubo terminado, dejándolos solos de nuevo, Miguel Ángel trató de hablar con su amiga enferma.

—Mi amada Vittoria —le dijo—. Cuánto os he echado de menos. No imaginaba encontraros en este estado y por eso espero que lo que os he traído pueda ser de algún consuelo.

Dicho esto, tomó la bolsa y sacó un paquete y un papel enrollado.

Desdobló este último en sus manos y se lo entregó a Vittoria, quien, mientras tanto, se sentó en la cama, inclinándose hacia atrás en los almohadones.

—Para vos —se limitó a decir Miguel Ángel.

Lo que vio la marquesa la dejó sin palabras. Era una Piedad de una belleza tan inconmensurable que incluso pensar en explicarla o describirla era una hazaña más allá de sus posibilidades.

La Virgen alzaba los ojos al cielo en una oración de misericordia y fe al mismo tiempo. Su rostro hermoso, amable y sincero parecía aún más irresistible por una expresión de melancólica serenidad, como si no quisiera interrogar, sino más bien contemplar a Dios en un monólogo silencioso. Sus manos, con las palmas abiertas, el vestido sencillo, en una cascada de pliegues, y luego Jesús que, entregado, yacía muerto en su regazo, componían una imagen asombrosa que era, a la vez, de muerte y nacimiento. El rostro de Jesús se inclinaba hacia adelante, con la barbilla apoyada en el pecho, el cabello era de rizos rebeldes, con un mechón que se alargaba sobre el magnífico pectoral derecho, y el tórax ancho y bien formado obligaba a la mirada a dirigirse hacia ese cuerpo fuerte, de musculatura poderosa, aunque doblegada por la voluntad de la muerte.

Aquí, esa centralidad del cuerpo de Cristo, el punto de apoyo de toda la composición, parecía traducir en una imagen el credo mismo del *Beneficio de Cristo* y las palabras de Reginald Pole. La esencialidad, casi despojada de ese maravilloso dibujo, en absoluto alterada por los querubines que sostenían a Jesús por los brazos, acostado entre las piernas de su madre, parecía expresar el pensamiento de la Iglesia de Viterbo: acercar lo terreno a lo celestial. Jesús hecho carne, y por lo tanto hombre, estaba en comunión con Dios y aún más con María, que casi parecía tocar con las manos las nubes del cielo.

Vittoria guardó silencio durante un buen rato.

Miguel Ángel no quería molestarla. Dejó que se tomara todo el tiempo que quisiera. No tenía prisa. Podría quedarse allí incluso toda la noche. Se iría a dormir al claustro, al aire libre, únicamente para poder estar cerca de Vittoria.

Cuando le habló, lo hizo con voz débil.

Tal vez fuera la enfermedad, tal vez la emoción, pero esas palabras, a pesar de pronunciarlas suavemente, como a punto de romperse, se clavaron en el corazón del artista como lo hubiera hecho el filo de una daga.

—Me honráis, Miguel Ángel. Alabáis a Dios y celebráis su gloria con vuestros dibujos sublimes. Os estaré eternamente agradecida por esta maravillosa composición y por la otra que me entregasteis hace un tiempo. No puedo encontrar otras palabras para expresaros todo mi amor y devoción... —Pero en ese instante la tos empezó a interrumpirle el aliento y la voz.

Miguel Ángel se acercó a ella, rodeándola en un abrazo, mientras sus hombros se agitaban. Cuando la tos disminuyó, tomó una jarra llena de agua de la mesa, sirvió un poco en un vaso y se la dio a beber. Poco a poco se fue calmando.

Él la ayudó a recostarse.

—Vittoria, lo que decís me llena de alegría. Sabéis cuánto me interesa vuestro buen juicio, que es lo más querido para mí. Así que gracias por vuestras palabras, porque con solo escucharlas encuentro la fuerza para seguir.

Aunque acababa de calmarse de la crisis, Vittoria insistió en volver a sentarse.

—Os lo ruego —dijo—. Descansad.

—Ni lo lograría aunque quisiera. Más bien, concededme una última pregunta: ¿por qué María, que también es la madre de Jesús, se ve todavía tan joven en esta Piedad vuestra?

Miguel Ángel no lo pensó ni por un momento:

—Porque ella es infinitamente pura, Vittoria, y por eso su belleza, y por lo tanto su gracia, no puede verse afectada de ninguna manera por la edad. Al igual que le pasa a vuestro bello rostro, que no conoce los estragos del tiempo.

Al escuchar esas palabras, Vittoria permaneció en silencio, abrumada por todo ese amor. Casi creía que no merecía tanto.

—Y ahora, descansad —insistió Miguel Ángel.

—No puedo, amigo mío.

—¿Lo decís en serio?

—Tengo que hablaros.

—¿Y qué es tan importante como para ser digno de vuestras palabras aun en un momento como este, en que sería mejor que os abandonarais al sueño?

—Ha ocurrido algo terrible —dijo Vittoria, casi en un susurro.

Miguel Ángel la miró a los ojos y, al escuchar esas palabras, le pareció percibir algo, como si un espíritu maligno y amenazador hubiera cubierto de repente el aire.

41

Plaza Navona

Mientras caminaba hacia la plaza Navona, Malasorte pensaba en el apuesto capitán. Sabía que tenía un efecto en él, pero no podía decir que lo contrario no fuera cierto también. A pesar del frío y el viento que azotaba, sentía cómo su propio cuerpo se incendiaba. Un anhelo inextinguible, desde que lo había visto, se había apoderado de ella. No habría sabido explicarlo y sin embargo sentía que el deseo crecía como hambre despiadada, con la intención de susurrarle al oído qué delicioso sería dejarse seducir por el capitán.

Nunca le había pasado hasta ahora. Ciertamente había tenido relación con algún hombre, pero nunca alguien que hubiera despertado sus sentidos.

En aquel momento, no obstante, se notaba arder de pasión, hasta el punto de percibir de forma clara y urgente la desesperada necesidad de explorarse a sí misma, tocarse en los cada vez más recónditos misterios de su propio cuerpo. Solo de esta manera, pensaba, habría podido apagar esa sed que la consumía desde el momento exacto en el que lo había visto.

Mientras iba perdida en tales pensamientos, fantaseando con Vittorio Corsini, Malasorte había llegado a la plaza Navona. La acompañaba Gruñido, que la seguía como una sombra. A pesar de la fría mañana, un sol pálido y frágil había comenzado a iluminar el cielo y las casas-tienda que llenaban la plaza relucían con una luz lechosa y casi irreal. El de la plaza Navona era uno de los mercados más importantes de la ciudad. A Malasorte le encantaba pasar el rato allí, perderse entre los puestos de las tiendas. ¿En qué otro lugar habría podido extraviarse entre las fragancias de especias y frutos de la tierra? Para ella, ese mercado era siempre una fiesta.

De ese modo, también aquel día vagaba perdida entre los puestos, admirando los manojos de achicoria con un color verde intenso, el naranja de las zanahorias, las remolachas rojo brillante, y luego las lechugas, las espinacas y los brócolis. Podía sentir los aromas intensos de las especias: la dulzura de la canela, la pimienta fresca y picante, los clavos de olor floral, y luego el jengibre, la nuez moscada, el azafrán. Embriagada, paseaba hacia los puestos de frutas. Vio las naranjas sicilianas, las morenas castañas, los racimos de uvas negras. Cuando divisó las granadas medio abiertas, cargadas con deliciosas semillas, se acercó al mostrador y pidió una. Pagó y, sin pensarlo demasiado, dio cuenta de buena parte de ella. Era como alimentarse del mundo entero de golpe, o al menos esa era la sensación que le transmitía esa fruta, cuando tenía la suerte de poder permitírsela.

Vio de nuevo los bancos de los alfareros, las balanzas del boticario y los sacos de los vendedores de alumbre, que hacían tratos que valían oro gracias a esa sustancia tan buscada, indispensable para cardar la lana.

Fue en aquel momento cuando tuvo la sensación de que la seguían. Percibió claramente la mirada de alguien descansando sobre ella. No se dio la vuelta. Se dirigió al mostrador de la carne. Frente a los jamones y cortes de carne, Gruñido comenzó a gemir de impaciencia. Estaba hambriento. Las mandíbulas se le llenaron de saliva rezumante. Malasorte consiguió una ristra de salchichas, luego se dirigió al borde de la inmensa plaza, seguida por el moloso, que iba detrás de ella, rendido al hechizo de la carne fragante.

—Toma, Gruñido —dijo finalmente, y le arrojó la primera salchicha al suelo. El moloso la devoró en un instante. Tan pronto como hubo terminado, miró a su ama con los ojos bien abiertos y la larga lengua asomada, colgante, entre sus mandíbulas. Estaba babeando de felicidad. Malasorte acarició su gran cabeza negra. Entonces ella le dio uno segunda salchicha que Gruñido hizo desaparecer de un trago.

—Está realmente hambriento —dijo una voz.

Malasorte miró hacia arriba y vio al capitán Corsini. El corazón le saltó a la garganta. ¡Santo cielo!, pensó. Debía de estar hecha un desastre con la boca untada con jugo de granada, el cabello descuidado y las manos sucias por las semillas rojas que había comido previamente.

Sin embargo, el capitán, mirándola, le sonrió.

Gruñido emitió un suave sonido ronco. Malasorte sabía perfectamente que, cuando lo hacía, percibía un peligro, pero en ese momento no había nadie que quisiera hacerle daño.

—Si no fuera un espléndido moloso, juraría que vuestro perro delata ciertos celos —dijo con una sonrisa el capitán. Y tras decir eso, hizo amago de aproximar su mano a Gruñido, que, por toda respuesta, se puso a ladrar, levantándose sobre sus patas y enfrentándolo como si quisiera romperlo en pedazos en cualquier momento. Corsini levantó las manos:

—No te toco, no te toco, te lo prometo.

—Gruñido, pórtate bien —dijo Malasorte acariciando una vez más su enorme cabeza—. No querrás faltarle el respeto al capitán de la guardia inquisitorial del Santo Oficio…

—Es precioso ese perro vuestro.

—Sí —dijo Malasorte con una sonrisa pícara y un parpadeo brillante de sus ojos verdes. Dios, qué hermoso era el capitán, pensaba. ¿Y si había llegado hasta allí porque, después de todo, no le era indiferente? Pero en el momento exacto en que esa idea comenzó a alojarse en ella, inmediatamente la empujó de nuevo a un rincón escondido de la mente por miedo a hacerse extrañas ilusiones.

¡Además debía tener cuidado! Era él quien había encargado a Imperia las investigaciones sobre Vittoria Colonna y Miguel Ángel Buonarroti, y ahora que acababa de hacer un trato secreto con el escultor, era mejor para ella evitar entregarse a coqueteos con un hombre así.

… Aunque era hermoso a rabiar. Malasorte no lograba tranquilizarse. Ese sentimiento abrumador que le incendiaba las venas había vuelto y parecía secarla, alimentarse de ella y volverla dócil, dispuesta a ser su presa, su esclava. Se habría entregado a él incluso en aquel momento, allí en el pavimento de la plaza Navona, delante de todos, si se lo hubiera ordenado.

Por si fuera poco, el capitán era poderoso. Tener a favor un hombre así le habría garantizado un porvenir seguro. Nunca más tendría que preocuparse por su futuro. Pero ¿sería capaz de seducir y luego controlar a un individuo semejante? ¿Ella? ¿Una muchachita sin familia?

Ante aquel pensamiento, Malasorte no pudo evitar sonreír amargamente.

—Sois hermosísima —dijo el capitán—. Creedme que no he visto jamás una mujer más hermosa que vos.

—¿Cómo podéis decir tal cosa? Tengo los labios manchados y las manos…

—El rojo en la boca os hace simplemente irresistible. Confieso que me encuentro en una situación de profunda incomodidad. No he logrado controlarme, pero es desde que me di cuenta de que no dejo de pensar en vos. Y aunque desde un cierto punto de vista siento que podríais representar mi perdición, no puedo ignorar vuestra belleza.

—Os burláis de mí, capitán.

—En absoluto.

—¿De verdad? —preguntó Malasorte, enarcando una ceja.

—Daría cualquier cosa para demostrároslo.

—Me halagáis.

—Para nada. —Entonces el capitán suspiró—. No me puedo entretener ya más, pero, si me lo permitís, quisiera saber dónde puedo encontraros.

—¿Estáis seguro de que es una buena idea ir a mi encuentro?

—No puedo aventurar si lo es, pero no se me ocurre nada mejor.

Malasorte lo miró de reojo. Quizá, después de todo, aquel encuentro lo había propiciado a propósito. Además, ¿qué tenía que perder en el punto en que estaba?

—De acuerdo. Venid a Santa María en Trastévere pasado mañana, al atardecer.

—¿Y si no pudiera?

—Entonces me perderéis para siempre.

42

Historia cruzada

—El capitán Corsini me estaba esperando.

—¿Cómo?

—Fue exactamente así.

—¿Y cómo se enteró de vuestra llegada?

—No lo sé —susurró Vittoria.

—Un momento... —la interrumpió Miguel Ángel—. Todavía no os expliqué lo que me ocurrió a mí... Pero primero terminad vuestra historia.

—Me encontraba en el carruaje. Estábamos a punto de llegar al monasterio. Me sentía cansada por el viaje desde Viterbo pero aún más por esta enfermedad que no me da tregua.

Miguel Ángel le acercó un vaso de agua. Vittoria bebió. Hablar le suponía un esfuerzo enorme.

—De repente, el carruaje se detuvo y apareció mi cochero para anunciarme la visita del capitán de la guardia inquisitorial del Santo Oficio. Vittorio Corsini subió y se sentó frente a mí... y me amenazó.

A continuación Vittoria hizo una pausa.

—¡Maldito sea! —exclamó Miguel Ángel, y su voz denunció toda la impotencia y frustración posibles.

—Me ha contado todo lo que sabe de nosotros: de Pole, de mí e incluso de vos. Del *Beneficio de Cristo*. Y no se detendrá.

—Vittoria —dijo Miguel Ángel—, os prometo que mientras esté vivo no tendréis nada que temer.

—Os creo, amigo mío. Pero no habéis visto a ese hombre. Sus ojos son de hielo. Es un hombre de poder y está lleno de odio.

—Sea como sea, no malgastéis vuestras fuerzas ahora, Vittoria. En lo que a mí respecta, puedo deciros lo que sigue. He reconstruido la cadena de espías que está tras nuestro rastro. Hace unos días, camino de un almacén que tengo cerca, sentí una vez más que alguien me seguía. He usado el más simple de los trucos y pillé a la espía.

—¿La joven de Viterbo? ¿La que se había disfrazado como monja?

—Exactamente.

Miguel Ángel suspiró. Luego prosiguió:

—La reconocí por los ojos. Su nombre es Malasorte.

—¿Malasorte? —preguntó Vittoria con incredulidad.

—Sí. También a mí me sonaba extraño como nombre… De hecho, si entendéis lo que quiero decir, diría que hasta profético.

Vittoria asintió.

—En cualquier caso, la chica me confesó que trabajaba como espía a sueldo de una cortesana bastante conocida y, por lo que sé, capaz de medios no exactamente limitados. Se denomina a sí misma Imperia y es, como probablemente sabéis, dueña de posadas y propietaria de inmuebles. Creo que, gracias a sus múltiples actividades comerciales, por así decirlo, puede lograr chantajear y tener en un puño a muchos de los nobles y altos prelados romanos. Imperia, de hecho, ha recibido encargos de Corsini y, habiendo establecido ese punto, resulta más bien claro quién es el último y más importante eslabón de la cadena.

—Carafa.

—El mismo.

—¿Qué podemos hacer?

—No mucho, me temo. Vos, ciertamente, tenéis que hacer acopio de todas vuestras fuerzas para sanar. Yo intentaré tener cuidado. Soy demasiado mayor para resistir más de lo que ya he hecho. Solo espero que el cardenal Pole pueda hacer prevalecer su cargo en el Concilio de Trento. Si pasara la línea intransigente, me temo que el cardenal Carafa, que ya está al frente del Santo Oficio, podría convertirse en un candidato serio al pontificado. Pablo III tiene ya una edad avanzada y no sé cuánto más podrá vivir. Lo he visto últimamente debilitado y frágil. Por tanto, esperemos que este precario equilibrio pueda aguantar. Mientras os quedéis aquí, estaréis a salvo. La Inquisición no se atreverá a venir a molestaros en un convento. Lo que tenéis que hacer de ahora en adelante es pensar en descansar, Vittoria.

Y mientras la ayudaba a ponerse cómoda, le acarició la frente. Estaba menos caliente que antes, la fiebre iba bajando.

—Vendré a veros cada vez que pueda.

La marquesa de Pescara le sonrió con el rostro lleno de gratitud.

—Casi lo olvido. Os dejo el regalo para Reginald Pole. Creo que le gustará. Dormid ahora.

Y se despidió con un tierno beso en la frente.

Luego tomó sus manos entre las suyas.

Finalmente, cuando vio que Vittoria había empezado a adormecerse, se levantó. Le dirigió una última mirada llena de dulzura. Después se encaminó hacia la puerta.

PRIMAVERA
DE 1544

43

Una amiga inesperada

Miguel Ángel se sorprendía de lo apegado que estaba a la muchachita. Y en tan poco tiempo, además. Se encontraban en su almacén de la calle Monte della Farina. Hacerlo en su casa, en Macel de Corvi, habría sido más que imprudente. Al principio, como para justificar esas veladas inexplicables para él, se había dicho a sí mismo que lo estaba haciendo por un sentido de compasión hacia aquella muchacha que, poco a poco, había aprendido a comprender.

Pero día tras día, encuentro tras encuentro, había madurado un sentido de respeto y estima hacia ella que casi lo asustaba. Así que pronto se dio cuenta de que no era por compasión sino por gratitud por lo que se seguía encontrando con Malasorte. Y también porque ya no podía prescindir de ella. Por supuesto, era extraño, ya que ella era quien proporcionaba tantos detalles comprometedores de sus movimientos. Y de los de Vittoria y la *Ecclesia Viterbiensis* de Reginald Pole. Pero Miguel Ángel también había comprendido que no le había quedado otra elección. Se lo debía todo a Imperia y aquella misión, por reprobable que fuera, a sus ojos era la única forma de ganarse la vida. Era una víctima de un sistema más amplio y, a pesar de todo, no se veía capaz de desearle ningún mal. ¡Todo lo contrario!

Esa chica de largo cabello negro y profundos ojos verdes tenía una voz hermosa y escucharla leer las historias de algunos escritores maravillosos, quizá al calor del fuego con una manta sobre las rodillas, en las frías tardes de invierno y luego de la primavera, se había convertido en un momento de asueto, mejor dicho, de dulzura, que Miguel Ángel pretendía concederse mientras le fuera posible.

Esas lecturas eran caricias que la muchacha le regalaba. Él, por otro lado, hacía todo lo posible para que ella dispusiera de algunos ducados y así luego hundirse en aquel mundo fantástico que ella parecía haber creado con los muchos libros y autores que había logrado conocer. Era una hermosa manera de olvidarse de la miseria terrenal de allá afuera. En particular, Miguel Ángel había aprendido a amar la historia de Tristán e Isolda que a Malasorte le encantaba leerle.

Él trataba de corresponder con algunos poemas de Vittoria Colonna. Malasorte lo miraba con sus enormes ojos llenos de asombro y atención. A sus pies, en el calor de las llamas del hogar, Gruñido nunca dejaba de abandonarse a algún que otro grato quejido, y en ese clima de calidez y complicidad Miguel Ángel redescubría una dimensión casi suspendida en el tiempo y en el espacio. Porque nada lo aquietaba como la lectura y la escritura.

Siempre le había gustado tratar de hablar de sí mismo con tinta y papel, constantemente escribía cartas a sus sobrinos y hermanos, pero ahora estaba experimentando esa nueva dimensión de compartir con alguien el placer de descubrir un mundo hecho de aventura, amor, acción y sentimientos: la manera perfecta de olvidarse de todo y de todos.

Es verdad, había amado a Dante con una pasión sin tregua, y aquella poesía suya alta e inalcanzable se había grabado en su corazón. Entre sus páginas había pasado muchas tardes, antes de aquellos días, recogiéndose y encontrándose en la poesía, recuperándose de las horas de trabajo y fatiga. Y con Dante había desarrollado, por tanto, un gusto por las composiciones a las que no había dudado en abandonarse con la furia y la esperanza de los que buscan la redención. Pero ahora aquellas lecturas diferentes, extrañas, llenas de encanto y ritmo, lo divertían. Percibía toda la ternura de quien, por una vez, no le pedía nada a cambio sino todo lo contrario, se entregaba a una pasión que pretendía compartir con él.

También con Vittoria había pasado lo mismo. Es cierto que con ella existía una esfera de espiritualidad que unía sus almas como un puente, pero ¿qué importaba eso? ¿Era quizá menos importante lo que le regalaba Malasorte cada vez que iba a verlo? Tal vez, ahora que lo pensaba con detenimiento, la razón por la que la esperaba con tanta impaciencia era que, gracias a esas veladas, se sentía menos viejo y menos solitario. Esa muchacha le daba energía, paz y sonrisas.

Hasta Gruñido se había convertido también en amigo suyo a estas alturas. En esas ocasiones, ambos se ponían al día sobre los movimientos de Imperia. Por el momento, Malasorte había logrado mantener su posición, a veces mintiendo, a veces inventando. La habilidad de la muchacha con las palabras le impedía comprender, sin embargo, cuánto de verdad había en ello, o al menos seguro.

Él le había dicho que no dudara en pedirle ayuda, fuera lo que fuera lo que le sucediera desde entonces.

Malasorte se sentía bien con aquel viejo artista loco. Los momentos con él estaban entre los mejores que podía recordar. Junto, por supuesto, con los del capitán. Pero esa era una historia completamente diferente.

Aquellos que le habían hablado de Miguel Ángel lo habían retratado como un hombre avanzado en años, de mal carácter, propenso a la ira y a la violencia. Pero a ella no le parecía así en absoluto. Más bien lo veía bastante solo, en parte por propia voluntad, pero también porque al querer exiliarse en el arte se arriesgaba, a veces, a perderse a sí mismo.

Era un hombre que había leído muchísimo. Con él había descubierto toda la maravilla de Dante Alighieri, su amor por Beatriz, el descenso al Infierno y luego el ascenso al Paraíso. Además, Miguel Ángel le había leído sus pasajes favoritos de la Biblia, como aquel en el que Josué le pidió a Dios que detuviera el sol para tener más tiempo para asaltar los muros y conquistar la ciudad de Jericó.

Eran historias fabulosas que encendían su fantasía y le permitían sumergirse en sus sueños.

Cuando luego, temprano por la mañana, regresaba a casa, a la pequeña buhardilla en el Trastévere, donde se había mudado, aquellos momentos los extrañaba tanto que casi no podía descansar. Había tratado de tranquilizar a Miguel Ángel acerca de su posición con Imperia, pero le contó medias verdades. Sabía que antes o después su ama se daría cuenta de ese doble juego. De hecho, lo más probable es que se hubiera percatado ya desde hacía tiempo. Un mal presentimiento la asaltó en aquellos momentos. Pero luego volvía a ver a Miguel Ángel y no pensaba más en ello.

Suspiró. Sabía que únicamente se estaba engañando a sí misma. Y que lo pagaría.

Era solo cuestión de tiempo.

44

El inquisidor general

Gian Pietro Carafa había dormido mal. Para ser sinceros, no había pegado ojo durante semanas. Pero no podía hacer nada al respecto. A pesar de los muchos rumores y noticias reunidos, no tenía nada en firme.

Corsini había hecho todo lo posible, ciertamente no podía negarlo, pero a pesar de los avances objetivos en la investigación sobre Pole y sus Espirituales, el inquisidor general del Santo Oficio sabía que no disponía más que de un puñado de naderías. Y ese hecho lo angustiaba.

Había planeado durante mucho tiempo recibir aquella misión, cerrando alianzas, formulando escritos y memoriales, permaneciendo a la espera, rodeándose con paciencia y determinación de hombres que pudieran mantener la línea de conducta que estaba construyendo con minuciosa paciencia.

Pero eso no era suficiente. Le faltaba una víctima, puesto que el Santo Oficio fue creado para combatir la herejía. Y a pesar de que habían existido ciertos episodios, todavía no se había producido un hecho de la suficiente gravedad como para demostrar el poder que esa institución estaba en condiciones de ejercer sobre la vida de los fieles, engendrando un temor que condujera al miedo.

Hacía falta una ejecución capital. Ninguna otra cosa habría servido mejor a su causa.

Pero él sabía bien que todos los involucrados en los eventos de *Ecclesia Viterbiensis* eran demasiado poderosos como para siquiera tocarlos.

Reginald Pole era cardenal. Exactamente como él. Legado pontificio en ese maldito Concilio de Trento que nunca acababa de empezar. Pablo III lo tenía en alta estima y, por más que se aplicó durante largo tiempo en pillarlo en algún asunto turbio, no pudo conseguir nada. Tanto más porque, a pesar de no admitirlo abiertamente, hasta el propio Pablo III intentaba, mientras le resultara posible, seguir el camino del compromiso que la posición irénica del cardenal inglés pretendía sugerir.

Vittoria Colonna, por su parte, era un ejemplo de devoción, por no entrar en la consideración de que disfrutaba del respeto de todos los poderosos de la Tierra por sus refinados conocimientos de literatura y filosofía.

Miguel Ángel era prácticamente intocable. A pesar de su pésimo carácter, gozaba de la protección del papa, y los éxitos obtenidos con las obras realizadas le habían valido la admiración de todos, tanto de reyes y reinas como del pueblo.

Así que estaba con las manos atadas. A menos que el destino diera un giro a su favor y alguien le trajera a modo de regalo una propuesta, una idea, un proyecto para infundir miedo a la herejía, un horror tan terrible que ni siquiera pudiera ser explicado.

Pero hasta aquel momento no había tenido suerte.

Así que esperaba y, mientras esperaba, se iba cociendo en sus jugos, sabiendo muy bien que tendría que actuar. Y era precisamente esa inactividad obligada lo que lo exacerbaba, lo que le procuraba noches de insomnio y momentos de absoluta impotencia.

Suspiró.

Quizá, tarde o temprano, Corsini tendría éxito en sus tentativas.

VERANO
DE 1544

45

Cuando la verdad da miedo

Malasorte tenía miedo. Durante mucho tiempo aquella sensación de inquietud que le provocaba una constante impresión de aturdimiento había vuelto a alojarse en ella, desgarrada como estaba entre el amor visceral por el capitán Vittorio Corsini, que desde hacía unos meses la devoraba como una llama, la amistad con Miguel Ángel y la obligación de lealtad que sentía que le debía a Imperia.

Y era en el estudio de esta última donde se hallaba en ese momento.

La cortesana la miraba con sus ojos penetrantes, tratando de adentrarse en sus pensamientos. Malasorte no lograba entender si había captado sus verdaderas intenciones o no. Por supuesto, como consumada actriz que era, Imperia se había mostrado de inmediato cortés y comprensiva, pero ese hecho no tranquilizaba a la muchacha en absoluto. Es más, cuanto más afable era la manera de comportarse de la cortesana, más percibía Malasorte su despiadada intención de estar tramando algo.

Lo más probable, algo perjudicial para ella.

—Entonces, mi niña —dijo Imperia—. ¿Cómo va el asunto de la posada que te he confiado para que gestiones?

Esa voz, esa voz insinuante y meliflua, Malasorte la reconocía bien. Y le habría gustado muchísimo no escucharla.

—Muy bien —respondió y, sin más preámbulos, apoyó la bolsa que tenía en la mano sobre el escritorio de Imperia.

La cortesana abrió el bolso de cuero, del que llovió una pequeña tormenta de ducados de oro que, por un instante, encendieron un destello de codicia en sus ojos. Pero, tal como había aparecido, desapareció.

A Malasorte no se le escapó el detalle. Esperaba que ese hecho apagara al menos mínimamente la sed de poder y control de esa mujer, pero, apenas un instante después, se le negó de inmediato esa opción.

—Veo que estás usando una hermosa gamurra ligera, de color índigo, que realza una vez más tus hermosos ojos. Imagino que te habrá costado bastante.

—Un regalito que me he permitido hacerme —se escudó Malasorte.

—Por supuesto —asintió Imperia—. Un poco como ese *pomander* de oro que cuelga de tu hermoso cuello blanco.
—No contenta con tales alusiones, Imperia continuó—: Sin contar el magnífico aroma que detecto... ¿Es eso lo que pienso?

—Ámbar gris —respondió de inmediato, anticipándose a ella. De esa manera esperaba darse un respiro.

—Has recorrido un largo camino, hija mía.

Malasorte guardó silencio.

—¿Qué sucede? ¿No hablas?

—No sé qué decir.

—Cuánta sabiduría hay en ti, hija mía. Por eso siempre me has gustado. Y por eso te recomiendo que no empieces a tener dudas ahora mismo sobre de qué parte estar.

—No creo entender...

—Te lo explicaré de inmediato —la interrumpió Imperia—. Te ruego que no pienses ni por un momento que se me ha escapado la forma en que el capitán Vittorio Corsini te miró hace unos meses. Estarías haciendo un flaco favor a tu belleza y sobre todo a mi inteligencia, que no está dispuesta a tolerarlo, como bien lo podrás entender —concluyó Imperia con una sonrisa de pura perfidia—. Pero quiero confiar en ti y creer que, a pesar de todo, me seguirás siendo fiel. Porque, el hecho de que el hermoso capitán te desee no significa necesariamente que valga la pena lo contrario.

—No siento nada en absoluto por él —se apresuró a decir Malasorte.

—¿Estás segura? —la instó Imperia de inmediato.

La muchacha asintió.

—De acuerdo. Por tanto, no tengo nada que temer. Tampoco tú. Ese hombre me debe dinero. Él no quiso pagarme lo que se me debe, creyendo que puede salirse con la suya como capitán de la guardia del Santo Oficio. Pero una mujer como yo no ha llegado a donde está perdonando a los insolventes, con independencia de su rango y género. ¿Me he explicado bien?

—Perfectamente.

—Tal cosa me complace. Entonces, hija mía, te dejo ir, feliz con la puntualidad con que me pagas lo que me debes y la forma en que administras la posada El Sol Naciente en el

Trastévere. Si continúas así, no solo nunca tendrás nada que temer sino al contrario, podré facilitar vuestra fortuna. Por tanto, espero verte aquí la semana que viene para nuestra habitual conversación.

Dicho esto, Imperia hizo una señal con la mano para despedir a Malasorte.

Antes de irse, realizó una reverencia, tras lo cual descorrió la cortina de terciopelo rojo y se marchó.

—Insiste en mentir —dijo Imperia, mirando a Gramigna a los ojos.

El lansquenete permaneció en silencio.

—No la perdáis de vista. Dado que, como sabemos, tiene un romance con el capitán de la guardia inquisitorial del Santo Oficio, haréis lo que ya hablamos. De esa manera estaremos lejos de toda sospecha y nos haremos amigos del hombre más poderoso de Roma, en una sola jugada.

—Como deseéis, señora mía. —La voz de Gramigna era profunda y lúgubre, revelaba una nota desagradable, que dejaba entrever de inmediato hasta qué punto la violencia había moldeado a aquel hombre.

—No me decepcionéis, viejo amigo.

—No haré tal cosa.

—Muy bien. Y luego veremos qué ocurre. A mi modo de ver, Malasorte podrá mantener la fe en su propio nombre, aunque quizá... —Y, mientras decía esas palabras, Imperia abrió un cajón de su escritorio. Extrajo de él la misericordia con que Malasorte se había defendido de la agresión que en su momento sufrió en el puente Sisto.

Comenzó a darle vueltas entre sus manos. Finalmente, con una luz maligna en los iris dejó escapar una última consideración:

—Habría que prestar atención a lo que uno anda dejando por ahí.

46

Perdiendo la cordura

La noche era húmeda, calurosa, cortaba la respiración. Malasorte sentía los fuertes dedos del capitán explorar el más íntimo de sus tesoros. Arqueó la espalda por la excitación. Se sentía suya. Aquella noche también él había ido a verla y ya habían hecho el amor. Pero ella nunca se saciaba. Ni él tampoco. Y ella necesitaba que la volviera a poseer.

Le sorprendía sobre todo su habilidad para escuchar su cuerpo: era como si el capitán (ya que ella lo llamaba así incluso en la intimidad de la alcoba) hubiera sabido, incluso antes de haberla conocido, lo que la iba a seducir, haciéndola olvidar cualquier límite.

No sabía cómo resistírsele: literalmente se entregaría a él, dejándole hacer lo que quisiera con ella.

Sentía su energía animal incluso antes de verlo, como si encarnara la esencia misma del hombre y el depredador juntos.

Sintió un destello ardiente, un escalofrío de fuego flagelarla sin piedad, abrió las piernas para aliviar el dolor y el placer, ambos, que eran casi insoportables, se arqueó aún más… Luego, lenta y lánguidamente, salió de ella. Acarició su largo cabello negro, besó sus párpados con ternura infinita, después de repente la hizo darse la vuelta en la cama y se hundió una vez más en su hendidura más preciada. Era esa alternancia de dulzura y tormento lo que la hacía enloquecer.

Se tocó sus pechos pequeños, la uña de alabastro brillante, castigando el pezón hinchado, tenso como la punta de un diamante ensangrentado.

Él la tomó por detrás, apretándole las caderas con las manos, continuando lenta, inexorablemente, haciéndole saborear todo lo que tenía, todo lo que había por descubrir en la sencillez desarmante de un movimiento doloroso e irresistible, capaz de explorarla y hacerla gemir como nunca lo hubiera creído posible.

Sentía la pasión tumultuosa en su corazón, el placer ardiente explotando en ella y reverberando en ondas de energía ardiente, sacudiéndola como el oleaje del océano cuando se derrama, pirata, contra el tallo fuerte y virgen de un junco blanco.

Siguió poseyéndola, embestida tras embestida. Ella arqueaba la espalda, ofreciéndose aún más a él, colocó las manos en sus nalgas, luego bajó a sus labios y los extendió. El capitán dejó escapar un ronco gemido de placer. Llevó sus pequeños y afilados dedos al miembro de él que la penetraba y lo percibió tenso y palpitante de vida. Carne y sangre. Luego se deslizó los dedos índice y corazón entre los labios, llenando la boca como si en ese momento lo único que quisiera fuera que él la colmara de todas las formas posibles.

Dio la vuelta. Él observó sus dedos, húmedos, entre sus

labios carnosos y soltó un gemido, más excitado que nunca. Casi subyugado le metió su propio dedo índice en la boca.

Malasorte se chupó sus dedos y los del capitán. Él gritó y hundió el miembro con una fuerza aún mayor. Ella se sentía casi aturdida de placer. Se bajó algo más, con la boca libre de nuevo. Jadeaba contra la almohada.

Nunca había sido así con ninguna mujer.

Corsini no entendía cómo era posible que una muchacha tan inexperta y joven pudiera darle tanto placer. Quizá porque todo en ella era natural, simple, en cierto sentido inocente. No existía intención alguna de seducir, solo la sincera e irrefrenable necesidad de abandonarse a él sin defensas ni cálculos de ningún tipo. Y que ella estuviera tan dispuesta a recibir y dar placer lo ponía eufórico. Por supuesto, Malasorte tenía una malicia natural, era provocativa y contaba con un cuerpo maravilloso: delgado, seco, tonificado, con piel ligeramente bronceada. Sus pechos eran pequeños y firmes, sus piernas largas y veloces y tenía el trasero más hermoso que había visto en la vida. Y, además, ese rostro que parecía llevarlo directo a la locura: sus ojos eran estrellas brillantes, su largo cabello negro olía a menta y ortiga, y le caía en una cascada de olas nocturnas, labios carnosos del mismo color que la sangre.

Le besó las caderas para luego ir subiendo por la espalda hasta llegar a los anchos hombros. La acarició en la penumbra salpicada de la luz frágil de decenas de velas.

Luego se colocó a su lado.

—No pensaba que pudiera amar así. —Me tenéis realmente hechizado—. Mientras decía esas palabras suspiraba, incrédulo pero feliz.

Malasorte guardó silencio. Estaba radiante. Pero sabía que cada vez que se había sentido así había sucedido algo que lo había arruinado todo.

Era su nombre. Su destino.

Se abandonó a la noche, al secreto de la oscuridad que la envolvía, aturdiéndola, dejándola vencida, después de todo el amor que había recibido.

Tocó el pecho del capitán con las yemas de los dedos. Fue un gesto ligero, imperceptible: no quería despertarlo.

Se quedó en silencio por miedo a poder dañar ese equilibrio frágil que sus corazones habían logrado crear.

47

La enfermedad

Sentía que la pintura le goteaba por el rostro.

Mantuvo los ojos medio cerrados, reducidos a rendijas, para poder mirar lo que, de todos modos, estaba pintando. Con el pincel trataba de esparcir el color lo mejor que podía. Mediante una modificación, se las había arreglado para levantar el andamio lo suficiente como para poder ponerse de rodillas, arqueando hacia atrás la espalda, manteniendo la mirada lo suficientemente fija en lo que estaba pintando. Pero ahora ya no sabía cómo hacerlo: tenía los brazos y los ojos doloridos, hasta el punto de que quería arrancárselos y dormirse para siempre. Las piernas le temblaban por el esfuerzo, cualquiera que fuera la posición elegida: de rodillas, acostado de espaldas o de lado.

Llevaba la barba completamente salpicada de pintura, así como el rostro y la ropa. No se la había quitado desde hacía dos semanas. No dormía más de tres horas por noche y lo hacía sobre el andamio. Pintaba implacablemente, desde el amanecer hasta el anochecer y así una y otra vez. Se había construido una especie de lámpara para la cabeza: había preparado un tocado de cartón en el que había montado una vela. De esa manera contaba con la luz necesaria para trabajar en cualquier momento. Se iba consumiendo en la ejecución de la obra: los frescos de la Sixtina lo estaban devorando. Desaparecería... borrado, aniquilado por aquella tarea eterna, infinita, aterradora. Nunca la terminaría, pensaba. Se iba desdibujando en el tormento de ese trabajo que se asemejaba, cada vez más, a una tortura. El calor era insoportable.

De repente se vio obligado a detenerse porque temía quedarse ciego para siempre. Había completado el sacrificio de Noé y cuando regresaba a casa, en las raras ocasiones en que tenía la energía para hacerlo, trabajaba los bocetos preparatorios del *Paraíso Terrenal*.

Estaba exhausto. Tanto es así que tuvo miedo de no poder lograrlo.

Le ardía la frente. El cuerpo le temblaba, congelado. Se preguntó si habría contraído alguna enfermedad.

Se despertó sobresaltado. Se había imaginado una vez más en los días de la capilla Sixtina. Ese desafío lo había postrado para siempre. Junto con el *Moisés*. No era capaz de pensar en otra cosa. Pero en ese momento se sentía débil como nunca antes en su vida. Estaba empapado en sudor y le temblaba todo el cuerpo. Le parecía que millones de hormigas vibraban palpitantes bajo su piel y lo estaban comiendo por dentro.

Sentía un dolor punzante en el costado. Lo dentelleaba sin descanso, infligiéndole un sufrimiento que no creía que fuera a ser capaz de soportar. Durante días había experimentado punzadas repentinas, pero, a causa del trabajo, no le dio demasiada importancia. La vela seguía encendida. ¿Cuánto tiempo había estado en la cama? Quizá no llevaba más de una hora. Tenía la boca reseca, los labios quemando, pero experimentaba un frío agudo que le rompía los huesos. ¿Acaso se estaba volviendo loco?

Se levantó del camastro y tan pronto como dio sus primeros pasos para llegar a la mesa, donde se había olvidado de la vela encendida, sintió otra punzada terrible en el costado y sus piernas colapsaron bajo su peso. Se derrumbó en el suelo. En un esfuerzo por permanecer en pie se aferró torpemente a la mesa, arrastrando hacia sí platos, vasos, restos de la cena, que se rompieron en mil pedazos de terracota y cerámica.

Por mucho que quisiera, no conseguía levantarse.

Quizá finalmente había llegado la muerte.

O tal vez la enfermedad había venido a buscarlo. No sabía qué hacer. Casi inconsciente ahora debido a la sensación de mareo que sentía, dejó escapar un doloroso lamento.

En ese momento escuchó un golpeteo desde el otro lado de la casa. Instantes después apareció el Urbino que, al verlo, abrió mucho los ojos: el rostro conmocionado, el miedo que parecía elevarse hasta la raíz de su cabello, como una sombra que extendía unas manos con garras en forma de gancho.

—Maestro —murmuró.

—Fran… Francesco —balbuceó—. Un poco de agua…
—Luego se calló porque sintió que se había quedado sin fuerzas.

El Urbino corrió hacia el pozo. Llenó una jarra con agua y, rápido como un rayo, le acercó un vaso a los labios.

Miguel Ángel trató de beber. Al principio le parecía que estaba mejor, pero luego una arcada le llenó la garganta y vomitó todo lo que había cenado la noche anterior.

Finalmente, recostó la cabeza hacia atrás, se puso pálido y perdió el conocimiento.

Todo se volvió oscuro.

Y en esa nada, por primera vez en mucho tiempo, le pareció, por fin, que estaba descansando.

48

La maldición

El capitán se había marchado antes del amanecer: esa mañana tenía una serie de tareas que cumplir y por lo tanto debía
presentarse a la máxima brevedad ante la presencia del cardenal Carafa. No se quería demorar y, puesto que había pasado la noche fuera, deseaba llegar con tiempo suficiente
para lavarse, cambiarse y lucir convenientemente vestido
ante el gran inquisidor del Santo Oficio.

Se sentía cansado pero feliz. No estaba preocupado por
haberse tomado unos días libres en aquellos momentos. Después de todo, había encontrado un sustituto válido en el joven Mercurio Caffarelli, un chico que en aquellos últimos
dos años había sabido abrirse camino con dedicación y diligencia dentro del cuerpo de la guardia inquisitorial y que
ahora operaba en su lugar en todos los aspectos. En cierto
sentido, era mucho más responsable y ponía más celo que él
mismo. Pero Corsini ya había hecho su parte antes. Ciertamente no anhelaba la idea de poder conducir las patrullas y
arrestar a los culpables. Además, su trabajo para Carafa lo
había convertido, de hecho, en intocable.

En caso de queja o crítica, Carafa estaba dispuesto a encubrirlo y protegerlo. Y ese hecho no era insignificante. Por otro lado, su fidelidad al cardenal estaba fuera de toda duda y por él Corsini estaba dispuesto a realizar cualquier tipo de misión, incluidas las inevitables desviaciones de la regla. Por lo tanto, en cierta manera, el mecanismo establecido era, cuando menos, perfecto. Él hacía el trabajo sucio para Carafa y el cardenal le garantizaba libertad de maniobra. Después de todo, no dejaba de ser el capitán de la guardia inquisitorial del Santo Oficio y no eran desde luego muchos los que podían desafiar su trabajo. ¿Y entonces? ¿Por qué mentalmente se repetía a sí mismo esa estúpida cantilena? Bien es verdad que podía hacer exactamente lo que quisiera, incluso hasta permitirse unas noches para arrullar aquella nueva llamarada. Lo sabía muy bien.

Pero en aquella verdad inapelable había un único, auténtico punto débil: nunca habría esperado perder la cabeza por Malasorte. Y, sin embargo, eso era exactamente lo que había sucedido.

Era hermosa, sobre ese aspecto no había duda, y cuando la había visto por primera vez se dio cuenta de que no podía decir que hubiera conocido el cuerpo femenino antes que ella. Pero luego, una vez consumado el amor, esa muchacha le había penetrado en el alma como una perpetua melancolía de la que no se podía curar… porque se redescubrió a sí mismo deseándola en los momentos más inesperados y sintiéndose triste, solo y vacío sin ella. Y entonces tenía que volver a verla siempre que podía y tenerla todo el tiempo que la noche se lo permitía. Y en aquella costumbre se estaba extraviando. La había cubierto de regalos sin que ella los hubiera pedido y le había reservado atención y cariño. Solo imaginar esas palabras ya le hacía sonreír. Hasta hace un año habrían sido impensables para él. ¿Y cuál era el pero? El pero era que ahora no dudaba en imaginarlas y pronunciarlas si lo necesitaba. Tal vez ahí residía el secreto de Malasorte: nunca pedía nada. Y él sentía que quería dárselo todo.

¿Cuánto de verdad había en ese nombre? ¿Le traería mala suerte?

El capitán no tenía la menor idea, pero estaba resuelto a aceptar lo que viniera por la simple razón de que no podía evitar amarla.

Obviamente, tal conciencia había anulado sus prioridades, y ahora tenía que imponerse la compostura a toda costa. Nunca había sido muy bueno en eso, no en los últimos tiempos al menos, pero ahora ese sentimiento suyo tan ardiente e irresistible corría el riesgo de comprometerlo, incluso a los ojos de la única persona que realmente tenía el poder de la vida y la muerte sobre él. Por no hablar de todo lo que había sucedido: el inminente Concilio de Trento; la alianza secreta estipulada entre los Espirituales; la carga subversiva que se iba perfilando en la obra de Miguel Ángel, que, según se decía, no desperdiciaba la oportunidad para reafirmar su rebelión contra la Iglesia de Pablo III; el poder que estaba adquiriendo Reginald Pole, delegado papal, que incluso acaso era capaz de revertir el destino de la fe cristiano-católica.

Inmerso en esos pensamientos, envuelto en la oscuridad, Corsini comenzó a dirigirse hacia el puente Sisto.

Pero acababa de dar unos pasos cuando algo, o mejor alguien, bloqueó su camino.

A pesar de la calle estrecha y la ausencia casi total de iluminación, salvo un par de antorchas que arrojaban diáfanos parpadeos frente a él, Corsini se dio cuenta de que el hombre que se le había parado delante tenía un aspecto portentoso.

Al capitán, sorprendido por la arrogancia de la postura y la fanfarronería de la actitud, le pareció oportuno dirigirse de malos modos a aquel insolente, como se merecía.

—No os conozco, pero os ordeno que despejéis el pasaje. Llevo prisa y, si no obedecéis, voy a considerar emprenderla a patadas con vos.

A modo de respuesta, Corsini no consiguió más que un suspiro, como si al adversario le aburriera escuchar sus palabras. Luego, sin añadir nada más, el hombre pasó por debajo del haz de luz lechosa que proyectaba una de las dos antorchas.

Levantó el sombrero de fieltro y, en ese momento, todo quedó claro.

Y lo que vio realmente asustó al capitán.

49

Gramigna

Imperia no se había tomado nada bien la negativa de pago de la última cuota adeudada. Y la cortesana tenía una buena memoria. Y no ponía límites de tiempo a su venganza. Por tanto, como habían transcurrido unos días desde que Corsini le hubiera negado el dinero, ella se apresuró a que le siguiera los pasos su hombre más fiel: Gramigna. Y, al hacerlo, el lansquenete había descubierto varias cosas interesantes.

Por ejemplo, que el capitán frecuentaba a la muchacha, Malasorte: Imperia la había sacado de la calle, alimentado y protegido durante años. Y ahora ella se lo pagaba de ese modo. Averiguaron que los dos se veían bastante a menudo en el ático de ella, en el Trastévere, aquel que Malasorte se había podido permitir gracias a Imperia.

Y por eso, día tras día, mientras su protegida formulaba mentiras y excusas para evadir sus responsabilidades, contraviniendo poco a poco los deberes de espía que le habían sido confiados, la cortesana había estado concibiendo una diabólica trama para que ambos se la tuvieran que pagar.

Aparentemente ella se había mostrado complacida, incluso cariñosa y, en cierto sentido, se había sorprendido al cerciorarse de lo poco que de ella había comprendido Malasorte.

Entonces fingió, actuó como la buena madre adoptiva que era. Hasta que, la mañana anterior, había dado la orden. Y Gramigna sabía que un imperativo así no podía ignorarse.

—Estaremos fuera de toda sospecha y estrecharemos lazos de amistad con el hombre más poderoso de Roma, todo en una sola vez —había dicho Imperia.

Y él, puntual como la muerte, ahora estaba en un callejón del Trastévere, delante del capitán de la guardia inquisitorial del Santo Oficio, aturdido por el sexo, lento y somnoliento, listo para convertirse en carne ensangrentada bajo la hoja de su *Katzbalger*.

Lo observaba, desafiándolo con la mirada. Estaba en la nube de luz proyectada por la antorcha, esperando ver lo que iba a hacer.

Aunque solo fuera para dejar en claro que no tenía intenciones de bromear, sacó su espada, que destelleó siniestramente.

De todos los adversarios, ese era realmente el peor que se pudiera topar. En cuanto a sus intenciones, no cabía ninguna duda.

Por ello, a su pesar, Corsini respondió de la única forma que conocía.

Sacó su propia lanza de la funda y se puso en guardia.

Ni siquiera tuvo tiempo de gritar cuando ya tenía al otro encima. El *Katzbalger* era una espada corta, pero de filo extremadamente pesado. La estocada propinada por Gramigna se abatió sobre su espada con la fuerza de un mazazo.

Sin embargo, de alguna manera detuvo el golpe y, saliendo del cruce, aprovechando su mayor agilidad y ligereza, trató de herir al enemigo en el flanco con una estocada sorprendente. Pero Gramigna, con un chasquido repentino, lo paró en el último instante y puso tanta energía en el golpe para repeler el ataque que lanzó a Corsini casi a morder el polvo. El capitán no llegó a caer, pero registró mentalmente la formidable fuerza del oponente. No es que necesitara descubrirla, pero aquella reacción disipó de inmediato cualquier duda al respecto.

Ni siquiera tuvo tiempo de recuperar el aliento cuando ya Gramigna amagó una estocada e intentó un ataque venenoso, entrando en ascendente cruzada, de izquierda a derecha. Corsini esquivó de lado y paró con su propia espada el retorno de su adversario. Una lluvia de chispas azuladas iluminó el lugar por un momento la penumbra. Entonces los dos adversarios se alejaron y el duelo se reanudó en la oscuridad. Tan solo se podía escuchar la respiración de ambos. En un intento de ver mejor, Corsini ganó espacio y se deslizó justo debajo del tenue haz de luz proyectado por una de las dos antorchas.

Ante esa invitación, el lansquenete pareció incapaz de resistirse e hizo lo mismo, pero Corsini retrocedió en un instante, dejándose tragar de nuevo desde la oscuridad y, aprovechando la oportunidad para ver al enemigo inequívocamente, atacó primero en ascendente de izquierda a derecha para propinar, no obstante, una estocada a la altura del costado.

Gramigna logró desviar en el último momento aquel ataque que había surgido de la nada, pero con unos segundos de retraso, tanto que la afilada hoja de la espada le dejó un rasguño rojo del que empezó a gotear sangre.

Aquel golpe rearmó a Corsini, que se cuidó mucho de no hablar, pero que reanudó con mayor vigor una serie de asaltos que obligó al oponente a retirarse, parando la lluvia de golpes, sin poder tomar la iniciativa.

Al final de esa larga persecución de estocadas y paradas, el capitán empezó a sentirse cansado. Había tratado de sorprender a Gramigna en algún fallo, pero, ya fuera por las dificultades relacionadas con la poca luz de la zona, ya fuera porque el oponente era el más traicionero y fuerte que se le podía cruzar, tenía la clara sensación de estar a punto de entregar el alma a Dios. Quizá ese nombre, Malasorte, realmente traía infortunio.

Trató de sacar esos pensamientos de su mente mientras escuchaba su propia respiración entrecortada, reducida a un jadeo ahogado en la noche de Roma. Ciertamente aquellas reflexiones no lo ayudaban a mantenerse lúcido y él, en cambio, necesitaba toda la concentración posible.

Gramigna se había retirado en las sombras, en el rincón más oscuro del callejón y ahora Corsini ni siquiera podía distinguir los contornos de su figura.

No tenía prisa por ir a averiguar qué era lo que le aguardaba. Se quedó allí de pie, esperando.

De repente tuvo incluso la sensación de que se había marchado. Pero tal cosa no debía creerla ni por un momento. Levantó la guardia y se dispuso a recibirlo, porque Gramigna vendría: tarde o temprano saldría de esa especie de escondite y él tenía que estar preparado como nunca antes en su vida.

50

Presentimientos

Algo no iba bien.

Se despertó sobresaltada y tuvo el presentimiento de que algo terrible había sucedido. Miró a su lado y vio la cama vacía: el capitán ya no estaba allí. Sabía que tenía que volver temprano porque le aguardaban una serie de obligaciones, pero aquel gusano que corroía su mente permanecía allí y no daba señales de irse; de hecho, en cierto sentido, parecía estar volviéndose cada vez más insistente. Era una noche tórrida y calurosa. Recogió en una cola de caballo su cabellera, que se le pegaba a las sienes por el sudor. Sobre la camisa se puso la primera gamurra ligera que encontró a mano. Salió de la habitación. Gruñido la estaba esperando con una mirada suplicante, como si, en lo más profundo de él, abrigara la misma duda.

Lo acarició y luego salió con él.

Tenía que cortar aquello. Tarde o temprano, escuchando ese infierno de choque de espadas, alguien habría notado lo que estaba sucediendo. Por el momento el lugar seguía desierto, pero no sería así eternamente.

Fue entonces cuando Gramigna salió de las sombras y cayó a plomo sobre el capitán Vittorio Corsini. Propinó un par de estocadas con toda la fuerza de la que era capaz. Su oponente contuvo el primer ataque, luego el segundo. Gramigna no se desanimó e insistió: un ataque descendente cruzado, un retorno en horizontal… Entonces, cuando el capitán paró una de sus estocadas en el último momento, cruzando por enésima vez el filo, Gramigna estaba preparado. De la oscuridad se materializó en su mano izquierda una misericordia. Vio en los ojos de Corsini la sorpresa y después una sombra de melancólica resignación como si hubiera comprendido en ese preciso momento que estaba condenado. Un instante después, la fina hoja entró en la yugular. La sangre explotó en ráfagas, inundando el aire caliente de la noche.

Corsini soltó la espada, que cayó al pavimento con un siniestro tintineo. Con su mano derecha trató de apoyarse en alguna superficie sólida. Movió los brazos, jadeante, hasta que encontró algo. ¿El borde de un barril? No tenía idea, pero se dejó caer contra él.

Finalmente se derrumbó en el suelo, con la vista que se iba nublando y la mano izquierda sobre la herida, inundada de sangre.

Malasorte había escuchado algo. Un ruido amenazante, un choque metálico que parecía sugerir un duelo. Con Gruñido a su lado seguía esas notas infaustas que sabían a lucha y a sangre. En su mano sostenía una antorcha. El círculo palpitante de luz iluminó la calle. Ahora el sonido metálico se estaba acercando. Salió a un callejón, estrecho y oscuro, y supo que había llegado.

Fue entonces cuando sucedió.

Se acercó lo suficiente para distinguir la escena a la perfección. En ese preciso momento, su mundo había acabado. Vio a Gramigna, el gigantesco lansquenete al servicio de Imperia, apuñalando al capitán a la altura de la yugular, el cuello explotando en una lluvia escarlata cuando la hoja le penetró hasta el fondo.

Corsini braceó, buscando apoyo. Mientras tanto, Gruñido comenzó a ladrar salvajemente y se lanzó contra el lansquenete.

Malasorte se oyó gritar:

—¡Gruñido…, no!

Le parecía que estaba siendo testigo de aquella escena, no de que estuviera sucediendo, como así era. Aniquilada por el dolor y la incredulidad se quedó inmóvil, incapaz de impedir lo que acababa de acontecer ante sus ojos.

Las lágrimas empezaron a caerle en el momento exacto en que el moloso se lanzó al ataque del hombre que acababa de matar a su único, gran amor.

Vio a Gramigna, de espaldas, sacar una pistola de rueda del cinturón del capitán. Se volvió y apuntó a Gruñido. Disparó. El destello del disparo. El trueno de la descarga, que retumbó en el callejón.

Vio a Gruñido, frente a ella, reducir la velocidad hasta detenerse justo enfrente del lansquenete que lo esperaba inmóvil, gigantesco. Se paró en seco y luego se derrumbó fulminado.

Dejó escapar un último gemido, un ladrido ronco que parecía desvanecerse en el aire de la noche. Cuando comprendió lo sucedido, Malasorte sintió que le temblaban las piernas. Luego corrió, sin hacer caso de lo que sucedía, hacia sus dos amores asesinados. Vio a Gramigna que iba a su encuentro. Se preparó para golpearlo y cuando se acercó a él trató de atacarlo con la antorcha.

Él la agarró por la muñeca y se la retorció. Ella gritó, la antorcha acabó aterrizando, en un rastro de luz parpadeante ahora ya extinguido. Regresó la oscuridad. Fue en ese momento cuando Gramigna hizo la cosa más extraña de toda la noche: la abrazó. Y mientras ella cubría de golpes su pecho fuerte y grande, la estrechaba contra él.

—Lo lamento, pequeña —dijo—. Pero te has equivocado en todo desde el comienzo.

Malasorte oyó esas palabras. Fueron las últimas que escuchó. Luego sintió que se le cerraban los ojos, oscurecidos por la tormenta de tinta que le había recubierto la vista, borrando todo aquello que acababa de suceder.

51

Impotencia

Se sentía débil, impotente. La casa parecía viva: un corazón palpitante que latía a un ritmo infernal, contrayéndose y expandiéndose de nuevo. Ese ruido bullía en su cabeza y parecía que la iba a partir en dos.

Estaba acostado en el lecho, incapaz de moverse. Agotado por la fatiga y el temor de haber llegado al final. El Urbino había tenido que salir y ahora estaba solo, con todos sus miedos y dudas; la sensación de haber dejado mil cosas sin terminar, de no haber hecho lo suficiente. ¿Dónde estaba Vittoria? ¿Se habría curado? ¿Cuánto tiempo hacía que no iba a verla? ¿Y qué le habría ocurrido a Malasorte? A pesar de todo, se sentía responsable de ella.

Ese nombre que anunciaba infortunio, miseria. Y que contrastaba increíblemente con su particular belleza.

¿Y si fuera una señal? Después de todo, parecía que en aquellos días, cada elemento se conjuraba en su contra. Trató de levantarse, pero tan pronto como conseguía hacerlo con sus brazos se daba cuenta de que no lo lograría. Así que se dejó caer de nuevo. Odiaba las sábanas empapadas en sudor, la sensación de confusión, ese olor de enfermedad que parecía alojarse en el aire, de carne podrida, la suya, a punto de cuartearse y desintegrarse a pedazos de un momento a otro. Sin embargo, no tenía llagas ni heridas.

Estaba simplemente agotado. Obligado a permanecer en el lecho en aquellas noches de verano. En las anteriores y en las que vendrían. El doctor le había dicho que necesitaba quietud y paciencia.

Y él carecía de ambas.

Rodó sobre su espalda y, extendiendo su brazo, se las arregló para identificar a tientas una jarra que el Urbino, en un gesto de piedad, le había dejado cerca del camastro.

Tenía que beber mucha agua, le había dicho el médico. Particularmente de la que procedía de una fuente que estaba a cuarenta millas de Roma. Se decía que era capaz de acabar con la enfermedad de la piedra, que era de lo que él sufría. Hacía ya días que solo bebía eso. Había hecho que el Urbino hiciera una buena provisión.

Se apoyó en el codo y con un esfuerzo que parecía partirlo en dos logró levantarse y apoyarse colocando la espalda contra las almohadas.

—*Gutta cavat lapidem** —había sentenciado el joven médico, que había estudiado en la Universidad de Padua, siguiendo las lecciones de Andrea Vesalio.

Y así Miguel Ángel siguió sus instrucciones. Desde hacía ya días bebía tanto como podía. Pero el calor, la fiebre y la sensación de agotamiento lo debilitaban y lo angustiaban. Cuando tenía que orinar, experimentaba un dolor indecible.

* Expresión latina: «La gota acaba con la piedra». *(N. de la T.)*.

El fluido aparecía rojo de sangre. El médico le había explicado que una pequeña piedra estaba bloqueada en el conducto que permitía expulsar la orina, obstruyéndolo parcialmente. Beber mucho hacía más probable que expulsara la piedrecilla.

Las piedras siempre habían sido su maldición.

Había una amarga ironía en aquella historia. A su pesar, se sorprendió sonriendo. Levantó la jarra, se la llevó a los labios y bebió sin límites.

Por desgracia, el agua, lejos de estar fría, estaba tan caliente como aquella maldita noche de verano.

Se limpió los labios con la manga de la camisa. La barba destilaba gotas que caían sobre el tejido. Bebió de nuevo.

Luego, con un giro calibrado del torso, dejó la jarra en el piso. Suspiró. Recordó las amenazas que Vittoria había recibido; al capitán de la guardia inquisitorial, que había prometido no quitarle el ojo de encima; al pontífice, que se había negado a ayudarlo, instándolo más bien a que se afanara en hacer todo cuanto pudiera para terminar lo antes posible los frescos de la capilla que llevaba su nombre.

A nadie le importaba demasiado Dios. Cómo llegar ante Él para ser juzgado. Miguel Ángel se preguntaba lo que podría haber dicho de él. ¿Verdaderamente había sido un artista capaz? ¿Verdaderamente había celebrado la gloria del Señor? O, más bien, ¿se había medido a sí mismo a través de desafíos que solo habían servido para incrementar y consolidar su prestigio personal, para amplificar su orgullo? ¿Su deseo de afirmarse y brillar como la mayor estrella del arte? ¿Era eso lo que le interesaba? No realmente.

Reginald Pole y Vittoria Colonna, y con ellos todos los

demás que se adhirieron al círculo de los Espirituales, le habían mostrado que otro camino era posible, que había una vía hacia la salvación. Una dimensión más simple, más sincera: bastaba con ponerse a escuchar. Oír la voluntad de Dios, que siempre está con nosotros. Y así Miguel Ángel había emprendido la realización de otras dos estatuas diferentes para la tumba de Julio II, ya que en esa nueva conciencia suya había sentido que quería dar forma al mármol, llegar a moldearlo a imagen y semejanza de la nueva conciencia que iba madurando.

La vida, esa que tal vez estaba abandonando su cuerpo, había que afrontarla en su doble dimensión. Ahora estaba seguro. Como había dicho Pole, era la conducta positiva, activa, gracias a las buenas obras realizadas y la contemplación de Dios, lo que representaba la perfección por la que luchar con toda la devoción y la humildad posibles.

Y, por lo tanto, durante días había resuelto representar esa doble visión en dos hermosas mujeres que adornarían el monumento funerario de Julio II.

Y a medida que pasaban las horas, su postración en el lecho lo devoraba como la más cruel de las esperas. Habría querido ponerse en pie, agarrar el mazo y el cincel y dar forma al mármol: liberar de los bloques a las hermosas mujeres que tenía en mente. Pero no podía, todavía no tenía fuerzas suficientes.

Era un milagro lograr ponerse de pie.

52

Muerte y maquinaciones

Gian Pietro Carafa no daba crédito a sus oídos.

—¿Estáis seguro? —le preguntó al oficial de la guardia inquisitorial que tenía delante—. ¿Alguien ha tenido el valor de cometer tal crimen? ¿Matar al capitán de la guardia inquisitorial del Santo Oficio? ¿El capitán de mis guardias? ¿Y quién se habría atrevido a tanto, a vuestro parecer?

Mercurio Caffarelli, el sustituto de Corsini, no tenía elementos como para poder explicarlo del todo. Había encontrado a Malasorte junto al cuerpo del capitán la noche anterior. Apenas parecía consciente. E incluso, aunque resultara increíble, no había ninguna duda sobre su culpabilidad: el cuchillo clavado en la garganta de Corsini era el de la muchacha.

—Por lo que hemos podido constatar —dijo con un hilo de voz—, el asesino es una mujer.

El cardenal Carafa enarcó una ceja con incredulidad.

—¿Es cierto lo que decís? ¿Y quién sería?

—Malasorte.

—¿Malasorte y quién más?

—Únicamente Malasorte, Eminencia. Una muchacha que trabaja para Imperia, la cortesana.

—¿La dueña de la posada La Oca Roja? ¿La del barrio del Parione?

Caffarelli se limitó a asentir.

—¡Esa vieja puta! —tronó Carafa—. Hasta incluso se metió en negocios. Entonces ¿sería ella la instigadora del asesinato?

—¡No he dicho eso en absoluto, Vuestra Gracia! —dijo Mercurio Caffarelli.

—Ah, ¿no? ¡Pues entonces sed más claro, maldita sea! ¡Alguien mató a vuestro superior! ¡Un capitán de gran habilidad y coraje! Un hombre de verdad, como no hay otro. Quiero ver a esa cortesana de inmediato. ¡Imperia! ¡Que sea conducida ante mi presencia, Caffarelli!

—Ya he pedido que la convoquen, Eminencia. Debería ya estar aquí —dijo el capitán adjunto.

—¡Cuánto celo, Caffarelli! A fin de cuentas, ¡mejor así! La presunta culpable, la tal… ¿Malasorte?

—La encerré en una de las celdas de la prisión de Tor de Nona.

—¡Ah!

Una vez más, Caffarelli asintió.

—Bueno, ¡lo hicisteis bien! Entonces… de acuerdo, esperaré a la cortesana.

—Cuando lo deseéis, Eminencia, os la traigo ante vuestra presencia. Como os dije, ya está aquí.

—No perdéis vuestro tiempo, ¿eh? ¡Eso está bien! Dejadla entrar, pues; veremos qué puede contar. Mientras tanto, salid. Cuando os necesite de nuevo os haré llamar.

Diciendo eso, con un movimiento de su mano, el cardenal Carafa despidió al capitán suplente.

—Ah, una última cosa...

—¿Su Eminencia? —preguntó Caffarelli cuando estaba a punto de irse.

—Como ya lo estáis reemplazando... Bueno, la guardia inquisitorial del Santo Oficio no se puede quedar sin un capitán. Caffarelli, desde hoy sois el nuevo capitán. Yo os nombro.

Mercurio hizo una reverencia.

—Eminencia.

—Ya veis que os merecéis tal honor.

—Voy a intentar que así sea.

Y según lo decía, Caffarelli desapareció.

Cuando vio entrar a Imperia, Carafa no pudo evitar reconocer que, a pesar de su en absoluto tierna edad, esa mujer estaba todavía llena de encanto. Y ese era, pensó, el secreto de su éxito. Hasta el punto de que, como todos sabían, se había convertido en una de las mujeres más poderosas de Roma. Carafa pensaba que luchar contra ella sería la menor de sus preocupaciones. Mucho mejor tantear si existía la posibilidad de iniciar con ella una especie de alianza tácita y discreta.

—Su Eminencia —dijo Imperia con su vestido rojo sangre, casi como si quisiera combinar el atuendo de ese día con el púrpura cardenalicio de Carafa—. Conoceros es para mí un privilegio, si bien, y soy muy consciente de ello, las circunstancias que me traen aquí ciertamente no son las más felices. Estoy entristecida por lo que le pasó a vuestro capitán, un hombre respetado y capaz que toda la comunidad cristiana de esta ciudad extrañará. —Imperia hizo una profunda reverencia y besó el gran rubí llameante que brillaba en el índice del cardenal. Carafa asintió. Con independencia de lo que pudiera descubrir ese día, un hecho era cierto: esa mujer sabía cómo comportarse y, en momentos desafortunados como esos, no era poca cosa.

—Acomodaos —se limitó a decir.

Imperia se sentó en un sillón de terciopelo violeta. Su mirada no delataba la menor emoción y, si hubiera reverencia en ella, pues bien, nunca se convertía en miedo, ya que era capaz de equilibrarla con una considerable confianza en sí misma.

—Señora —comenzó a hablar Carafa, quien ciertamente nunca se habría dirigido con otros títulos a Imperia que, a pesar de todo, seguía siendo una cortesana—. Sabéis perfectamente bien por qué estáis aquí. Así que por favor decidme lo que sepáis sobre la mujer inculpada del asesinato del capitán Vittorio Corsini.

—Por supuesto —respondió Imperia—. No me callaré nada. Pues bien: la muchacha acusada se llama Malasorte. Está desde hace años a mi servicio. Realiza las tareas más diversas para mí: se ocupa de la contabilidad en una de las posadas de mi propiedad y supervisa las actividades relacionadas como…

—Por favor, ciertamente puedo imaginarme cuáles podrían ser esas actividades —interrumpió Carafa—. Centraos en lo que sabéis de ella como persona y, en particular, sobre cuáles fueron sus relaciones con el capitán Corsini.

—Era una chica emprendedora, guapa, en fin…, que no

pasaba inadvertida, aunque cuando sabían su nombre algunos hombres, supongo que por estúpidas razones de superstición, advertían una sensación de fatalidad e inquietud y tal vez preferían hacerse acompañar por otras mujeres. Sin embargo, este no era el caso del capitán Corsini.

—¿En serio? ¿Qué queréis decir? ¡Sed más precisa!

—Hasta donde yo sé, Corsini estaba enamorado de ella —dijo Imperia sin pelos en la lengua.

—¿Estáis segura? —Carafa no parecía querer creerlo.

—Hice que la siguieran, porque no quería tener dudas.

—¿Por quién?

—Por mi guardaespaldas.

—Ya veo. Y pudo confirmar que el capitán y esta muchacha…, Malasorte, ¿se veían?

—Por supuesto.

—Permitidme hacer una observación —dijo el cardenal en ese momento—. ¿No os parece que antes de empañar la memoria de un capitán de la guardia inquisitorial del Santo Oficio, al menos deberíamos tener alguna certeza?

—No lo dudo, Eminencia. Yo simplemente respondí a vuestra pregunta. Aunque, me gustaría subrayarlo, como vos sabéis mejor que yo, soldados, nobles e incluso hombres de Iglesia no desprecian el pecado…

—… Os lo ruego.

—El hecho de que me pidáis que me calle sobre los detalles no significa que sea menos cierto. Lo vi con mis propios ojos.

El cardenal suspiró.

—Señora, tenéis razón, y es justo ese el motivo por el que el flagelo de la Reforma se ha abatido sobre nosotros. Para castigarnos. Para juzgarnos indignos de la gracia de Dios, comenzando por la Iglesia que represento. ¡Imaginaos si no sabré de qué me estáis hablando!

—En realidad, creo que las razones por las que Malasorte resultaba peligrosa están vinculadas a otras cuestiones muy distintas.

—¿Asuntos más importantes que la muerte de un capitán de la guardia inquisitorial del Santo Oficio?

—Vuestra Eminencia... ¿y si os dijera la palabra... «Espirituales»?

Al escuchar lo que Imperia acababa de decir, el cardenal Carafa se quedó sin habla. Pole, por tanto, ¿había llegado hasta el Santo Oficio, sin que él se enterara ni mínimamente?

53

Vida activa y vida contemplativa

Miguel Ángel acababa apenas de recuperarse. Ahora ya lograba ponerse en pie y, aunque todavía se sentía débil, ya estaba decidido a regresar al trabajo.

Frente a él había un gran bloque de mármol: blanco, translúcido, perfecto. Con sus manos tanteó los bordes, lo observó para identificar sus vetas más secretas. Pensaba que había vuelto a su niñez porque esos movimientos, en su familiaridad, representaban una magnífica costumbre, su don cotidiano, el motivo por el que se levantaba por la mañana y por el que cada noche regresaba a su lecho.

E imaginar lo que el bloque escondía en su blanco caparazón era siempre una maravilla, un milagro que a Miguel Ángel le encantaba volver a descubrir cada vez, ya que desvelar la forma contenida en él era una urgencia acuciante. Incluso aquella mañana su corazón estaba henchido de emoción como si fuera la primera vez. Había pasado ya un tiempo desde que no tocaba el mármol. Desde que había conseguido que Moisés cambiara la dirección de su mirada.

Recordaba el asombro de Tommaso de Cavalieri al ver

lo que debía de haber considerado una especie de magia y, en algunos aspectos, tenía razón: era magia, un regalo que Dios le había hecho. Si alguien le hubiera preguntado cómo se las arreglaba para trabajar el mármol, Miguel Ángel no habría sabido responder. La técnica aprendida y perfeccionada a lo largo de los años, la pasión profusa al elegir personalmente los bloques, la humildad del trabajo de cantero que había estudiado y puesto en práctica sin desdeñar nunca su ruda simplicidad, eran etapas de un proceso que él consideraba natural. Y, de hecho, era precisamente en aquella voluntad de querer elegir desde el principio, desde que el mármol era extraído de la cantera, donde descansaba el fundamento del noble arte de la escultura, puesto que una estatua, una figura, una piedad, un profeta, una crucifixión... nacían mucho antes de que comenzaran a ser tallados, grabados, esculpidos.

Antes que nada era necesario identificar el bloque correcto, humedeciéndolo con agua para detectar imperfecciones y aspirar, en cambio, a la pureza absoluta. Por estas razones, en todos esos años, Miguel Ángel había escalado en Carrara y en el monte Altissimo e incluso en los Alpes Apuanos: porque allí era donde encontraba la piedra más pura.

La que tenía ahora mismo delante.

Los días de la enfermedad lo habían agotado y, aunque ahora todo lo que necesitaba era volver a lidiar con el mármol usando el mazo y el cincel, sabía que no lo podía hacer. Pero en aquel lapso de tiempo la mente había trabajado febrilmente y dos mujeres se le habían aparecido en un sueño, revelándose en sus deliciosas formas, en sus delicados rasgos, en los suaves pliegues de sus prendas.

Creyó ver el mármol derretirse ante sus ojos como hielo y tomar la forma de esas dos mujeres sublimes, alegorías de aquellas virtudes descritas por Reginald Pole en Viterbo. Una de ellas, Raquel, una heroína bíblica, encarnaría la vida contemplativa: Miguel Ángel pretendía representarla envuelta en un pesado manto, ojos al cielo, rostro vuelto hacia el Señor, manos juntas, fe casi ciega en Dios. Quería capturar la esencia de la relación con lo divino, desprovista de cualquier mediación.

La otra, Lía, encarnaría en cambio la vida activa, la luz necesaria para la llama que arde como decía *El Beneficio de Cristo*. Ella era la que encontraba la salvación a través de sus acciones, sin intervenciones de la Iglesia, sino inherentes a la fe.

Miguel Ángel sabía que, al hacerlo, lograría una especie de equilibrio definitivo entre los principios de la Reforma protestante y los dictados de la Iglesia católica, una solución que, si bien apoyaba la relación exclusiva del hombre con Dios, no pretendía negar la fuerza disruptiva de la vida activa. Lía, también heroína bíblica, sería matrona romana, sostendría en su mano derecha un broche para recoger su larga cabellera, pero ese prendedor también sugeriría la forma de una antorcha, símbolo de luz y fuego ardiente. Finalmente coronaría su cabeza con una diadema.

Esto era lo que deseaba hacer: completar un monumento funerario que fuera la representación en mármol de sus propias convicciones, tan diferentes desde hacía un tiempo, fruto de las palabras de Vittoria y del cardenal Reginald Pole, víctimas inocentes de una Inquisición tan sorda a sus instancias como para interpretarlas únicamente como un brazo armado al servicio del papa. Una Inquisición dirigida por un hombre que, con toda probabilidad, apuntaba al pontifica- do y a reafirmar las jerarquías y cerrazones de una Iglesia demasiado dispuesta a castigar a los pobres y a los abando- nados a través de la amenaza de herejía, y a absolver, sin em- bargo, a los cercanos al poder y a la riqueza.

Sabía que, de esa manera, aumentaría la distancia, que la herida se agudizaría y se infectaría, y que agrandarían los labios de la laceración entre él y la Iglesia, pero no veía otra solución. Después de tanto tiempo tenía la oportunidad de tallar aquello en lo que creía usando un lenguaje diferente, en algunos aspectos más críptico, protegido o, tal vez, sim- plemente más claro que cualquier otro, pero solo para aque- llos que tuvieran el coraje de mirar de verdad a sus estatuas a los ojos: Moisés, Raquel, Lía y Julio II.

No serían imágenes para cualquiera: en cierto modo pro- vocarían miedo, volviendo la mirada a quien hubiera fijado su vista en ellas sin sentir la necesidad de susurrar consuelo.

Por lo tanto, estaba resuelto a ello. Lucharía con las ar- mas que conocía y que Dios le había otorgado para gritar su verdad.

54

Sacro y profano

Imperia estaba segura de que había captado no únicamente el interés, sino también la atención del cardenal. Sabía que desde que el capitán Vittorio Corsini le había hecho una visita, lo que escuchó de su boca era tan solo una parte de la historia. Gian Pietro Carafa había ascendido a inquisidor general del Santo Oficio por voluntad del pontífice. Un papa, Pablo III, que no había sido el peor de aquellos años pero que, por mil razones, no viviría para siempre y que había abierto el camino a un diálogo entre la Reforma protestante y la Iglesia católica con posiciones demasiado complacientes. Actitud que un hombre como Carafa digería mal.

Hasta ella lo había entendido, bastaba con mirarlo a los ojos. Su Eminencia era un hombre al que animaban monstruosos apetitos y que veía su papel actual como gran inquisidor del Santo Oficio como trampolín necesario, pero no suficiente, para llegar al papado.

Como buena emprendedora, Imperia había puesto a sus espías a investigar y se había asegurado no solo de que el odio de Carafa hacia Reginald Pole fuera legendario, como ya resultaba evidente a partir de la información recopilada por Malasorte, sino que tenía raíces profundas y una motivación precisa: Pole era el principal oponente que el inquisidor general del Santo Oficio tenía en su camino, una senda que conducía directamente al pontificado y que corría el riesgo de verse comprometido por ese maldito cardenal inglés, protegido por Pablo III hasta el punto de convertirse en su legado papal en el inminente Concilio de Trento.

Ahora, si Imperia tuviera algo que ofrecer para dejar en mal lugar a Pole y a los Espirituales de alguna manera concreta, proporcionando una víctima sacrificial que pudiera ser exhibida como bruja, hereje, crecida a la sombra de la palabra de Pole y sus acólitos, ¿acaso no le habría estado eternamente agradecido el cardenal Carafa? ¿Y quién mejor que Malasorte para dar cumplida cuenta a esa tarea? Aquella muchacha ingrata y presuntuosa que la había rechazado a cambio de unas hermosas espaldas y un rostro varonil, era en resumen su salvoconducto en el ascenso al poder.

Así que decidió meter aún más el dedo en la llaga, haciendo partícipe al cardenal de su propio plan diabólico.

—Vuestra Eminencia —dijo con voz firme—. Creo que la reunión de hoy puede resultaros propicia, a la luz de cuanto estoy a punto de revelaros.

El cardenal la miró, haciéndole entender que él escuchaba, no necesitaba estar más convencido de lo que ya estaba.

—Bueno, Malasorte no solo es culpable del hecho que se le atribuye, la muerte del capitán de la guardia inquisitorial Vittorio Corsini, sino, como pronto descubriréis, es además una hereje. Y es por eso que hizo lo que hizo.

—¡Ah!

—Puedo demostrarlo: no solo porque yo misma sé con certeza que se reunía con los Espirituales del cardenal Reginald Pole, y podría confirmarlo ante los jueces, sino porque mi impresor de confianza puede testificar que le ha vendido copias del *Beneficio de Cristo*, en la edición revisada y ampliada de Marcantonio Flaminio, de la *Ecclesia Viterbiensis*, recientemente impreso en Venecia, la guarida secular de la herejía más sutil. Sin contar que vuestro actual capitán suplente de la guardia inquisitorial, el joven Mercurio Caffarelli, podrá afirmar sin dificultad que la muchacha siempre ha tenido un pésimo carácter si es cierto, que lo es, que apenas hace un par de años, para defenderse, hirió a un lansquenete con el mismo puñal que usó anoche para matar al capitán Corsini. Todo esto, por supuesto, apoyado en los testimonios de los que os hablo...

El cardenal Carafa se quedó verdaderamente sorprendido, mucho, y tal cosa no le acontecía por cierto muy a menudo.

—Estoy asombrado por la cantidad de información en vuestro poder, señora —dijo con una sinceridad próxima a la admiración—. Uno se pregunta de dónde sacáis tantos espías eficientes, me gustaría que me prestarais alguno, tal vez podrían enseñarme algo útil —añadió mientras se acariciaba el dorso de la mano con gesto sacerdotal.

—Mi trabajo requiere que yo tenga ese conocimiento, Vuestra Gracia.

—Entiendo.

—Si me permitís...

—Os lo ruego, continuad, me parecía que la parte más interesante de vuestra propuesta estaba a punto de llegar.

Imperia asintió. El cardenal la animaba. Bien se podría arriesgar y afirmar lo indecible. Después de todo, ¿qué tenía que perder? En el peor de los casos, Carafa la habría amenazado para que no contara a nadie lo que se había atrevido a decirle. Pero, como parecían sugerir sus intenciones, el cardenal tenía una opinión completamente diferente.

—Como os decía, Eminencia, un caso como este podría ofreceros ese ejemplo que, imagino, estáis buscando. Dejad que me explique mejor. Una chica que nadie quiere, acusada y reconocida culpable del asesinato del capitán de la guardia inquisitorial, con un nombre que parece forjado por el mismísimo diablo y contra la que testimonios creíbles no dudan en acusar de herejía en virtud de los textos que leía y de los hombres que frecuentaba... Pues bien. ¿No podría ser ella ese chivo expiatorio que os podría permitir triunfar sobre Pole? Ejecutarla... ¿no os procuraría ese consenso que pertenece a quienes tienen el valor de mostrar la semilla del mal? Pensadlo: quien lee *El Beneficio de Cristo* ¿se aparta de Dios y mata incluso al capitán de la guardia inquisitorial, el hombre a cargo de vuestra seguridad? Y todo ello no sobre la base de fantasías, sino de declaraciones precisas y detalladas. ¿No es esta, después de todo, una posibilidad que se os ofrece para triunfar sobre esa corriente irénica que con tanta hostilidad se os opone?

Tras haber escuchado esas palabras, el cardenal Carafa guardó silencio, mirando a los ojos de Imperia. Difícilmente la cortesana podría haber dicho lo que estaba pensando y, por un momento, temía haberse atrevido demasiado. Quizá el cardenal no era el hombre despiadado que imaginaba o, tal vez, no estaba dispuesto a ir tan lejos para satisfacer su propio deseo de poder. En cambio, ella era justo ese tipo de persona y la movía un deseo de venganza de esa ramerilla de Malasorte, imposible de describir con solo palabras. Por ello esperaba que el cardenal le diera una respuesta positiva, porque le parecía que se asemejaba a ella en temperamento y convicciones. Pero luego, pasado un tiempo que le pareció infinito, Gian Pietro Carafa habló:

—Sois una mujer verdaderamente inescrupulosa y sin embargo me proponéis una solución brillante. —Imperia suspiró, el comienzo era prometedor—. Como quizá sepáis, la tal Malasorte ha sido encerrada en la prisión de Tor di Nona en espera de juicio. O sea que, habiendo dicho eso, está bastante claro que lo que decís es de absoluta utilidad para la Iglesia que represento, no solo para aplicar el castigo más justo por el horrendo crimen que se ha cometido y que es competencia del poder temporal, sino también de aquel todavía más grave, del que me habláis. No voy a entrar en los detalles concernientes a las posiciones teológicas dentro del Iglesia de Roma y cómo ven estas la reciente rebelión protestante, que Lutero insiste en llamar la Reforma. Sin embargo, es un hecho que, con mucha humildad y dedicación, trato de poner orden en esta lamentable situación. Para hacerlo, necesito fortalecer mi posición y esta resultará más convincente cuanto más debilitada se presente la de los otros. Por eso acepto lo que me ofrecéis, si bien la vida me enseñó que nadie le regala nada a nadie y, por lo tanto, os pregunto: ¿qué queréis a cambio?

—Quinientos ducados —respondió Imperia sin vacilar siquiera un instante. Era la suma exacta que le debía Corsini y, en última instancia, el cardenal. No quería pedir demasiado a su buena estrella. Con ese acuerdo se deshacía de una testigo peligrosa: las evidencias que tenía contra Malasorte eran abrumadoras, pero cuanto primero aquella perra estuviera bajo tierra, antes se sentiría tranquila y contenta. Odiaba incluso la idea de que estuviera viva. No tanto por enamorarse de Corsini, cuanto por no admitirlo y tratar de engañarla mintiéndole, tal vez conspirando a sus espaldas para consumar un día quién sabe qué acto nefasto en su detrimento. Imperia no se había convertido en lo que era esperando que sus adversarios movieran pieza. Había aprendido que una mala hierba había que extirparla de inmediato o llegaría a infestar todo lo que ella había creado a lo largo de los años con infinito esfuerzo y sufrimiento.

—Entonces está decidido. Confieso que vuestra petición es particularmente contenida, pero mejor de ese modo. Tendré en cuenta vuestra singular moderación, tal vez nos permita nuevos compromisos en el futuro. Como parte del acuerdo espero que cumpláis con lo que os toca en este proceso.

—No os fallaré, fui yo quien os lo propuse.

—Por supuesto. Tan pronto como expreséis vuestro testimonio, haré que se emita una carta de crédito con vos como beneficiaria. Por lo tanto, adiós, señora —dijo extendiendo la mano a Imperia.

La cortesana se arrodilló frente a Su Eminencia y besó el anillo. Luego hizo una reverencia con la cabeza y, bajo los ojos atentos y rapaces del cardenal, llegó a la salida.

55

Tor di Nona

Malasorte sentía que le estallaba la cabeza. El dolor se expandía en ondas circulares, que irradiaban por todo el cuerpo. Le producían una sensación de mareo constante. Gramigna la había golpeado con violencia. Habría preferido que la matara, porque vivir sin el capitán y sin Gruñido era el peor castigo que hubiera podido imaginar.

Y también porque lo que le esperaba ahora iba más allá de todo lo imaginable.

No tenía amigos, excepto Miguel Ángel, pero era un hombre de avanzada edad y poco podría haber hecho por ella. Y, de todos modos, aparte de él, ya no le quedaba nadie.

Al final Imperia la había vendido como un trozo de carne en el mercado. Malasorte sabía que todo acabaría así. Era lo que siempre había temido. Pero, a pesar de ello, no logró impedir a su corazón enamorarse del capitán. Había aceptado el riesgo. Y había perdido. Al menos había conocido el amor. Y una alegría como aquella, aunque breve, valía la pena mil veces lo que viniera. A ella le importaban poco, en ese punto, los detalles.

Miró a su alrededor. La habían arrojado a una celda angosta, sucia. Paredes de piedra desnuda era todo lo que veía. Divisó una rendija tan estrecha que apenas permitía la entrada de aire.

El lecho no era más que un camastro de madera podrida y paja. Un cubo para los excrementos desprendía un hedor desagradable, ya que los guardias se cuidaban bien de no limpiarlo. Tenía ganas de vomitar. Se volvió contra la pared.

El dolor, siempre presente, le recordó una vez más lo que había perdido en una sola noche. Sintió las lágrimas caer, correr por sus mejillas e ir a disolverse quién sabe dónde. Le dolía la garganta, tragar le resultaba casi imposible, la saliva era puro vidrio. Gimió.

Quería hacerse la fuerte, pero no le era posible, no en ese momento. Se permitió el dolor porque eso era todo lo que quería.

Miguel Ángel esperaba. Quería encontrarse con Pole en ese punto de la ciudad porque para él representaba el corazón de Roma.

La basílica de Constantino se estaba preparando para convertirse en San Pedro: la iglesia más grande del mundo. Sin embargo, al contemplarla, no era más que un espejismo, un espacio lleno de cicatrices del tiempo y del trabajo del hombre. Bramante había querido imaginarla con una planta de cruz griega y de hecho había conservado los cuatro pilares colosales y los arcos de fusión. Pero a su alrededor todo era una sucesión de ruinas y muros derruidos, puesto que, a la muerte del gran arquitecto, primero Rafael y luego Antonio da Sangallo no habían sido capaces de avanzar en la obra.

Y, por tanto, lo que debería haber sido la basílica de San Pedro no era más que un fascinante esqueleto de estructuras con un encanto imperecedero, expuesto a la furia del viento y de la lluvia, una advertencia en piedra que parecía querer recordar a los habitantes la grandeza de un tiempo perdido que tal vez nunca más volvería.

Sin embargo, Miguel Ángel albergaba esperanzas en aquella mística arca del Espíritu.

Se quedó de pie con un candil, esperando. Los guardianes lo dejaron pasar de inmediato tan pronto como lo hubieron reconocido como escultor y pintor supremo de los Palacios Sagrados Vaticanos, nombrado por el papa.

Era bajo ese crepúsculo, impregnado de nostalgia y grandeza, donde Miguel Ángel esperaba a Reginald Pole. El cardenal inglés le había pedido que fuera a su encuentro, después de haberle entregado a través de Vittoria Colonna una carta de tanta urgencia y necesidad que jamás habría podido ser ignorada.

¡Vittoria! Fue a visitarla y volvió a verla con fuerzas. Tal vez no podría decir curada, pero su piel clara había recuperado su color, con ese rubor pálido que siempre había tenido cuando estaba bien. Ella le había pedido que la llevara a caballo a los Alpes Apuanos: quería ver por una vez la naturaleza salvaje y áspera en la que transcurrían sus momentos más íntimos, cuando se sentía en comunión con Dios.

Miguel Ángel se lo había prometido. Tan pronto como los días fueran más frescos se irían juntos. Mientras fantaseaba así y las chispas de un brasero volaban en el aire como luciérnagas, lo llamó una voz. Era dulce y bien modulada, inconfundible. Por un momento, Miguel Ángel sintió algo sobrenatural, como si Dios lo llamara. Pero luego se rehízo, proyectó el cono de luz del candil hacia delante y de las sombras apareció el cardenal Reginald Pole. Llevaba una túnica larga de color púrpura, la sotana. Tenía una mirada preocupada y la cara más demacrada de lo habitual.

—Maestro Miguel Ángel —le dijo el joven inglés—. No sabéis lo feliz que estoy de veros.

—El honor es mío, Eminencia.

—Lamentablemente las razones que me llevan a encontrarme con vos en este lugar no son las más felices —matizó.

—Me lo imaginaba —respondió Miguel Ángel—. Por eso os pedí que me acompañarais a un lugar tan singular.

—Sí. Confieso que cuando supe que habíais elegido la basílica, me quedé no poco sorprendido.

Miguel Ángel sonrió.

—Entiendo. Pero ya veis, Eminencia. Me encanta que mis pies pisen la hierba y la tierra de lo que llamo legítimamente un simulacro, un naufragio, un lugar de abandono, ya que San Pedro ha sido olvidado por mecenas y constructores, igual que esta ciudad y su Iglesia. Sin embargo, no todo está perdido, el tiempo se apiada del hombre y de sus obras cuando van de la mano del asombro. Comprobadlo vos mismo —dijo iluminando el camino con el candil.

El cardenal Pole se quedó de piedra al ver un mosaico frente a él de incomparable belleza. Brillaba sobre un fondo dorado. A la tenue luz de la lamparilla reconoció a Cristo en el acto de salvar a los apóstoles, sentados en un navío, una gran vela inflada por el viento.

—Este era Giotto, mi señor. Autor de una maravilla tan fulgurante que brilla incluso en el claroscuro del crepúsculo, como las estrellas allá arriba en el cielo —explicó Miguel Ángel con una voz profunda—. ¿Veis a los apóstoles en el barco? ¿Y Dios tendiéndole la mano a Pedro? ¿Y las olas, y la ciudad a orillas del mar?

Pole se llevó la mano a los labios, atónito por aquel esplendor sin par. Pero la intención de Miguel Ángel no era la de disfrutar de aquella visión. Tenía algo más en mente. Sin esperarlo, pasó de largo la pieza triangular que remataba la fachada en el centro del patio y una vez más iluminó el espacio frente a él con el candil. El cardenal lo alcanzó y vio materializarse ante sus ojos un tabernáculo y en su interior una estatua, que representaba la bendición de san Pedro.

—La esculpió un artista griego de extraordinario talento —prosiguió Miguel Ángel—. Se desconoce su nombre. Al principio la estatua representaba a un filósofo, pero Arnolfo di Cambio lo modificó hace más de dos siglos y he aquí que, como por un milagro, se nos aparece san Pedro: el cabello, la barba, las llaves del reino de los cielos —continuó Miguel Ángel iluminando el manojo que sostenía el apóstol en su mano izquierda—. ¿Veis, Eminencia, cómo permanece la memoria si se la confía al arte? ¿El cofre que conserva la memoria y la perpetúa en los océanos del tiempo? Sin embargo, hoy queremos comerciar con todo eso. —Y mientras hablaba de esa manera, Miguel Ángel dibujó un arco con el candil, iluminando por un momento el cielo oscurecido de la puesta del sol—. Para complacer la vanagloria, el deseo de poder, la fama que corrompe y ciega, el dinero que nos hace peor que el mismo diablo. Y la Iglesia, que había comprendido cómo el arte podía celebrar a Dios y su grandeza, ahora se obstina en conflictos de salón, mercantiliza los títulos a través de la simonía, vende indulgencias para salvar a los ricos y poderosos de la Tierra, comprándoles un lugar en el Paraíso, ¡colocándolos al mismo nivel de nuestro Señor!

—Miguel Ángel… —susurró Pole. Pero el artista no parecía escucharlo.

—Seguidme, Vuestra Gracia, por favor.

Y, sin dejar de avanzar, se dirigió hacia el altar mayor. Ahora, todo alrededor brillaban docenas de lámparas de aceite. La luz tenue y frágil como la llama de un fuego fatuo iluminaba la bóveda que había querido León X y el crucero. Al fondo, frente al altar, se hallaba el pequeño templo construido por Bramante para proteger el altar mayor y la tumba de san Pedro.

—Aquí está Roma, aquí está nuestro recuerdo, Eminencia —prosiguió. Miguel Ángel, que veía en aquellos vestigios y en los desesperados intentos de renacimiento realizados por los arquitectos de su tiempo una fusión de pasado y futuro, una unión de arte y fe que, más singular que rara, representaba para él, en ese momento, la unión de todo, el alfa y el omega, el centro del mundo—. Julio II había percibido la importancia de todo esto. Y después de él, León. Pero, ay, el hombre es demasiado tonto para amar infinitamente lo bello. Y la mujer, ciertamente más sensible, atenta, dotada, no tiene la fuerza para levantarse en defensa de una belleza semejante. Sus palabras siguen sin ser escuchadas. Y todo termina en la guerra, en la decadencia de los lansquenetes, en el dolor y el hambre de masacre.

Mientras así hablaba, una mano le apretó el antebrazo.

Miguel Ángel volvió la mirada y vio los ojos del cardenal Polo Reginald. En ellos percibió una fe inquebrantable y una veta de melancolía que parecía bailar en el fondo de los iris.

—Miguel Ángel, sabéis reconocer a Dios cuando lo tenéis frente a vos. Pero pocos de nosotros lo conseguimos. He escuchado vuestras palabras. He visto lo que me habéis mostrado y os confieso que tenéis razón en todo y que nunca como ahora debemos luchar para llegar a una pacificación. Pablo III me confirmó como legado papal en Trento y, creedme, pelearé para llegar a un acuerdo entre protestantes y católicos. Pero nuestros enemigos habitan y proliferan en el seno mismo de la Iglesia. Mientras hablamos, Gian Pietro Carafa urde planes para que yo fracase y, con lo que pasó, su triunfo está más cercano.

—¿Por qué? —preguntó Miguel Ángel—, ¿qué más ha sucedido? —preguntó como si hasta entonces no hubiera sido capaz de volver a la realidad.

—A Malasorte, la muchacha que nos ha espiado a lo largo de los años por cuenta del Santo Oficio, se la acusa de haber matado al capitán Vittorio Corsini.

—¿Qué? —dijo Miguel Ángel con voz débil.

—Ya me escuchasteis —prosiguió Pole—. Yo no lo creo. Temo que es víctima de una intriga. ¡Y no solo eso! Carafa afirma que ella es mi protegida, una seguidora, en palabras del cardenal, de esa *Ecclesia Viterbiensis*, que ahora corre grave peligro de verse acusada de congregación herética.

—¡Pero eso es absurdo!

El cardenal asintió.

—Lo sé. Y sin embargo, ahora lo que importa es que vos saquéis a Vittoria del monasterio. Ellos saben que se encuentra allí. Y es a la primera a la que intentarán acusar tan pronto como tengan suficientes pruebas para hacerlo.

—¿Y la muchacha? —preguntó Miguel Ángel, que se sentía culpable por no poder ayudar a aquella chica triste y desgraciada que es verdad que se había equivocado, pero que ciertamente no se merecía lo que le estaba sucediendo. En el recuerdo aún se sucedían imágenes de las veladas vividas con ella frente al fuego.

—¿Estáis preocupado por ella?

—Le tengo mucho cariño a Malasorte. Como dijisteis, es una víctima. No tiene la culpa de lo que hizo. Se vio obligada a ello.

El cardenal Pole asintió.

—Yo me ocuparé de ella. Vos poned a Vittoria a salvo. Yo me aseguraré de que en vuestra ausencia a Malasorte no se atrevan ni a tocarla. Al menos hasta vuestro regreso.

—¿Me lo prometéis?

—Tenéis mi palabra. ¡Pero ahora idos! No hay ni un momento que perder.

Miguel Ángel besó la mano del cardenal. Luego se dio la vuelta y empezó a correr. Sabía dónde ir.

Detrás de él, las luces de aceite que brillaban alrededor del altar mayor pronto se convirtieron en estrellas pequeñas y distantes.

OTOÑO
DE 1544

56

En fuga

Tizón se movía como un corcel indomable. A pesar del doble peso no vacilaba entre las piedras y el hielo de la mañana. Sus cascos golpeaban el camino de carros y el sonido se propagaba a través de las escarpadas gargantas de los Alpes Apuanos. Aunque todavía era otoño, había caído la primera nevada. El viento frío barría el cielo y un sol frágil encendía una luz febril entre los rombos formados por las ramas. Entraron en un bosquecillo de hayas: las franjas amarillas y naranjas de hojas caídas crujían bajo los cascos de Tizón.

Vittoria se quedó sin habla, con los ojos fijos en la maravilla de lo que veía. La emoción era demasiado fuerte.

—Quiero bajarme —pidió, con el entusiasmo de una niña que acaba de descubrir un nuevo juego.

Desmontó y de repente se encontró con los pies entre las hojas y la nieve. Miguel Ángel sonrió. Tomó a Tizón por el ronzal y se puso a caminar. Vittoria los precedió llenándose los ojos de todo lo que veía: la madera pálida de los árboles, el cielo azul, el blanco de la nieve que aparecía en destellos en una alfombra roja y amarilla de hojas caídas, las setas con sus sombreros oscuros y desbordantes asomando la cabeza.

Miguel Ángel empezó a recogerlas y a meterlas en una pequeña alforja que llevaba consigo. Vittoria quedó impresionada por la visión milagrosa de la naturaleza. Aspiraba el aroma intenso, casi carnal de esos hongos de tallo claro y firme, a veces más grande que el propio sombrero, emergiendo poco a poco de la alfombra de hojas. Al cabo de un rato, Miguel Ángel había llenado hasta la mitad la alforja.

El bosque plano se volvió más empinado. La subida era menos cómoda ahora. Sin embargo, Vittoria no estaba cansada: la naturaleza le daba consuelo y le iluminaba el rostro con un hermosísimo rubor por el aire frío y limpio y por el esfuerzo que hacía para dar un paso tras otro. Miguel Ángel se ofreció a ayudarla, pero ella no quiso. Aunque le cayeran gotas de sudor por la frente, aquella subida resultaba leve tras la debilidad de su enfermedad y la melancolía de la angosta celda del monasterio.

Fue en ese momento cuando llegaron al lugar de reposo. Se trataba de una choza de piedra que se hallaba en medio de un claro. Antes de llegar al refugio, Vittoria quiso dirigirse al centro de ese maravilloso lugar, ligeramente inclinado, desde cuya cumbre se podía dominar todo el valle.

Mientras ella alcanzaba el centro del claro, Miguel Ángel llevó a Tizón a la parte trasera del refugio. Un momento después reapareció.

Caminó hacia ella. El aire ahora era quizá incluso más frío. Vittoria se abrazó al cuello de piel de su pesada capa. La caricia que recibió le produjo un estremecimiento de placer.

Miguel Ángel casi había llegado a su lado. Ella lo miró

por el rabillo del ojo, de espaldas a él, con los ojos embelesa-
dos por el paisaje deslumbrante: el valle escarpado y dulce a
la vez; algunas casas nebulosas, a causa de la tarde, a causa
de las chimeneas; los árboles desnudos que, como fantas-
mas, estiraban sus delgadas ramas contra el cielo. Una niebla
ligera comenzó a levantarse, lenta, suave, envolvente. Una
bandada de cuervos negros llenó el aire limpio. Volaban ma-
jestuosamente, dueños de las corrientes, batiendo sus alas
con tanta fluidez que daban la sensación de estirarse como
una mancha de tinta derramada por un niño distraído sobre
un lienzo pálido.

Y entonces empezaron a caer copos blancos de nieve
como estrellas del cielo. Y Miguel Ángel se acercó detrás de
ella. Rodeó su cintura. Ella lo soltó, apoyándose contra su
pecho, sintiendo su cálido aliento.

Ahora entendía por qué amaba este lugar. Estaba segura
de respirar la esencia misma de Dios en ese momento, porque no había nada más bello, nada más valioso y magnífico.

—Si pudiera permanecer así... Si pudiera durar para
siempre...

—Nunca dura —respondió él.

—¿Por qué lo dices?

—Porque así es la vida. La belleza está en los instantes.
En reconocerlos y secuestrarlos al momento, esperando pro-
longarlos lo suficiente con amor y memoria.

Vittoria suspiró, pero no había amargura en ella: más
bien la dulzura de escuchar a aquel amigo que la amaba desde el fondo de su corazón.

—Abrazadme fuerte, Miguel Ángel.

Y él la estrechó más todavía.

57

Intransigentes e irénicos

Gian Pietro Carafa no entendía por qué el pontífice lo había hecho convocar, aunque se hacía una idea. O más bien tenía un presentimiento. Y no presagiaba nada bueno. Mientras esperaba ser recibido por Pablo III, jugaba nervioso con las cuentas de oro del rosario que llevaba al cuello. Estaba tan ansioso por saber el motivo de esa llamada que casi rompió la cadena.

Finalmente, uno de los guardias suizos que custodiaban los aposentos del papa le hizo una seña. Se abrieron las puertas y fue admitido en la sala de audiencias, la Estancia de Heliodoro.

Pablo III estaba de pie. Tenía las manos detrás de la espalda y, en cuanto entró, Carafa lo vio fruncir el ceño.

Por un instante, y si bien las circunstancias le aconsejaban algo distinto, quedó deslumbrado por la magnificencia de los frescos de Rafael: el mensajero divino a caballo, evocado por el sacerdote Onia, que abrumaba al ministro sirio Heliodoro, con todo su séquito, culpable de haber profanado el templo de Jerusalén; la misa en Bolsena, con la hostia teñida de rojo, y luego la liberación de san Pedro de la prisión, contada por medio de un juego de luces y sombras simplemente impresionante. Fue un momento, pero Carafa no pudo evitar sucumbir al encanto de la pintura de ese gigante del arte. Tan pronto como se recuperó de esa visión, corrió hacia el pontífice, flexionando la rodilla y besando su anillo. Luego, poniéndose de pie y enderezándose con toda su notable altura, se percató de la primera nota chirriante en esa mañana que prometía ser extremadamente laboriosa. Desde un rincón de la hermosa habitación, como si de forma voluntaria se hubiera ocultado a la vista, apareció Su Eminencia, el cardenal Reginald Pole.

Carafa contuvo un grito a duras penas. Entonces ¿el papa había querido tenderle una trampa? Nadie le había mencionado el tono de la entrevista. Si tan solo hubiera sabido el nombre del otro invitado, se habría preparado adecuadamente.

Aquella reflexión suya no debía de habérsele escapado al papa, que lo miró, si cabe, de una manera aún más severa que antes.

Por eso, para evitar reprimendas inmediatas, Carafa esbozó la más falsa de sus sonrisas y, volviéndose hacia Pole, lo saludó.

—Vuestra Gracia.

—Su Excelencia —respondió con igual frialdad.

Pablo III sintió de inmediato una mala sintonía entre ellos y trató de remediarla.

—Amigos míos, vamos, ¡qué modales son estos! Os he convocado a una de las habitaciones más hermosas de este espléndido palacio, pintada al fresco por Rafael Sanzio, príncipe de las artes. Cada pared de este lugar está llena de luz y maravilla y, sin embargo, percibo claramente la laja de hielo que os parte en dos. ¿Y todo por qué? ¿Por vuestra forma diferente de considerar nuestra Iglesia? Sin embargo, a estas alturas ya deberíais haber entendido que ambos me resultáis queridos cuales hijos predilectos y que os tengo en infinita estima. Después de todo, ¿acaso no he puesto a uno de vosotros al frente del Santo Oficio, de modo que supervise la defensa de los cánones religiosos, y nombré al otro legado mío para discutir en breve con los representantes del credo protestante la forma correcta de llegar a diseñar un cisma potencial que, si encontrara un terreno fértil para echar raíces, sería nuestra ruina? ¿Podéis acaso negarlo? Entonces —continuó el papa—, ¿cuál es la razón de vuestro tormento?

—Su Santidad —dijo Pole con esa voz persuasiva suya—, las razones que nos separan a mí y al cardenal son muchas, pero ciertamente lo que aleja nuestras posiciones es la voluntad absoluta de negar cualquier comparación entre sus convicciones y las de cualquier otra persona. Se considera, con razón o sin ella, el único depositario de la verdad.

¡Era demasiado! No iba a tolerar semejante afrenta. ¿Cómo se atrevía ese inglés, ese pariente del mayor hereje del mundo conocido, a darle lecciones morales?

—No os dais cuenta de lo que decís, Eminencia. Insistís en burlaros de mi forma de proceder, sostenéis que mis creencias, basadas en la primacía de nuestra Iglesia y en el error de los protestantes, no son más que un alarde estúpido, una forma tonta y ciega de querer negar una posibilidad. ¡Pero fue Lutero quien nos llamó simoniacos y apóstatas, fornicarios e impíos! ¡Fue él quien quiso la laceración, quien desmembró el cuerpo de la Iglesia para reducirlo a una masa de purulentas heridas infligidas por él! ¿Y ahora deberíamos ceder ante un hombre así? ¿Un monje que usa sus reprimendas con el único propósito de difundir su herejía como una enfermedad? ¿Y también pretendéis buscar el diálogo?

El papa levantó las manos.

—¡Amigos míos, por favor, no habléis así! No delante de mí, os lo ruego. ¡Ya es bastante difícil afrontar las laceraciones creadas por los protestantes todos los días como para tener que escucharlas incluso en nuestra Iglesia! Sé que tenéis actitudes muy distintas sobre el tema, pero lo que intento deciros es que ambas pueden coexistir y de hecho ser útiles la una a la otra.

Pablo III suspiró. Luego prosiguió.

—¿Por qué creéis que os he convocado aquí hoy? Por supuesto, esta se considera mi sala de audiencias, pero sabéis bien que no sé qué hacer con la etiqueta, no soy ese tipo de hombre. No, amigos míos, he ordenado traeros aquí por otra razón… porque esta sala, decorada por Rafael, con sus cuatro pinturas representa la defensa de Dios de la Iglesia, la defensa de la herencia como lo demuestra el primer fresco en el que los ángeles de Dios expulsan a Heliodoro, profanador del templo para robar su tesoro. La defensa de la fe, a través del milagro de la misa de Bolsena, en el origen de la fiesta del Corpus Domini, cuando la hostia consagrada se tiñó de rojo: ¡la sangre de Cristo en su cuerpo! La defensa del Estado Pontificio cuando León el Grande se encontró con Atila el huno, y le pidió al rey bárbaro que no invadiera Italia. Por último, la defensa del guía espiritual, la defensa del papa, a través de la alegoría de la huida de san Pedro. Y esto es lo que os estoy pidiendo hoy. Defender la fe, la herencia, el Estado y el liderazgo de la Iglesia de Dios en la Tierra. Y, como ya os dije, necesito el espíritu y el intelecto de ambos, cada uno por sus características específicas. ¡Pero unidos! Amigos míos, ¿no veis que el arte de Rafael y sus alegorías prevalecieron incluso sobre el odio bestial de los lansquenetes? ¡Ni siquiera ellos, con toda su furia devastadora, pudieron destruir semejante maravilla! Por supuesto, arruinaron los colores, las luces, ¡pero no lograron imponerse sobre una obra que rinde homenaje a Dios y a nuestra Iglesia! Y entonces, me pregunto, ¿no podéis vosotros, ante un hecho tan prodigioso, dejar de lado vuestras reservas y trabajar juntos por un mismo objetivo?

Frente a esas palabras se hizo un profundo silencio durante unos instantes. Carafa se preguntaba si lo que predicaba el pontífice era posible. Pero la situación resultaba muy comprometida. Pole había ido demasiado lejos y ciertamente no se había limitado a contemplar. Lo que había dicho el papa tenía sentido, por supuesto, pero las posiciones de los intransigentes e irénicos dentro de la Iglesia eran irreconciliables, la laceración había producido una distancia infranqueable.

Pole fue el primero en hablar.

—No veo cómo, Santidad —dijo—. Sin duda sabréis que el cardenal Carafa me ha hecho acechar a lo largo de los años, espiarme y quién sabe qué más. Usó a una niña inocente para hacerlo, una muchacha muy joven, y ahora que ya no la necesita decidió meterla en una celda en Tor di Nona, acusada de asesinato y herejía y, después de torturarla, seguramente intentará quemarla viva en el Campo de Fiori, ¿no es verdad, cardenal? —Y al decir esto Pole se dirigió enojado hacia Carafa, señalándolo con el dedo, como si esperara, en cualquier momento, poder prenderle fuego.

—Qué descaro, Vuestra Gracia —dijo Carafa, pronunciando esa última palabra con todo el desprecio del que era capaz—. Os atrevéis a acusarme de inmoralidad cuando sabéis perfectamente bien que fuisteis vos quien tramó una red de relaciones vergonzosas, destinadas a establecer una iglesia dentro de la Iglesia. Vuestra *Ecclesia Viterbiensis* no es más que una acólita de herejes, alimentada con la leche de obras inmundas e indecibles como *El Beneficio de Cristo*, fruto prohibido de la mente de hombres y mujeres afectados por la plaga de la Reforma. Y entre esta gente que no mencionaré por piedad hacia vos, también está Malasorte. Esa chica, como la llamáis, es la asesina del capitán Vittorio Corsini, jefe de la guardia inquisitorial del Santo Oficio, un hombre de gran diligencia y honor que siempre ha servido fielmente a esta Iglesia. Y además la han encontrado en posesión de los libros antes mencionados…

—¡Silencio! —tronó Pablo III. Su mirada llameó. Miró a ambos cardenales con ojos brillantes—. ¡Qué espectáculo más lúgubre estáis mostrando a los que os conocen! —Luego guardó silencio y, acercándose al ventanal, se quedó contemplando el patio que tenía enfrente.

Carafa siguió su mirada. Los ojos quedaron cautivados por la gracia de la increíble fantasmagoría del patio de Belvedere. Pasó algún tiempo. Como si el pontífice quisiera señalar con su silencio todo el desencanto y la amargura que le había provocado aquella conversación. Finalmente apartó los ojos de la impresionante belleza del patio y miró de nuevo a los cardenales.

—No tenéis idea de lo descorazonador que ha sido para mí escuchar vuestras palabras hoy. Ahora me doy cuenta de que el problema que creía que se limitaba a un conflicto entre católicos y protestantes es mucho más grave y complejo. ¡Nosotros mismos estamos aún más divididos! ¡Quizá Miguel Ángel tenga razón!

—¿Miguel Ángel? —preguntó Carafa, quien apenas pudo contener un escalofrío al escuchar ese nombre.

—¡Sí! —dijo Pablo III—. Fue él quien me dijo cuánto se ha extraviado la Iglesia. Y no quería creerle. Y sé que no estoy exento de culpa. Yo también he cometido errores y descuidos. Pero ya es demasiado tarde para arreglarlo. Soy demasiado viejo, amigos míos. Pero lo que más me duele hoy es ver que los más jóvenes repiten los errores que cometí yo.

—Miguel Ángel —repitió Pole a su vez— es un hombre y un artista extraordinario. Y representa un papel en esta historia. Carafa puede intentar manchar su nombre, pero confío en que Su Santidad conozca mejor que nadie al hombre que ha nombrado escultor y pintor supremo de los Palacios Sagrados Vaticanos. Solo tengo un ruego, por lo tanto: asegurarme de que a Malasorte, la muchacha que está encarcelada en Tor di Nona, no se le toque un pelo hasta su regreso. Miguel Ángel se ha ido unos días, pero pronto volverá a Roma.

—¿Y por qué debemos esperar a que venga ese hombre? —preguntó Carafa con una nota de sarcasmo en la voz—. ¿Quizá tiene algún poder para influir en las decisiones del Santo Oficio?

—Creo que conoce a esa chica y quiere verla por última vez.

—Que así sea —interrumpió el papa, que estaba harto de esas disputas.

Después de esas tres palabras el silencio de Carafa y Pole se hizo, si cabe, aún más pesado. Las palabras pronunciadas ante Pablo III habían sido duras como el hierro. Y si alguna vez la reconciliación hubiera sido posible, aquella conversación había puesto en peligro cualquier posibilidad.

Carafa respiró hondo. No tenía intención de ceder. Sabía que había aceptado algunos compromisos, comenzando por el testimonio de una cortesana como Imperia, pero lo que hacía, estaba seguro, tenía un propósito mayor. El papa subestimó la amenaza planteada por Pole, pero él, que había sido colocado en defensa de la Iglesia católica por Pablo III, no tenía la intención de dar un paso atrás.

Él representaba el último baluarte en defensa de la fe.

Era el ángel a caballo que alejaba a Heliodoro del templo. Protegía la religión de los profanadores y herejes. Se dejaría matar por un gran y noble propósito como ese.

Y si aquella muchachita, Malasorte, había tenido la desgracia de involucrarse en una historia que le quedaba grande, pues tendría que pagar las consecuencias. Ahora estaba seguro: ¡albergaba la intención de dar ejemplo!

Disponía de testimonios, disponía de pruebas. Aquella chica era demasiado hermosa para ser inocente. ¡Y además había matado a un capitán de la guardia inquisitorial! ¡Y había conseguido copias de *El Beneficio de Cristo*! ¿Qué más hacía falta para ser juzgada por asesina y hereje?

Pero Pablo III aún no había terminado.

—Cardenal Reginald Pole —dijo con frialdad—, queda confirmado en su papel de legado papal. No falta mucho para que comience el Concilio, así que os invito a prepararos para llegar a Trento. Conozco vuestras posiciones y las apoyo. Ahora marchaos.

Carafa vio que el cardenal inglés le dirigía una última mirada impregnada de veneno y resentimiento. Se acercó al papa y, tras arrodillarse y besar el anillo, se levantó y alcanzó la puerta.

Cuando Pole salió, Pablo III se volvió hacia él. Carafa reconoció en sus ojos una ira fría pero también algo más devastador: una tristeza infinita, como si, al final de esa conversación, hubiera perdido toda confianza en él, en la Iglesia y en la ciudad de Roma.

58

Las preocupaciones del cardenal Carafa

—Confieso que no esperaba ver un espectáculo tan desolador —dijo Pablo III. Sacudió la cabeza—. ¡Venga! —añadió—. Contádmelo todo. ¿Estáis realmente convencido de que una chica es la asesina del capitán Vittorio Corsini? Por supuesto, el hecho en sí es una verdadera tragedia, dado que estamos hablando de un soldado capaz, un valiente hombre de armas, que siempre ha servido a la Iglesia con valentía. ¡Asesinado en Trastévere al amanecer! ¿Qué estaba haciendo allí? ¿Por qué iba sin escolta? ¿Qué pruebas tenéis? Pero, sobre todo: ¿qué os hace decir, cardenal, que fue una muchachita la que lo mató?

Carafa guardó silencio. Luego, tras poner en orden sus ideas, habló. Sabía que no podía dejar nada al azar. Tenía que borrar las emociones y ser lo más lógico y convincente posible.

—Su Santidad —comenzó—. Aquí están los hechos. Como dijisteis, el capitán fue hallado muerto en un callejón en Trastévere, cerca de donde vive la muchacha, Malasorte.

—¿Malasorte? —preguntó el pontífice.

—Sí, este es el nombre de la chica.

—Melancólico y fatal.

—Yo también lo creo. En cualquier caso, el arma que dio el golpe letal es una misericordia propiedad de esta tal Malasorte. Así lo confirma el reemplazo oficial del capitán Corsini y actual director de la guardia inquisitorial del Santo Oficio.

—¿Que sería quién?

—Mercurio Caffarelli.

—¿Y cómo es que lo sabe?

—Porque ha visto esa misma arma hace algún tiempo.

—¿En qué ocasión?

—Cuando la agredió un lansquenete, Malasorte se defendió acuchillándolo.

—¡Pardiez!

—Sí, pero ahí no acaba todo.

—Os lo ruego, contádmelo.

—A la muchacha la encontraron muy cerca de la víctima. A su perro lo mató un disparo de pistola. Corsini debió de haberse defendido del asalto matando al moloso, que tenía unas fauces enormes. Y luego ella lo agredió con el puñal.

—¿Y qué razones tendría para hacerlo?

—La chica trabajaba por cuenta de Imperia, una cortesana, una mujer respetada en la ciudad y que, a pesar de su profesión, después se hizo a sí misma hasta convertirse en una de las más poderosas empresarias de todos los tiempos. Imperia sostiene que la razón del asesinato es la más antigua del mundo: el amor. Ciertamente, entendido como interés y garantía de futuro. Una muchacha que ha crecido en las calles y que tiene la posibilidad de obtener los favores del capitán de la guardia inquisitorial del Santo Oficio…

—Cardenal, vos sabéis bien que es mejor no permitir que se filtre esta historia.

—Naturalmente.

—No solo cualquiera podría sentirse con derecho a atacar a las patrullas nocturnas, ¡sino que, ante todo, la imagen del Santo Oficio estaría extremadamente comprometida! Y por tanto, aunque esto fuera cierto, nunca seremos capaces de validarlo.

—Por eso pensé que la motivación más correcta podría ser la herejía.

—¿A qué os referís?

—Al hecho de que algunas personas estarían dispuestas a confirmar que Malasorte pertenecería a esa iglesia dentro de la Iglesia

—Entiendo —le interrumpió el pontífice—. Pero no podemos involucrar al cardenal Pole en esto. Como os dije, no quiero fomentar las divisiones.

—Entonces volvemos a la hipótesis del asesinato.

—No podemos…, no así. Tenemos que buscar otro camino.

—¡Su Santidad, por favor, la chica es lectora de *El Beneficio de Cristo*!

—¿El texto veneciano que, retomando las cartas de san Pablo, propugna una visión de compromiso entre la fe católica y la protestante?

—Exactamente.

—¿Y alguien estaría dispuesto a confirmar tal hipótesis? ¿Que la muchachita era lectora de *El Beneficio de Cristo*?

—¡La cortesana Imperia y un impresor!

—Por lo tanto, quizá la solución esté frente a vuestros ojos.

—¿Qué queréis decir?

—Lo que habéis oído, cardenal. Ahora, si me disculpáis, tengo que ver a otras personas. Si sois lo suficientemente inteligente, como creo, encontraréis una salida aceptable y correcta para este caso. Vos mismo lo sugeristeis hace unos momentos. La única cautela que os pido es la de no ejecutarla sin pruebas y en ningún caso hacerlo antes del regreso de Miguel Ángel. Tenemos que darle la oportunidad de hablar con ella para poder considerar el asunto por encima de toda sospecha.

Y con esas palabras, el papa le dejó claro a Gian Pietro Carafa que su conversación había terminado.

El cardenal se arrodilló, besó el anillo y se aproximó a la salida.

59

La mañana

Acababa de despertarse.

Hacía mucho que no dormía tan bien. En la chimenea, los últimos rescoldos carraspeaban entre las cenizas. Miguel Ángel los revolvió y luego añadió pequeños trozos de madera fina que ardieron rápidamente. Luego prendió fuego a un par de troncos.

Canteros y pastores mantenían aquel refugio en perfecto estado de funcionamiento: la madera estaba seca y cortada. El conducto de la chimenea, perfectamente despejado, tiraba de maravilla. La habitación era grande y cálida. En la parte trasera se había construido un pequeño establo. Tizón había comido pienso y después disfrutó de un merecido descanso.

Mientras preparaba el desayuno, Miguel Ángel miró a Vittoria: ¡qué hermosa era! Su piel blanca como la nieve, impregnada de un ligero rubor, su pelo castaño cayendo en mechones sobre su cara, sus largas y espesas pestañas, sus labios de color coral.

Tenerla cerca le daba paz, aquella que había estado buscando toda su vida y que nunca había encontrado: por su desesperado deseo de trabajar todo el tiempo, de estar activo a toda costa, de castigar sus manos esculpiendo mármol. Las miró. ¡En qué se habían convertido! Lo sabía, por supuesto, y se avergonzaba de ello. Pero ya no podía hacer nada al respecto. Parecían tan retorcidas como las ramas de las hayas en el viento de otoño. Sin embargo, le habían sido útiles durante toda su vida. Se acordó de cuando pintaba y esculpía con la mano izquierda y luego, para acostumbrarse a trabajar con ambas, había empezado a sujetar el pincel y también el mazo con la derecha. ¡Y la izquierda era la mano del diablo! Por supuesto, no podía dejar que sus preferencias lo condenaran prematuramente.

El pan negro olía bien. Y también el pastel que había llevado.

Por la noche comerían las setas que había recogido. Quería preparar algo delicioso para Vittoria. Así que se vistió para salir a cazar.

La miró por un momento, luego la besó tiernamente en la frente. Ella entrecerró los ojos y él le acarició la mejilla.

—Descansad todo el tiempo que queráis. Iré a buscar algunas provisiones. El pan está en la mesa, también el queso. Asimismo, encontraréis algo de dulce. Hay agua. Vuelvo por la tarde.

No había podido dormir. Así que de eso se trataba. El papa sugirió sutilmente que encontrara un motivo religioso que le permitiera sacrificar a la muchacha. Había sido, desde el principio, la idea más aceptable que se le había ocurrido, pero ahora tenía la confirmación del pontífice. Exactamente lo que necesitaba. Con tal autorización se habían eliminado todos los obstáculos. Había hecho bien en fingir que no había pensado en eso. Su posición ahora era mucho más fuerte. Malasorte se convertiría en chivo expiatorio, pero no como amante de Corsini, sino como fanática religiosa de una fe que se alejaba de la católica. El capitán de la guardia inquisitorial era una víctima, y había sido asesinado precisamente por ser la autoridad máxima de los guardias del Santo Oficio.

De esta forma, sin acusar aparentemente a la corriente irénica, se emitía un mensaje claro a quienes se entregaban a la lectura de un texto como *El Beneficio de Cristo*, que se nutría de la idea de que la fe era algo entre el hombre y Dios, sin la mediación de la Iglesia ni de las buenas obras.

Al atacar a una bruja, a una mujer que había sucumbido a las lisonjas de la herejía, a una muchacha que había crecido en la calle, se enviaba un mensaje claro a quienes abrigaban convicciones similares en sus entrañas y, sin golpearlos directamente, podían ser amenazados de una manera tan eficaz que resultaría victoriosa.

Esto es lo que les pasa a quienes niegan el papel de la Iglesia en la relación entre el hombre y Dios. Después de todo, Carafa tenía varios elementos a su favor. Un nombre insólito e inquietante: Malasorte. Una chica de belleza melancólica e irresistible, ciertamente diabólica. Y que, pensándolo bien, podía haber atrapado al capitán de la guardia inquisitorial, seducirlo con la mirada, distraerlo, y así, aprovechando su atractivo, arrojar a su moloso contra él para luego agredirlo con la daga que llevaba consigo. ¿Por qué habría querido hacer tal cosa? Porque el capitán representaba todo lo que odiaba en la Iglesia de Roma: un hombre recto, un guerrero talentoso, un oficial de la guardia del Santo Oficio. Y porque ella, sobre todo, era una joven fanática, adoctrinada por la lectura de textos como *El Beneficio de Cristo*, fascinada por las sugerencias de la Reforma protestante y por todas las decenas de otras nuevas pseudorreligiones que respondían a los nombres de Calvino, Zwingli, Juan de Valdés, Ochino.

De esta manera podría utilizar a esa muchacha como advertencia a todos aquellos que en las sombras alimentaran al demonio de la herejía. Era lo que siempre había buscado. No habría una acusación abierta contra los Espirituales, pero Vittoria Colonna, Alvise Priuli, Marcantonio Flaminio y los mismos cardenales Pole y Morone contemplarían lo que les podría pasar a quienes fomentaban actitudes similares. Por no mencionar que estos últimos pronto se encontrarían en Trento, enfrascados en disputas eclesiásticas, lejos de lo que estaba sucediendo en Roma.

Después de todo, esperar podría ser la mejor solución. Mantendría a la muchacha encarcelada en Tor di Nona. La interrogaría, la torturaría si era necesario, para obtener una confesión. Incluso antes, se habría asegurado de obtener los testimonios detallados de Imperia y el impresor romano.

Y con un armazón de pruebas semejante su posición sería inexpugnable. Entonces quemaría a los herejes en Campo de Fiori.

Y en ese momento, estaba seguro, los impulsos anticatólicos se apagarían como un incendio después de una tormenta de nieve.

Dios le había encomendado una misión y para llevarla a

cabo tenía que recurrir a una cortesana. Pero ¿no era María Magdalena una prostituta también? Y pese a todo se había arrepentido, redimido. Y ahora lo mismo había sucedido con Imperia.

Su tarea no era simple, sino clara como un cielo al amanecer. Y lo absolvería de la mejor manera posible.

60

Percibiendo la ausencia

Lo había estado esperando esa tarde de otoño. Una vez más se sorprendió deseando que llegara. Las horas sin él le producían un dolor casi metálico en el corazón. Como si un puñal la atormentara. Esperarlo, sabiendo que un poco más tarde lo vería venir desde el límite del bosque, le procuraba una alegría incontenible.

Sonreía sin motivo.

O tal vez la razón era la más grande y hermosa de todas. ¿Se trataba de amor?

Vittoria creía que sí, siempre entendiéndolo de la mejor manera, la más dulce, pura, fecunda. De alguna forma se trataba de compartir esperanzas, escucha, confrontación, mirar el valle juntos o quedarse esperando a Miguel Ángel, que avanzaba entre las hojas y la primera nevada en ese rincón del paraíso.

El amor, tal y como ella lo entendía, consistía en tomarse de la mano mirando al sol mientras desaparecía en una barra de oro fundido al atardecer. Esa mañana, justo después de levantarse, había rezado. Y luego comió lo que él le había preparado. Había mucho cariño y atención en ese gesto. Aquella preocupación suya hacia ella la conmovía profundamente, porque veía en sus cuidados toda la amabilidad y la belleza de espíritu que habitaban en él a pesar de lo que algunas malas lenguas habían dicho en el pasado.

Ciertamente, Miguel Ángel no había gozado de una buena reputación: siempre se le había reprochado su carácter fogoso e inquieto, atormentado. El artista no estaba en cuestión, pero el hombre, tan tacaño y gruñón, afectado por una desgana en apariencia invencible, siempre dispuesto a desafiar lo que le decían incluso de la manera más gentil, no disfrutaba de tantos favores. Y con el paso del tiempo, al decir de ciertas voces, no había mejorado en absoluto.

Sin embargo, lo que otros llamaban ira ella lo veía simple y llanamente como coherencia, y la avaricia como prudencia, por no mencionar que Miguel Ángel pagaba una gran parte de lo que ganaba a sus hermanos, quedándose con la parte más pequeña para sí mismo y sin dejar de realizar aquellas buenas obras que le eran tan queridas, y no para ganar un lugar en el cielo, sino sencillamente para fortalecer también y más en concreto esa fe en Cristo que alimentaba día tras día.

El arte lo consumía y encontraba su felicidad en ello: no para celebrarse a sí mismo, sino para rendir homenaje a la gloria de Dios.

Y, además, su búsqueda y redescubrimiento de la paz en lugares como aquel en el que se encontraba le fascinaba infinitamente: la belleza de la naturaleza, la sencillez de esa vida en la que podía realizarse, renunciando a los fastos y el lujo que sin duda podría haberse permitido. Era un hombre más único que raro. El éxito le había brindado poder, más de lo que imaginaba, y sin embargo no abusaba de él, mejor dicho, no le importaba lo más mínimo, a pesar de que era, sin lugar a dudas, el artista más famoso de su tiempo.

Y todo esto ella lo admiraba profundamente.

Por eso albergaba un intenso sentimiento hacia él. Y le faltaba, en aquel momento, más que nunca. Sin embargo, fue justo entonces cuando se reencontró con la belleza de la ausencia, esa sensación de infinito y precariedad al mismo tiempo, de incertidumbre.

Y mientras lo hacía vio caer de nuevo los copos de nieve. Las estrellas blancas llovían del cielo y se asentaban con delicadeza en el suelo, formando una única alfombra suave. Se sentía segura cerca de él porque, a pesar de su edad, era todavía un hombre fuerte, pero sobre todo era fuerte en principios, en autoridad, en esa severidad que reservaba para su propia conducta y que intentaba encontrar en los demás también, ya que, en última instancia, lo consideraba una forma de amor.

Y era tanto más así en un mundo en el que había perdido demasiado fácilmente valores como la humildad, la discreción, la ternura, el altruismo, la generosidad, el coraje.

Quizá ella y Miguel Ángel pertenecían a un mundo perdido, que se obstinaba en resistir en una ciudad tan hermosa como una diosa, pero acuciada todos los días por un deseo infinito de poder. Y en esa dicotomía, en esa gigantesca contradicción, la Ciudad Eterna se cubría con la magnificencia del arte, gracias a una iglesia iluminada y a hombres sensibles a la maravilla de las obras que la hacían inmortal, pero que, al mismo tiempo, se teñía de tintes oscuros como la codicia de quienes intentaban doblegar esa maravilla a su propia imagen, para satisfacer un deseo de gloria personal.

Entonces ¿la solución era escapar? Vittoria no lo creía en absoluto. Sabía que ese exilio dorado en el que se había refugiado con Miguel Ángel no podría durar. Lo que había pasado al capitán de la guardia inquisitorial era algo espantoso, a pesar de que aquel hombre ciertamente no le había parecido ningún santo.

Pero ¿podría haberlo matado aquella muchacha? Claro, había sido capaz de seguirlos y espiarlos e informar al Santo Oficio. Pero entonces ¿qué razón tenía para matar a un hombre como Corsini, que parecía más bien ser su jefe, no un enemigo, y menos todavía un hombre al que dar muerte?

Habían comido la carne asada al espeto y los champiñones.

Miguel Ángel había regresado tarde, al anochecer, y ahora, junto con Vittoria, disfrutaba de un vino tinto frente al fuego de la chimenea.

Estaban hombro con hombro. Las llamas ardían vigorosas. Una calidez agradecida se extendía por todo el ambiente.

—No creo que lo haya matado —dijo Miguel Ángel.

—¿Estáis seguro?

—La vi, Vittoria, y no tiene la mirada de una asesina. Si pudierais haberla mirado a los ojos, incluso por un instante, vos también estaríais convencida. Además, en los últimos tiempos le había permitido visitarme. Hemos compartido algunas lecturas, he procurado hablar con ella y descubrí una mente lúcida, una ternura desarmante. Malasorte es una víctima y nada más.

Vittoria cerró los ojos. Se abandonó al calor del fuego.

—Pero no necesito que me convenzáis. Yo confío en lo que me estáis diciendo. ¿Por qué debería dudar?

—Perdonadme. Me doy cuenta de que baso esta afirmación mía en las sensaciones. Después de todo, esa muchacha consiguió espiarnos quién sabe cuánto tiempo para informar de nuestros movimientos al Santo Oficio…

—Sí —lo interrumpió—. Pero entonces ¿por qué razón iba a matar al primer guardia del cardenal Carafa?

—No tiene sentido…

Miguel Ángel deshilachaba las palabras, las susurraba, dejándolas flotar en el aire de la habitación.

Por un momento parecía buscar una idea, como si no pudiera capturarla, como si la hubiera intuido y estuviera luchando por definirla en vano.

—Por eso quiero verla. Para entender si puedo ayudarla. Porque ya no tiene a nadie y porque, cuando hablé con ella, parecía arrepentida hasta el punto de arriesgar su propia vida para no comprometer aún más nuestra posición. Y, en retrospectiva, por una broma horrible del destino…, eso es lo que está sucediendo. Por supuesto, una cosa sé pero…

Fue entonces cuando comprendió cuál era la idea que había estado buscando durante mucho tiempo en un rincón de su mente.

—La persona para la que trabaja es una cortesana llamada Imperia, la propietaria de La Oca Roja y muchas otras posadas de Roma.

—¿Estáis pensando en visitarla?

Miguel Ángel asintió.

—No puedo culparos. En vuestro lugar yo también lo haría. De hecho, si me lo permitís, quisiera ir con vos.

—No puedo daros mi consentimiento, Vittoria. Recordad que sois la mujer más sospechosa, y por tanto más en peligro, de toda Roma. Os invitaría a mi casa si no considerara el monasterio como el lugar más seguro. A pesar de las afirmaciones de Corsini, que por lo demás ahora ya no está, nadie se atreverá a violar un convento de monjas. O al menos no más de lo que harían con mi propia casa.

—Entonces... ¿hemos llegado hasta tal punto?

La pregunta cayó en oídos sordos. Miguel Ángel se sentía ahogado en ese momento. Presentía un destino sombrío, inminente e implacable. Y quiso volver a Roma dejando a los ojos de Vittoria algo hermoso. Después de todo, ¿no habían llegado hasta allí justamente por esa misma razón?

—Seguidme —dijo. Y la ayudó a levantarse. La tomó suavemente por debajo de los hombros. Le besó el cuello, luego ajustó su capa para que fuera bien protegida del frío. La abrazó.

—Venid, quiero mostraros una cosa.

Vittoria hizo lo que le pidió.

Miguel Ángel agarró una tea ardiente de la chimenea.

Salieron y se encontraron en el claro. Había dejado de nevar. La antorcha improvisada arrojó una luz de oro rojo en todo alrededor.

—Mirad —dijo señalando al cielo.

Vittoria miró fijamente la bóveda celeste y vio la oscuridad acolchada por miles y miles de luces plateadas. Se quedó sin habla. El aliento se le quedó atascado en la garganta. La nieve brillaba por todas partes. El silencio era absoluto.

La naturaleza parecía respirar frente a ellos. Se quedaron contemplando la grandeza de Dios.

Miguel Ángel sostuvo a Vittoria en sus brazos. Y ella naufragó en la dulzura de ese gesto.

61

El inicio del calvario

Le habían atado la cuerda alrededor de las muñecas. Y ahora la estaban poniendo en pie. Malasorte sintió un dolor desgarrador e insoportable que, desde las manos, se extendía a lo largo de los brazos hasta los hombros y luego le inundaba la espalda convirtiéndola en hielo. Se le escapó un leve grito y nada más que eso, puesto que el sufrimiento, profundo y devastador, había llegado de golpe y casi no le había dado el tiempo o la fuerza para estallar en un grito.

Las lágrimas comenzaron a caer de sus ojos. Quería detenerlas, pero no fue capaz de hacerlo. Ahora solo había dolor. Y era demasiado grande para soportarlo. Con la visión borrosa por el llanto clavó la vista en la monstruosa rueda que habían empezado a hacer girar. Vio el rostro de un hombre a sus pies. No tenía idea de quién era, pero, a juzgar por cómo iba vestido, debía de ser un cardenal. La miraba fijamente. Una leve sonrisa estiró su labio hacia arriba y, en esa expresión, Malasorte descubrió todo el placer que aquel hombre experimentaba al verla sufrir. Si tuviera fuerzas suficientes, le escupiría. Pero no era capaz.

—¿Cuál es tu nombre? —preguntó el cardenal.

—Ma… Malasorte —murmuró entre espasmos de dolor.

—Bueno. Pues lo de hoy es solo una prueba, una manera de que te hagas idea del dolor que te aguarda. Pero, dicho entre nosotros, espero no tener que ir tan lejos.

Entonces el cardenal Carafa saludó con la cabeza al hombre al mando del timón.

—Maese Villani, bajadla con suavidad. Luego desatadla y haced que se vista.

Ya sentada frente al titular del Santo Oficio, Malasorte apenas podía mantener los ojos abiertos por el dolor. No sentía los brazos y se desplomó como una muñeca de trapo contra un brazo de la silla.

El inquisidor no pareció particularmente impresionado. La miraba sin que sus ojos traslucieran el más mínimo atisbo de compasión.

Ella escuchaba sus palabras como si le llegaran de lejos. Sintió un zumbido que le llenaba los oídos y, de fondo, las preguntas del inquisidor.

—¿Conocías al capitán Vittorio Corsini?

—Sí —murmuró.

—¿Por qué lo mataste?

—No fui yo.

El inquisidor negó con la cabeza. Suspiró. Comenzó a acariciarse las manos y, al hacerlo, desenvainó otra de sus horribles sonrisas.

—No creo que acabes de entender bien tu posición. Bueno. Hagámoslo así. Empezaré de nuevo, abordaré el problema desde otro ángulo. ¿Conoces al cardenal Reginald Pole?

—Sí —dijo sin vacilar Malasorte. Era el joven prelado que había visto en el monasterio de Viterbo.

—¿Qué sabes sobre él?

—Que se reúne en Viterbo con algunas personas.

—¡Ah! ¿Y para qué diablos?

—Para leer las páginas de un texto.

El inquisidor asintió como si supiera exactamente todo lo que estaba revelando Malasorte.

—¿Y recuerdas el título?

Malasorte se lo pensó. Estaba tratando de decir lo que podía sin comprometer a Miguel Ángel Buonarroti y a la marquesa de Pescara.

—*El Beneficio de Cristo*.

—Muy bien. Y dime, ¿cómo es que sabes esas cosas?

—Fue la cortesana Imperia quien me encargó descubrir esa información.

—¿Y lo hizo por su propia voluntad?

—No, fue pagada.

—¿Y por quién?

—Por el capitán.

Y en el momento en que dijo esas tres palabras, Malasorte se dio cuenta de que había cometido un gravísimo error.

El inquisidor negó con la cabeza. Esa maldita mueca de nuevo. Cada vez más parecida a una sonrisa infernal.

—No mientas —le dijo.

—No estoy mintiendo. Fue el capitán quien pidió la ayuda de Imperia y ella me encomendó la tarea de rastrear a Reginald Pole.

—No es así en absoluto.

—Pe… pero… —respondió Malasorte, que estaba luchando por entender—. Al contrario, eso fue lo que ocurrió exactamente.

—Estoy empezando a perder la paciencia.

Con un rápido gesto de la cara, el inquisidor dio una orden. Un instante después, Malasorte sintió que algo la golpeaba fuerte en la cabeza. La cabeza se le ladeó. Experimentó una descarga de dolor que se extendía por la base del cuello…, una lluvia de escalofríos congelaban su espalda.

—Por favor, no dejéis marcas visibles, maese Villani —dijo el inquisidor, pérfidamente.

INVIERNO
DE 1544-1545

62

La inutilidad

Miguel Ángel no imaginaba encontrar a Malasorte reducida a aquel estado. Inmediatamente comprendió que lo prometido por Pole no era suficiente. A pesar de no presentar heridas, la muchacha estaba devastada. Algo la había conmocionado. Y debía de haberla lastimado en lo más hondo, hasta ese punto alcanzado el cual ya no se tienen fuerzas para volver a levantarse.

El hedor de la celda hizo que el estómago se le revolviera.

No vio magulladuras en su piel clara. Sin embargo, Malasorte apenas podía tenerse en pie y menos aún mover su brazo derecho, que pendía a lo largo de su costado, como si alguien lo hubiera arrancado primero y luego lo hubiera zurcido de nuevo al hombro con aguja e hilo.

Sus ojos, por lo general tan hermosos como gemas brillantes, parecían ahora inertes y sin vida, palidecidos hasta emblanquecer por el horror sufrido. De su hermoso cabello negro tan solo quedaba un nido oscuro, una madeja empapada de noche y estopa que había perdido aquel esplendor habitual que hacía girarse para mirarla a todos los hombres de la ciudad.

Le acarició la mejilla y pensó que había tocado un cristal. Estaba helada, como si estuviera hecha de aquel mármol blanco que tan bien conocía.

—Señor Miguel Ángel… —murmuró en voz baja, hablando por primera vez—. No dije nada, os lo juro, no he dicho nada de todo lo que nos confesamos aquel día.

Al escucharla susurrar de esa manera, Miguel Ángel sintió un mordisco en el corazón. Entonces ¿esa era su preocupación? ¿Su primer pensamiento?

—Os lo prometí, ¿no? Cuando me descubristeis… —Y mientras lo decía trataba incluso de sonreír. Luego cerró los ojos y se derrumbó en la cama de paja y madera que hacía las veces de lecho en aquel tugurio.

Miguel Ángel tuvo la sensación de que Malasorte había agotado todas las energías reservadas hasta aquel momento.

Estaba exhausta.

Le habría gustado tanto contestarle. Tranquilizarla. Pero cuanto más buscaba las palabras adecuadas, menos daba con ellas, escondidas, como debían estar, a causa de la vergüenza que le subía poco a poco como el escarnio que cubría al rey necio. Se sintió cobarde, para nada a la altura porque, a pesar de todas sus declaraciones, su arte, sus oraciones y sus fugas no supo proteger a aquella muchachita.

Ni siquiera sabía por dónde empezar.

De hecho, para ser honestos, ella era la que les estaba protegiendo en este momento a él, a Pole y a todos los demás.

Miguel Ángel comprendió perfectamente cuál era la intención de aquel gigantesco montaje. La Inquisición necesitaba un ejemplo, un caso emblemático. Quizá todavía no podía permitirse tocarlo a él o a Vittoria, aunque Malasorte ilustraba muy bien que, en cuanto pudieran, no vacilarían.

Sin embargo, a pesar de las amenazas y el acecho, ni a él ni a la marquesa de Pescara en realidad les había pasado nada. Por el contrario, esa muchacha, previamente utilizada como espía, era arrojada ahora a los leones y se veía convertida en chivo expiatorio por toda esa historia inmunda.

No tenía idea de por qué había sucedido, cómo era posible que una chica tan hermosa y amable terminara siendo sospechosa del asesinato del capitán del Santo Oficio. Y menos aún cuando Vittorio Corsini no era ciertamente un soldado de corta trayectoria, además de que, en lo que respectaba a espadas y armas, él sabía mucho más que ella.

No, la acusación era absurda. Pero fuera cual fuera la razón oculta, estaba claro que el Santo Oficio no iba a darle explicaciones a él.

Estaba tan disgustado que decidió hacer lo único que le vino a la mente. No sabía si tendría éxito en su empeño.

Acarició el rostro de Malasorte una vez más.

Luego la dejó descansar.

Golpeó la puerta con el anillo de hierro. Un guardia gigantesco, con barba mal afeitada y aliento ácido de vino, le abrió la puerta.

Miguel Ángel lo ignoró. Bajó las escaleras de la torre y salió al viento frío de Roma.

De todas las personas que hubiera esperado recibir, el cardenal Carafa nunca habría creído que se encontraría frente a quien tenía delante en aquel momento.

Muchas veces ese nombre había terminado por aparecer más o menos abiertamente en sus discursos. Al principio lo pronunciaba con una sensación de resentimiento y miedo, de ira y disgusto, puesto que Miguel Ángel había recibido todo lo que de la Iglesia podría desear un hombre y un artista: comisiones, dinero, gloria y fama eterna.

¿Qué había hecho con la montaña de dinero obtenido? Carafa no tenía la menor idea: ciertamente no la había empleado en comprar vestimenta adecuada para su cargo, dado que se hallaba ante él ataviado con harapos desaliñados, por no decir andrajosos, hasta el punto de parecer arrancados a un soldado moribundo en un campo de batalla.

Miguel Ángel había irrumpido en el palacio como una tempestad. Pretendía encontrarse con él, y ahora temblaba de rabia y fuego. Pronunció las palabras como si quisiera escupirle:

—Vuestra Eminencia —dijo—. Vos mantenéis presa a una muchachita condenada por el asesinato del capitán de la guardia inquisitorial del Santo Oficio, Vittorio Corsini. Bien, con independencia de que la simple idea suene absurda al oído de cualquier hombre con sentido común, quisiera informarle de que un hecho semejante es, cuando menos, extraño, ya que fue justamente el capitán de la guardia inquisitorial quien encargó a una cortesana llamada Imperia poner a un espía tras la pista de una posible secta herética.

—Los Espirituales de Reginald Pole —dijo Carafa con desdén.

—¡Sí! —afirmó Miguel Ángel.

—Que vos conocéis, si no me equivoco.

—Vos ya lo sabéis. Entonces ¿por qué me lo preguntáis?

Pero el punto no es ese. Lo que intento deciros es que encuentro un sinsentido que la espía contratada por el capitán sea, para colmo, su asesina...

—Esa muchachita, como vos la habéis llamado... —lo interrumpió Carafa.

—Por favor, Eminencia, dejadme terminar —continuó Miguel Ángel—. Lo que pretendo prometeros no tiene nada que ver con si Malasorte es culpable o no.

—¿Vais a hacerme una promesa, entonces? Estoy sinceramente sorprendido. Escuchemos cuáles son vuestras intenciones, maestro Miguel Ángel, porque, os digo con toda franqueza que no sé qué hacer con vuestras promesas.

Carafa vio al artista cerrar los ojos por un instante, lo imaginó mientras apelaba a toda su capacidad de control y mantenerse en silencio. Sabía muy bien cuánto le debía de estar costando. Pero en aquel momento Miguel Ángel parecía empeñado en obtener algo. Realmente debía de tener cariño a aquella estúpida muchacha. Y ese hecho divertía al cardenal, lo que hacía que fuera todavía más dulce aquello que tenía en mente.

—Lo que os quiero decir, Eminencia, es que, si le salváis la vida a Malasorte, dejaré Roma, volveré a Florencia. Yo me ocuparé de ella. No oiréis más de mí, de mi obra inmoral y licenciosa, de mis desnudos, de mis frescos escandalosos y mucho menos de mis amistades indecorosas. También me llevaré a la marquesa de Pescara, Vittoria Colonna y, al hacerlo, os libraréis de toda esa escoria herética que tanto trastorna vuestros planes.

Miguel Ángel había dicho esas palabras con tanta pasión y urgencia que el cardenal Carafa tenía que concederle que, al menos a sus oídos, aquel discurso sonaba sincero. Pero, incluso admitiendo que fuera a cumplir lo que decía, ¿cómo podía soltar a la muchacha? Llegados a aquel punto, ella era la mejor garantía de éxito para todas sus tramas. Y por eso no tenía intención de entregársela a ese idiota y viejo artista. También le daba pena, a decir verdad. Consumido en su arte licencioso, sin haber tenido tiempo de construir una verdadera familia. Sin mujer, sin hijos, sin una casa digna de tal nombre. Se decía que vivía en una especie de casucha en Macel de Corvi, junto con uno de sus torpes ayudantes.

De hecho, al escucharlo hablar así, casi parecía que Miguel Ángel estaba acariciando un sueño de normalidad después de tantos éxitos y tribulaciones simultáneos.

Pero no tenía intención de dejarle vivir esa experiencia. De hecho, poder evitarla le procuraba una inmensa alegría, también porque, al hacerlo, habría aumentado su sentido de culpa, que Carafa sabía que estaba muy presente en el maestro florentino, hasta el punto de marcar toda su existencia. ¿Y quién era él para liberarlo de semejante calvario?

Sacudió la cabeza.

—Mi querido Miguel Ángel. Agradezco vuestra oferta, creedme, pero lo que pedís no os lo puedo conceder.

Mientras lo decía advirtió de inmediato la hostilidad crecer en su interlocutor. Era como un viento frío que hacía palidecer a Miguel Ángel. La piel se le aclaró. Con las manos arruinadas, los dedos hinchados, empezó a rizarse los largos mechones de su barba sucia. Sus ojos profundos parecían incendiarse, convirtiéndose en pozos negros ardientes.

—Veréis, con independencia de lo que pueda parecer, esa joven mató al capitán de la guardia inquisitorial, Vittorio Corsini. Y la razón por la que sucedió es muy simple: ella es una hereje de la *Ecclesia Viterbiensis* de Reginald Pole… Leía *El Beneficio de Cristo* y odiaba a un hombre como Corsini, quien, para ella, representaba el emblema de quienes luchan y combaten por la gloria de una Iglesia falsa y culpable de haber traicionado a Dios al predicar el cumplimiento de las buenas obras, recomendando al cristiano seguir y honrar los sacramentos asistiendo a la santa misa. Así que, bien podéis ver que, aunque quisiera, no puedo atender a vuestra petición.

Pálido como la muerte, Miguel Ángel parecía no escuchar lo que le acababan de decir.

—Por favor, Eminencia —repitió—, haré lo que queráis. Pero dejadme ocuparme de esa muchacha.

—Ya os he dicho que no.

Miguel Ángel se arrodilló.

—Os lo imploro —insistió.

—Lo siento, pero solo tengo una respuesta. —Luego miró al artista a los ojos. Vio crecer un infierno dentro de él, pero no se dejó intimidar; es más, con cierta altivez, le hizo una seña—. Y ahora os pediría que os fuerais.

Miguel Ángel se puso de pie. Lo contempló por última vez, con la mirada llena de odio.

—Algún día —dijo— pagaréis caro este rechazo.

Después de eso salió, dejando a Carafa, cuando menos, asombrado por el descaro que acababa de presenciar.

63

Áyax

Estaba desesperado.

Había visto a Carafa y lo había reconocido tal como era: un depredador. No mostraría piedad por Malasorte ni por Vittoria ni por nadie.

Miguel Ángel sabía que no tenía ninguna esperanza. Había pensado en pedir una audiencia al papa pero, si aquella era la resolución de la máxima autoridad del Santo Oficio, el pontífice ya debería saberlo, y cualquier ruego habría resultado totalmente inútil.

Tanto más porque fue el propio Pablo III quien había nombrado a Carafa jefe de la Inquisición romana.

Entonces ¿qué cabría hacer? ¿Hablar con Pole sobre eso? Sin embargo, este estaba bastante ocupado en otros asuntos, en vísperas del Concilio. Y además Pole ya había prometido que se interesaría por el caso y lo que había logrado era ver a Malasorte reducida a la sombra de sí misma. No, tenía que tomar otro camino. Se encontraba vagando por el patio del Belvedere. Le pasaba a menudo cuando se sentía perdido. Era una forma de olvidarse de lo que le rodeaba. Incluso en los momentos más oscuros, en las ocasiones más amargas, conseguía al menos por un instante dejar atrás la decepción y el dolor. Caminaba entre logias, columnas, estatuas y jardines y, en esa fantasmagoría, bañada por la luz del otoño, terminaba irremediablemente frente a una obra en particular, que siempre había logrado captar su atención.

Y, por lo tanto, incluso ese día o, mejor, justo ese mismo día, estaba allí de nuevo, sin saber cómo, frente al *Torso*, una antigua escultura mutilada de tal belleza que Miguel Ángel no habría podido encontrar las palabras para describirla. Se quedaba siempre admirado frente al *Torso*: las masas musculosas perfectas, la habilidad absoluta con la que el artista las había definido en el mármol consiguiendo recrear magníficamente el sentido del movimiento, el impulso con el que la figura parecía casi a punto de levantarse.

La piel era tan brillante y tersa, los músculos tan torneados, que solo podía quedarse allí y contemplar. ¡Cuán a menudo había ido a admirar aquella estatua cuando trabajaba en el *Juicio Final*! ¡Qué inspiración resultó ser! ¡Era precisamente en aquel pecho y aquellos músculos en los que pensaba cuando había pintado a Jesús en el fresco que lo había lanzado a la máxima gloria y fama posibles! Pero ¿a quién representaba esa estatua mutilada? ¿A quién le pertenecía ese cuerpo tan poderoso y extraordinario…? La anatomía de las formas era armoniosa y formidable al mismo tiempo, pero también expresaba una sensación de tragedia, de drama inminente que tocaba a Miguel Ángel en lo más hondo.

Se han propuesto muchas y diferentes teorías para intentar resolver aquel misterio. Las más acreditadas afirmaban que se trataba de Hércules, decidido a descansar después de los doce trabajos; otros creían que era Polifemo. Alguien, no sin convicción, incluso había sugerido que representaba a Prometeo, el titán que, desafiando a Dios, había otorgado el fuego a los hombres, pero Miguel Ángel siempre había tenido dudas al respecto y, a todos los que conocía, siempre les decía lo mismo: solo podía ser el legendario héroe griego, Áyax Telamonio.

Ese pensamiento suyo no tenía un fundamento seguro, alguna base documental; ni siquiera evidencia de otra naturaleza… Sin embargo, Miguel Ángel percibía de una manera casi física estar en lo cierto. Era como si la estatua le estuviera hablando. Con el tiempo comprendió por qué no podía haber una solución diferente a la imaginada. En ese torso veía una fatalidad y una tensión trágica que se refería al destino del infortunado héroe. Quizá porque en Áyax se reconocía a sí mismo. En cierto modo se sentía como el príncipe de Salamina. Desde siempre lo había admirado, desde lo más profundo de su corazón, porque Áyax era un valiente, el mejor guerrero de los griegos después de Aquiles. Pero, a diferencia de este último, no disfrutaba de la invulnerabilidad ni se había permitido jamás abandonar a sus camaradas, fuera cual fuera el motivo. Cuando Aquiles, después de la pelea con Agamenón, dejó solos a los aqueos, fue él quien defendió a los barcos de los asaltos de los troyanos y quien se batió a duelo con Héctor, al que, arrojándole una piedra gigantesca, casi le había dado muerte.

En el instante mismo en que Patroclo fue herido de muerte y Héctor intentó llevarse el cuerpo, fue Áyax el que protegió hasta el final al héroe caído, provocando la fuga del líder de Troya. Luego alivió a Patroclo, que portaba las armas de Aquiles, colocándolo en su carro, y lo llevó al campamento de Aquiles. El adalid lloró por él durante mucho tiempo y después regresó a la batalla en el campo, cegado por la ira. Como un niño caprichoso y herido. Un niño que no quiso rendirse ante su amor asesinado. Pero también Aquiles resultó asesinado a manos de Paris. El más cobarde de los guerreros. Y cuando Ulises recuperó sus restos mortales fue Áyax, con su propia hacha gigantesca, el que mantuvo a los troyanos bajo control permitiendo que el hijo de Laertes llevara el cadáver del héroe al campamento aqueo. Luego exterminó a los enemigos, matando a Glauco e hiriendo gravemente a Eneas y a Paris.

Y después de esa y muchas otras hazañas; después de hallarse siempre en el lugar exacto donde la batalla se libraba con más fuerza; después de haberse dedicado por completo al duelo, burlando la muerte; después de que Héctor le hubiera dado una espada al final de una batalla entre las más crueles de la historia; después de ponerse siempre al servicio de sus amigos o, más bien, de aquellos que él consideraba tales, pues bien…, ¿cómo se lo habían agradecido los griegos? ¿Cuál había sido su recompensa ante todo el valor y el coraje demostrados?

Habían acordado que fuera Ulises y no él quien portara las armas de Aquiles, ¡así se lo habían pagado! Armas que ciertamente se habría merecido más que nadie. Pero con subterfugios y engaños, haciendo gala del arte de las palabras y la manipulación, en las que era maestro, Ulises había logrado convencer a sus compañeros para que le asignaran las armas del hijo de Peleo.

Áyax, cegado por el dolor y la injusticia sufridos, se sintió herido, o no, peor aún, abofeteado. Entonces juró venganza para sus adentros.

Pero los dioses, que amaban a Ulises, se las arreglaron para reservarle a Áyax el destino más cínico y terrible que se pudiera concebir. Habiéndose quedado dormido, Atenea lo maldijo con un hechizo y, al despertar, enloquecido por la treta de la diosa, Áyax había sacrificado un rebaño de ovejas, convencido de haber matado a Agamenón y a Menelao, los adalides de los atridas de la expedición aquea, culpables de haber privilegiado injustamente a Ulises en la cesión de armas.

Al volver en sí y ver lo que había hecho, cubierto de sangre de animales muertos y vergüenza indecible, Áyax eligió el suicidio para borrar el honor perdido y, por tanto, tomando la espada que le había dado Héctor, se seccionó allí la garganta. La tierra bebió su sangre y del estanque escarlata surgió una flor roja. Miguel Ángel había leído, llorando, el *Áyax* de Sófocles, para conocer la tragedia de su muerte. Y luego recordó el pasaje en el que, en la *Odisea*, Ulises, que fue al Hades, había hablado con frases dulces, goteantes de miel, en un intento de borrar el rencor. Sabía que le había arrebatado con el engaño unas armas bien merecidas.

Pero todos sus esfuerzos fueron en balde, ya que Áyax, en su infinito coraje y con la dignidad de los justos, no se dignó a dar una respuesta, relegando al hijo de Peleo al silencio, volviendo todavía más amarga su escuálida y ridícula defensa.

Y por eso en aquel torso Miguel Ángel vio de nuevo al héroe traicionado, el más puro, el más sincero, el que siempre había mantenido la palabra, sin que le hubiera servido nunca. Porque los hombres eran fútiles, necios, estaban consumidos por el deseo y la vanagloria y no sabían qué hacer con los principios. Solo sabían pronunciar palabras, confiándolas al viento. Sus promesas fueron forjadas con el material más vil, creadas para quebrantarse.

Por eso, devorado por el dolor, por un mundo que de repente ya no comprendía, después de haber perdido, por medio del engaño, incluso hasta el honor, que le era lo más querido, Áyax se había sentado, después de sacrificar a los animales, a los más inocentes y más débiles. Había visto a los blancos corderos hechos pedazos, la blancura violada por el rojo de la sangre. Tomando conciencia por primera vez de lo que realmente había llevado a cabo había estallado en llanto. Se había puesto de pie, tal como se presentía en esa escultura, y había ido a buscar la espada para quitarse la vida.

Así, en esa trágica y hermosa estatua mutilada, Miguel Ángel vio a Áyax de nuevo y en él se proyectaba a sí mismo y todo lo que sentía en aquel momento: haber sido traicionado, chantajeado, golpeado en los pocos afectos que le quedaban. El Santo Oficio, sabedor de que no podía atacarlo directamente, porque temía a lo que con trabajo y dedicación había logrado crear y obtener en el tiempo, no tuvo reparos en amenazar y torturar a las mujeres. Y este hecho era para él tanto más insoportable.

Habían utilizado a aquella muchachita, cuya única culpa era la de haber sido primero abandonada y luego criada por una cortesana, que la convirtió en espía. En el momento en que la situación se salió de control, porque alguien había asesinado al capitán de la guardia inquisitorial, entonces Malasorte se había convertido en un problema, un precio que el

Santo Oficio ya no podía afrontar. Y, sin embargo, en esa cruel maquinación, en esa trama desvergonzada y repugnante, Carafa debía de haber reunido algunas evidencias para sustentar los hechos. Miguel Ángel sabía bien que la Inquisición romana no necesitaba hacer públicas confesiones y testimonios, pero algo, o mejor dicho alguien, debía de haber movido pieza en aquel juego infernal. ¿Y quién mejor que Imperia podría saber lo que realmente había sucedido? ¿No había sido ella quien la había criado y elegido para aquella tarea? Y a ella Malasorte se lo debía todo... Tal vez incluso el encarcelamiento y la tortura.

64

Imperia

Cuando preguntó por Imperia, el posadero le hizo una señal de que subiera las escaleras al final de la sala. Una vez en la galería, Miguel Ángel se encontró frente a un pasillo que recorrió por completo y que desembocaba en un hombre gigante con una sonrisa cruel, vestido con tonos sombríos, ataviado con botas altas, y espada y pistola en el cinturón: tenía todo el aspecto de ser un guardaespaldas. Eso por no mencionar que su bigote caído, los ojos claros, la actitud salvaje… hacían que cuadrase en las filas de aquellos mercenarios que llevaban por nombre lansquenetes: los más crueles de todos.

Con toda probabilidad estaba a sueldo de Imperia y se había convertido en su sicario. No tenía idea de cómo superarlo, pero estaba seguro de que más allá de aquella cortina de terciopelo rojo encontraría a quien estaba buscando.

Así que, tratando de mostrarse más seguro de lo que estaba, Miguel Ángel se volvió hacia el lansquenete sin demasiadas palabras.

—Soy Miguel Ángel Buonarroti, escultor y pintor de los

Palacios Vaticanos. Me gustaría poder hablar con vuestra señora, Imperia, sobre un asunto que me toca muy de cerca.

—¡Miguel Ángel! —dijo el hombre, con una luz divertida en los ojos—. ¡El artista! Maestro, si bien mi trabajo es el que es, ¡no creáis que vuestras obras me son indiferentes! ¡De vos se habla más allá de los confines de Roma!

Luego, en un tono menos servil y más claro, preguntó:

—Así que queréis ver a mi señora… ¿Con qué propósito?

—Si me lo permitís, me gustaría que quedara entre ella y yo, y únicamente entre ella y yo, el motivo de mi visita.

—Entiendo —respondió el otro—. Entonces, si es así, esperad aquí un instante. —Y, sin más, el soldado desapareció detrás de la cortina de terciopelo rojo.

No tuvo que esperar demasiado. Intuía que más allá de la cortina alguien estaba hablando. Pero pronto reapareció el audaz individuo y, con gesto teatral, simulando una reverencia, hizo pasar a Miguel Ángel.

El artista se encontró en un entorno íntimo: solo un par de sillones de terciopelo y, detrás de un escritorio, una mujer que ya no era joven pero que seguía siendo hermosa, en quien el cuidado de la apariencia y la experiencia ganada compensaban considerablemente la frescura ahora desvanecida. Llevaba un vestido escotado, pero no demasiado, en brocado turquesa que contrastaba de manera eficaz con el color tostado de la piel, los ojos y el cabello, recogido en un peinado elaborado con hilos de perlas y gemas que modelaban los mechones.

Comprendió perfectamente cómo una mujer así podía

manipular con sus manos los hilos del destino de un hombre. Y se preguntaba si, en otro tiempo, incluso Corsini, que ciertamente había hablado con ella, no habría sucumbido a su innegable encanto.

Imperia lo miró con una mezcla de sorpresa y desconfianza. Por supuesto, él no causaba una buena impresión, con aquella túnica suya marrón manchada de colores, su barba larga, los ojos apagados, el cabello sucio: debía de haber despertado su máximo disgusto. Pero no le importaba. No le preocupaba no ser refinado en ropa y formas; de hecho, su total desprecio por el orden externo era una forma muy suya de declarar lo poco que le interesaba la cuestión terrenal, llegados a aquel extremo. Para él solo existían el arte, Dios y los pocos amigos que le quedaban. Y de una manera extraña, inexplicable, absurda, haber conocido a Malasorte lo hacía sentir responsable, incluso involucrado en algo que ya le había quitado el poco sueño que lograba conciliar por la noche.

No había tenido hijos, precisamente porque el arte se lo exigía todo, todas las energías posibles, pero esa muchachita de nombre singular, víctima de algún revés del destino, se le había colado en el alma poco a poco y ahora quería ayudarla a cualquier precio.

—Y bien, señor Miguel Ángel —saludó Imperia—. Confieso estar bastante sorprendida de veros en mi estudio. No obstante, tomo buena nota de ello y os pregunto: ¿qué os ha traído a La Oca Roja?

Miguel Ángel pareció reflexionar. Entonces se dio cuenta de que nunca sería capaz de aplicar ninguna estrategia posible contra una mujer acostumbrada a manipular mentes, astuta y preparada para dominar una tan elemental y simple como la suya en términos de intrigas y complots. Así que fue directo al grano.

—Señora, de inmediato os expongo la razón de mi visita… Me gustaría preguntaros acerca de una joven a vuestro servicio, llamada Malasorte, y que acabó en una celda de Tor di Nona.

Los ojos de Imperia relampaguearon.

—¿Preguntarme? ¿En qué sentido? Hasta donde yo sé, Malasorte ha sido arrestada bajo la acusación de matar al capitán de la guardia inquisitorial del Santo Oficio, Vittorio Corsini.

—¿Nada más? —insistió Miguel Ángel, incapaz de ocultar el enojo que crecía en él al ver con qué suficiencia Imperia pretendía liquidar aquel asunto—. Vamos —continuó—. ¿Eso es todo lo que podéis decirme al respecto de una muchacha que trabajó para vos durante tanto tiempo?

Ante aquella alusión para nada velada, Imperia respondió con una sonrisa, como la actriz consumada que era.

—Mirad, señor Miguel Ángel, lo que decís es tan cierto que yo soy la primera que desde que lo supe no consigo tener paz. Pero entonces salieron a la luz detalles preocupantes. Me enteré que Malasorte leía… libros indecorosos, con olor a herejía…, que frecuentaba a la gente equivocada, que albergaba una especie de enamoramiento hacia el capitán y que probablemente aquel sentimiento tan solo constituía una máscara con la que llevar a Corsini a su lecho y después matarlo. Malasorte andaba aquí y allá con un perro, un moloso sanguinario…

—Lo que decís es tan falso que casi no soy capaz ni de escucharos —exclamó—. Fuisteis vos quien obligó a Malasorte a seguirme a mí y a la marquesa de Pescara, os procuraba pruebas sobre el cardenal Reginald Pole y su *Ecclesia Viterbiensis*. Lo que digo es cierto hasta el punto de que el capitán incluso llegó a amenazar a Vittoria Colonna en su camino al monasterio benedictino de Santa Ana en Roma. Respecto al moloso, bueno…, yo lo vi y, a pesar de su apariencia, era un perro que Malasorte sabía cómo mantener manso.

—¡Por supuesto! —tronó Imperia—. ¡Y al mismo tiempo, ciertamente, era capaz de azuzarlo contra sus enemigos! Y decidme, señor Buonarroti, ¿qué pruebas tenéis de esa supuesta inocencia de Malasorte? Porque, veréis, hay tantas personas dispuestas a testificar sobre su culpabilidad que no puedo ni llevar la cuenta. Aquella obstinada manera suya de alimentar un alma rebelde no ha hecho más que meterla en problemas… y sé lo que digo. En cierta manera se asemeja a vos en su naturaleza y tal vez por eso terminó donde terminó, desprovista, como está, de cualquier talento. Mientras que vuestro don es gigantesco, cuando menos, tan grande que resulta inexplicable e inquietante para nosotros los mortales. Pero recordad que nadie es intocable para el Santo Oficio, tanto más después de que el capitán de la guardia inquisitorial fuera brutalmente asesinado. Y el hecho de que vos en este momento vengáis a mí, una pobre cortesana, tan alejada de los asuntos de poder que esta visita vuestra resulta incluso grotesca, no dice ciertamente gran cosa a vuestro favor. Más bien… ¿por qué la defendéis? ¿Qué os hace decir que es inocente? Aparte, por supuesto, de vuestras suposiciones…

—¡No son en absoluto suposiciones! —gruñó Miguel Ángel—. ¡Vittoria Colonna, Reginald Pole, Alvise Priuli,

Marcantonio Flaminio y muchos otros pueden confirmar lo que digo!

—¡Cierto! Un círculo de herejes que tienen los días contados. Os repito que en este asunto lo que podáis probar vos y lo que puedo probar yo están en lados opuestos de la balanza, que se inclina a mi favor. Mi consejo es que volváis por donde habéis venido y ya me apañaré para hacer como que no he escuchado nada de lo que me habéis dicho hoy. En caso contrario...

—En caso contrario, ¿qué pasaría? ¿Os atrevéis a amenazarme?

—¿Yo? ¡Ni por asomo! Conozco vuestra fama, el poder que habéis conquistado, la estrecha amistad que os une a nuestro amado pontífice. Como podéis ver, soy perfectamente consciente de dónde y cuán alto podéis llegar. Lo que os sugiero es que os informéis acerca de la persona con quien os vayáis a encontrar antes de escupir juicios. Y ahora, si me queréis disculpar...

Imperia bajó la mirada y Miguel Ángel vio aparecer al bravucón de un rato antes a sus espaldas.

—Maestro, no tengo intención de tocaros, siempre y cuando no me obliguéis a hacerlo.

Miguel Ángel se volvió abruptamente, con una rapidez que sorprendió al mismísimo Gramigna.

—¡Vos! —exclamó con toda la ira que cabía en su cuerpo—. ¡Habéis dicho bien! Cuidado con tocarme. Soy viejo, pero si creéis que de verdad le tengo miedo a un espantajo de lansquenete, entonces no sabéis con quién estáis tratando.

Por toda respuesta Gramigna se alisó el bigote. La expresión de su rostro no cambió, manteniendo un velo de divertida irreverencia, si bien Miguel Ángel distinguía tras ese velo, claramente, una violencia que estaba contenida, pero a punto de estallar. Entonces, sin querer saber si estaba en condiciones de lidiar con un hombre semejante, se dirigió hacia la carpa roja sin dedicarle a Imperia siquiera una mirada. El bravucón levantó la cortina de terciopelo, haciéndose a un lado. Mientras caminaba por el pasillo, Miguel Ángel comprendió que la situación se estaba volviendo cada vez más crítica.

PRIMAVERA
DE 1545

65

Maese Villani

Maese Villani era carcelero, como lo había sido su padre en el pasado. Y su abuelo antes que su padre. Y así sucesivamente, hasta remontarse a seis generaciones anteriores. Ese era un oficio que los Villani controlaban hasta en su matiz más íntimo, un arte que dominaban sabiamente gracias a un conocimiento perfeccionado en más de siglo y medio de experiencia. Y esa profesión no solo nunca había caído en desgracia durante ese periodo, sino que, de hecho, había regalado siempre una prerrogativa conspicua a cada una de las seis generaciones, tanto más porque en cada una de ellas, con celo y perseverancia, todos habían logrado convertirse en carceleros jefe de la prisión donde prestaban sus servicios. Por no mencionar que, con el tiempo, el trabajo de carcelero había ido adquiriendo cada vez más importancia, especialmente en ese último periodo, ya que la institución del Santo Oficio, y el consiguiente nacimiento de la Inquisición romana, inevitablemente requería a guardias y carceleros una práctica y experiencia en la imposición de dolor que iba más allá de cualquier costumbre conocida.

Cada elemento de las formas de detención en la celda, desde el suministro de alimentos hasta la tortura, seguía un código rígido, que observaba las prácticas sugeridas por Nicolás Eymerich en su propio *Directorium inquisitorum*. El cardenal Gian Pietro Carafa no admitía errores al respecto, ya que el éxito de un proceso podría verse seriamente afectado por la laxitud y la precisión en la aplicación de los principios. Más aún cuando ellos mismos estaban implicados en la fase del proceso que llevaba por nombre «Riguroso examen». Pero antes de llegar allí se tenían en cuenta varias precauciones, así como las buenas prácticas que podían garantizar un resultado satisfactorio para el inquisidor, sobre todo para el que fuera de impecable inflexibilidad como Carafa.

Durante semanas, por ejemplo, había elegido y puntualmente pedido a maese Villani que dejara a la joven acusada de herejía en absoluto aislamiento, evitando hablar con ella, aunque fuera tan solo un momento, y cuidando que se alimentara de la manera más frugal posible, de modo que no pudiera morir de hambre, pero sí debilitarse, hacerla dócil al dolor y con el miedo suficiente ante lo que le pudiera suceder.

Esas recomendaciones no eran meras cláusulas de estilo, sino valiosos trucos para doblegar la voluntad rebelde de una joven hereje que, de acuerdo con hechos establecidos, incluso había matado al capitán de la guardia inquisitorial Vittorio Corsini. Un hombre con el que Villani había coincidido en varias ocasiones y que había sido siempre amable con él. No podía decir que hubieran conversado hasta el punto de considerarlo un amigo, pero que se trataba de un caballero estaba dispuesto a jurarlo. Tal vez era un poco esclavo de ciertas frivolidades como mujeres y hermosa vestimenta, pero, al fin y al cabo, ¿quién estaba libre de debilidades?

Y mirando a aquella muchacha, Malasorte, Villani no tenía duda de que un hombre pudiera, por ejemplo, perder la cabeza por ella. Él mismo se había descubierto mirándola más de lo que habría sido lícito: el cabello largo y negro, los ojos verde intenso, la piel como la nieve. Sin embargo, también ese encanto fresco, intenso y fascinante se había desvanecido en los días de espera y privaciones. Malasorte estaba cada vez más delgada, débil. Su mirada se mostraba ahora apagada y era apenas la sombra de aquella hermosa muchacha que parecía antes de que la guardia inquisitorial del Santo Oficio la arrojara al Infierno, la celda más oscura y espeluznante de la torre. Y además, todas las jaulas de la prisión tenían un nombre: Purgatorio, Paraíso, Lisiadita, Monjita, Pozo y, por último, el Despertar, donde se practicaba la tortura, según lo solicitado por el inquisidor.

Aquella mañana, sabiendo muy bien que Carafa pretendía liderar el riguroso examen de Malasorte, había preparado la cuerda, puesto a punto la polea y comprobado el funcionamiento con todo el celo y la atención de que era capaz. «No se debe improvisar», era su lema. La misma aplicación de la tortura no debería resultar en una práctica que produjera lesiones perpetuas. Sin duda era una experiencia dolorosa y como tal tenía que ser percibida, ya que estaba unida a la confesión, pero no podría resultar en la imposición de un sufrimiento indecible y un fin en sí mismo.

De cualquier forma, el maese Villani había verificado cada cosa y se sentía preparado. Puesto que no sabía si la cuerda sería suficiente, se había pertrechado para una eventual prueba del agua y del fuego. Ninguna de las dos llegaba a utilizarse prácticamente nunca, pero, ante la gravedad del crimen cometido, el carcelero no podría excluir que el inquisidor pretendiera servirse de cualquier medio para llegar a una conclusión satisfactoria del riguroso examen. Y por lo tanto había dispuesto el embudo y las jofainas de hierro llenas de agua para la tortura de la que esa última tomaba el nombre. Asimismo, también el tarro con la manteca de cerdo, los grilletes y la chimenea encendida para proceder con la eventual y última prueba del fuego: la más terrible y dolorosa.

Gian Pietro Carafa había recogido la documentación. Tenía la denuncia escrita de Imperia y la del impresor, Antonio Blado. Ambos informaron clara y tajantemente sobre la naturaleza herética del estilo de vida de Malasorte, comenzando por ese nombre maldito. Sin embargo, desde un punto de vista puramente técnico-jurídico, la denuncia del antiguo impresor era más puntual y detallada: hacía referencia a un día exacto, a un texto específico, *El Beneficio de Cristo*, hasta la insistencia con la que la muchacha lo requería, a pesar de ser consciente del peligro de dicha obra. En cuanto a la denuncia de Imperia, era más vaga y, de alguna manera, vaporosa. Se atenía más a asuntos del corazón que de la herejía, al hecho de que la razón por la cual el asesinato de Corsini había sido consumado residía en la intención de castigarlo por ser la máxima autoridad de la guardia inquisitorial del Santo Oficio y, por lo tanto, de alguna manera, el adalid del cristianismo por excelencia. Pero la denuncia estaba llena de juicios personales, hipótesis, afirmaciones tendenciosas. Bien es cierto que habría sido suficiente, pero una confesión sería lo mejor. Y por eso ahora Carafa se encontraba a punto de entrar en la torre, seguido de dos médicos de la universidad, hombres que querían presenciar el riguroso examen para asegurarse de que la prisionera no fuera menoscabada de manera irreversible.

Subieron las escaleras que conducían a la celda del Despertar, destinada a la tortura. A pesar del templado día de primavera, los muros fríos de piedra, los escalones empinados y estrechos, la luz frágil que entraba por las ventanas tan estrechas y profundas que parecían hendiduras… conferían a esa representación compacta del poder inquisitorial el aspecto de una delegación infernal: el cardenal con la sotana púrpura, los médicos con sus túnicas negras, las gorgueras grises, que los asemejaban todavía más a pájaros de mal agüero.

Llegaron a la celda. La puerta abierta.

El maese Villani los esperaba.

La muchacha se encontraba completamente desnuda, con las muñecas sujetas por una cuerda, como si fuera un cuarto de ternera en el gancho del carnicero.

—Todo está listo, Eminencia —dijo el carcelero con el celo y la diligencia que el caso requerían.

Carafa asintió: le gustaba el maese Villani porque siempre estaba ahí puntual, atento, realizaba su trabajo con mimo, calculando los tiempos, sabiendo exactamente cuándo soltar un tramo de cuerda, hasta el momento de poder verter el agua por el embudo sin ahogar a la sospechosa de herejía, cómo esparcir la grasa para que las plantas de los pies se inflamaran produciendo un dolor lancinante, destinado a hacer confesar al prisionero. Denotaba sincera pasión por su trabajo, equilibrio, atención sin que nunca, nunca, la diligencia diera paso al fanatismo. Lo admiraba. Por aquel enfoque científico suyo. Con hombres como Villani, ciertamente podría apuntalar el pontificado. Necesitaba esa lealtad, ese celo, ese respeto por la profesión.

Sonrió.

—Empecemos —dijo. Y, sin esperar más, el maese Villani comenzó a tirar de la cuerda.

66

La pena de un maestro

Pintaría al fresco la capilla de una manera que todos podrían comprender. Si la tumba de Julio II ya era ahora un monumento que, por sus estatuas y por la composición de la luz, demostraba en todos los sentidos su pensamiento, su fe en Dios entendida como una relación directa, sin la intervención de una Iglesia que se había perdido y amenazaba a mujeres como Vittoria o condenaba a otras como a Malasorte, la capilla parva no se quedaba atrás. ¿No habían sido san Pablo y sus palabras las que representaban motivo de repudio? ¿No decía precisamente eso *El Beneficio de Cristo*? Y después, en su *Conversión*, aquella cuya finalización producía a Pablo III tantos desvelos, ignorando a aquellos que realmente sufrían desvelos de veras, se introducirían modificaciones. El papa esperaba un cielo azul, vacío, con únicamente Dios en el centro. Pero Miguel Ángel en cambio lo llenaría de figuras: santos, hombres probos, mujeres justas. Aquellos que podían hablar directamente con Dios sin filtros de ningún tipo, sin mediaciones.

¿No le habían dado total libertad artística? Pues entonces él se la tomaría.

Qué injusta era la vida, pensaba abatido. Golpeaba al más débil, utilizaba a las mujeres, se burlaba de ellas. ¿Cómo podía aceptarlo?

En el fondo de su corazón lloraba con todas las lágrimas que le quedaban.

Porque le habría gustado curar a Vittoria, que había tenido una recaída de su enfermedad, pero no sabía cómo hacerlo. Porque le habría gustado liberar a Malasorte, que se moría todos los días en su celda de Tor di Nona, pero no sabía qué hacer. Porque había intentado rogarle a Pole que regresara, pero ni siquiera podría haberse permitido semejante lujo, no con el Concilio de Trento a las puertas.

¡Y aquí estaba su venganza! La única que podía tomarse. No sería suficiente, lo sabía. El sentimiento de culpa e impotencia lo perseguiría para siempre. Pero al menos intentaría hacer algo concreto. Tenía intención de hablar con el papa, al menos una vez, pero no albergaba ninguna verdadera esperanza. Tan solo quería hacer todo lo que estuviera a su alcance. Señalar que las acusaciones contra Malasorte se basaban en las palabras de una cortesana. Una prostituta honesta, ¡por supuesto! Pero, como quiera que fuera, ¡una mujer que había ganado una posición comerciando con su propio cuerpo! ¿A tal cosa había llegado la Iglesia?

Se echó a reír mientras pintaba la figura de un santo con su mano izquierda. Desde hacía algunos días la derecha le había estado doliendo. Por lo que, para continuar con el trabajo, usaba la otra. Sabía que se estaba arriesgando, especialmente teniendo en cuenta el poder excesivo que Carafa estaba conquistando en la curia, pero lo habían dejado solo y, en el secreto de la capilla, también podría utilizar la mano del diablo, con la que había empezado a trabajar hacía mucho tiempo.

Iba a ampliar la corona de mártires al máximo y de los primeros seguidores de Cristo, que se reunían a su alrededor, contenidos por la procesión de ángeles. Era una forma de reiterar lo que ya había logrado en el *Juicio Final*, pero, sobre todo, de enfatizar aquella voluntad de suplantar la idea de una realidad intermedia entre el hombre y Dios. Era su manera de negar la función de la Iglesia, para estigmatizar su trabajo. No pretendía criticar a la institución como tal, pero ciertamente sí aquello en lo que se había convertido en manos de hombres como Gian Pietro Carafa o Pier Luigi Farnese.

Teología, Filosofía, Poesía y Jurisprudencia lo miraban desde sendas paredes. Rafael había creado una obra extraordinaria. Pese a todo, tenía que admitir que este artista, divertido y despreocupado, casi etéreo, que parecía volar por encima de la vida, estaba dotado de un talento extraordinario. Alzó la mirada, embelesado por la belleza de la bóveda: el escudo de armas de Della Rovere en el centro, los cuatro tronos en los que aparecían sentadas las cuatro virtudes de la cultura humanista, cada una al lado del medallón correspondiente a la pared que se les dedicaba. Se trataba de un despliegue de colores en el que los ojos se perdían: el azul claro del cielo, casi deslumbrante, una fantasmagoría en la que se colocaban las llaves de la familia Della Rovere, el rico oro de los medallones y marcos, el rojo, el violeta, el azul y nuevamente el azul de las túnicas de las cuatro mujeres que representaban las cuatro virtudes de la cultura humanista.

Podría haberse quedado allí, contemplando la bóveda un día entero. Reconocía la gracia de los rasgos, ese gusto sutil y refinado, como si Dios hubiera insuflado su inspiración en colores y formas.

—Y bien, amigo mío, ¿cuál es la razón que os empuja a hacerme hoy una visita?

La larga barba blanca, los ojos vivaces, la mirada inquisitiva: Pablo III tenía curiosidad por comprender qué movía a Miguel Ángel a aquella entrevista inesperada. Lo había recibido en la Estancia de la Signatura porque, aunque no se esforzara demasiado en mostrarlo, sabía que Miguel Ángel tenía una gran estima por Rafael. Prueba de ello era su mirada absorta en la bóveda de aquella habitación. Sin embargo, puso buen cuidado en no expresar agradecimiento.

Ese era un lado de su carácter que no siempre ayudaba a darle crédito. Parecía bastante lógico que los artistas vivieran una rivalidad entre ellos, y Miguel Ángel, desde ese punto de vista, estaba entre los más despiadados, pero Pablo III también sabía que entre él y Rafael siempre había existido una admiración mutua, casi invisible pero presente. Rafael, a decir verdad, no lo había ocultado nunca. Miguel Ángel, por ese carácter suyo gruñón y parco en cumplidos, había dejado escapar pocas veces palabras de estima.

Por eso, sorprenderlo de esa manera, contemplando la bóveda, obviamente admirado, divertía mucho al pontífice. Se guardó bien de hacer alusiones a ello puesto que sabía que sería una mala manera de iniciar una conversación con

Miguel Ángel, que, mirándolo a los ojos, por fin se decidió a responderle.

—Su Santidad, os agradezco que me hayáis recibido. Me disculpo si lo que estoy a punto de deciros puede molestaros de alguna manera, pero no sé con quién más podría hablar.

El pontífice entendió que algo iba mal; esperaba que no fuera nada serio.

—Os pregunto si, con toda honestidad, creéis que es posible que la muchacha encarcelada en Tor di Nona realmente pueda ser la asesina del capitán Corsini. Y, asimismo, si tiene sentido que se pueda definir como una hereje cuando sé con certeza que fue el propio Santo Oficio el que la puso a seguirme los pasos para espiar mis movimientos y los de Vittoria Colonna a causa de algunas relaciones consideradas peligrosas. Me refiero, Su Santidad, al cardenal Reginald Pole, quien, mientras hablamos, está en Trento para defender la causa de nuestra amada Iglesia, investido de autoridad como legado papal, reconocido por vuestra Santidad.

¡Así que aquella era la razón! Sabía que tarde o temprano sucedería. Y ahora tenía que dar cuenta de las decisiones que había tomado. Y se trataba de elecciones irreversibles. Por supuesto, él era el papa, la máxima autoridad en la materia, y era demasiado inusual que Miguel Ángel le hablara de aquella manera. Pero, por otro lado, su amistad se basaba precisamente en eso y, por tanto, Pablo III no podía eludir aquella pregunta ni aunque quisiera. Sabía que había dejado un gran margen de maniobra al cardenal Carafa, pero los hechos hablaban con claridad y las pruebas se presentaban en contra de la muchacha.

—Amigo mío —dijo—, puedo comprender que esto os angustie. Lo creáis o no, el hecho también es infinitamente triste para mí, pero también es cierto que todos los cargos contra la chica son incontrovertibles: las denuncias, el asesinato, las convicciones heréticas probadas por las lecturas…

—¡Pero la denuncia la hace una cortesana! ¿Cómo es posible que la Iglesia de Roma le dé crédito a una mujer así?

—Si os referís a la de Imperia, yo también podría entenderlo y estar de acuerdo con vos. Pero no es la única denuncia presentada.

—¿En serio?

—Es exactamente así. Hay al menos otra bien detallada y puntual. La más importante, a decir verdad.

67

Dejadme partir

A Malasorte le habría gustado mucho poder resistir, pero estaba muy cansada, tanto que si hubiera podido le habría pedido a Dios que la dejara morir de inmediato. ¿De qué habría servido oponerse al dolor, a las preguntas, a la tortura? Sintió su cuerpo ceder bajo los desgarros de la cuerda. Y cuando por fin, molesto por su silencio, Carafa había ordenado la prueba de agua, se preguntaba por qué no hablar, por qué no confesar... incluso aquello que no había hecho, lo que fuera para que se detuvieran.

Era inocente. Ella no había matado a Vittorio Corsini. Pero ¿a alguien realmente le importaba la verdad? ¿O era justamente la verdad aquello de lo que Carafa tenía miedo? Y aunque mintiera para poner fin a aquel suplicio, ¿qué ventaja tendría? Tal vez podría lograr que el dolor cesara, pero entonces ¿qué? ¿Cómo llegaría al cielo? ¿Con qué coraje miraría a la cara al capitán? Y los ojos de Gruñido, ¿cómo se verían? Porque estaba segura de que él también la estaba contemplando desde algún lugar. Él, que no había dudado en que lo hicieran pedazos para defenderla. ¡Cuánta dignidad había en ese perro bravo y fiel! Ni un hombre siquiera de todos los que había en aquella ciudad maldita podría comparársele.

Bueno, uno sí. Miguel Ángel la había visitado. El único. El hombre al que había espiado, del que había contado todo en los últimos dos años a sus enemigos.

Ella no era inocente. Por supuesto que no. Había llevado a cabo acciones de las que podría enorgullecerse muy poco.

Y tal vez ese era el final que se merecía por no haber sabido encontrar una forma honesta de ganarse la vida. Pero lo que más la hacía sufrir era sentirse sola. Lo único que le importaba era poder reunirse con el capitán y con Gruñido en algún lugar de un mundo diferente, mejor, más limpio y justo. Por eso, en vez de luchar contra el dolor, se abandonó a él, lo acogió con todo su ser, lo meció en lo más hondo de ella, hizo de su cuerpo una catedral en la que el mal infligido por los demás era bienvenido.

Así, cuando el agua fría comenzó a llenarle la boca, el cilindro del embudo que le abría los labios, adherido como estaba a su garganta, el líquido que la inundaba, la hinchaba hasta hacerla estallar, mientras la falta de aire la hacía toser, ahí, en aquel preciso momento, Malasorte cerró los ojos, dejándose invadir, como si fuera una playa dispuesta a aceptar la furia de la marea rugiente.

En cierto modo se escindió de sí misma. Ya no le importaba nada. La máxima autoridad del Santo Oficio y su carcelero habrían podido hacer con ella cualquier cosa: lo que de verdad importaba era llegar al otro lado, donde fuera, con la convicción de no haber traicionado a quienes la habían amado. Si lo pensaba bien, eran en realidad pocos, porque es bien cierto que Imperia fue por unos años como una madre para ella, pero luego la vendió a la Inquisición con el único fin de recuperar su dinero y vengarse de su traición. ¿Y qué culpa había tenido ella sino la de perder la cabeza por un hombre bueno y amable? ¿Era esto, entonces, la traición? Ella no lo creía en absoluto.

Y aunque pudiera retroceder en el tiempo, revivir cada momento y elegir entre Imperia y el capitán, no tenía ninguna duda y habría elegido el amor, aquel que la había hecho sentir viva, ardiente como una llama en la noche, fresca y deseada como una rosa en mayo. Y en aquel sentimiento único, maravilloso, ahora se dejaba arrullar, olvidando todo el daño que aquellos hombres habían derramado sobre ella.

Ya casi sentía pena por sus torturadores en aquel momento. Podía imaginar sus caras: la mueca de decepción del cardenal Carafa, la concentración absoluta de maese Villani, el carcelero, el asombro incrédulo de los médicos. Tal vez, llegados a ese punto, cada uno de ellos aguardaba que la tortura terminara, puesto que no conducía a nada. Por crueles que fueran los instintos del inquisidor, tal vez él también, alcanzado ese extremo, estuviera cansado de ver sus labios, esos que antes se habían negado a hablar y ahora ya no podían pronunciar una palabra. Carafa había subestimado el coraje de las mujeres, pensaba Malasorte. Podrían continuar, asimismo, todo el día: ya había comprendido que se dejaría morir pero que no hablaría.

Era su venganza, su manera de hacérselo pagar; no darles satisfacción.

De todos modos, ella ya estaba muerta. Había muerto cuando mataron al capitán.

Había muerto cuando la bala de plomo le partió el pecho a Gruñido.

Había muerto cuando se dio cuenta de que la iban a inculpar.

Y también cuando vio a Miguel Ángel, que quiso salvarla, pero que no supo cómo hacerlo.

68

La última esperanza

El impresor. Tal vez él supiera algo. Al final, después de haber insistido en todos los sentidos, el papa le había revelado el nombre de quien, con su denuncia, había avalado aquel complot. Y ahora Miguel Ángel corría hacia la tienda de Antonio Blado, en Campo de Fiori. Tenía que darse prisa. Cada momento podría ser el último. Mientras, trataba de juntar las piezas de ese rompecabezas; probablemente Malasorte estaba en peligro de muerte.

Cuando escuchó aquel nombre se precipitó fuera de las dependencias papales, fuera del Palacio Apostólico, y corriendo como un viejo loco se dirigió a Campo de Fiori. Decidió no desviarse hacia su casa y recoger a Tizón. Habría perdido un tiempo precioso.

Sintió que le ardía el pecho, le subía un sabor a hierro a la boca… Las piernas, duras como la madera, le dolían, pero trataba de encontrar el modo de no pensar en ello. ¿Qué era aquel dolor, después de todo, comparado con el que sufría Malasorte en ese momento? Pensaba en cómo había cambiado la historia de su vida. Había creído poder ofrecer su propia visión del arte y, quizá a ese respecto, podía haberlo conseguido, pero no había sido capaz de contribuir a pacificar la Iglesia. Para nada. Ponía todo de su parte en lo que hacía, nadie podría afirmar en serio lo contrario: no era como Bramante, que manipulaba a sus interlocutores con la palabra, ni tampoco como Leonardo, que miraba a cualquiera desde las alturas… No había aceptado las imposiciones como tantos de sus compañeros, que, con el fin de complacer y recibir una remuneración, agachaban la cabeza y fingían regocijo. No, realmente no: siempre decía lo que pensaba sin importarle las consecuencias, porque creía que la sinceridad era la mejor manera de cultivar la claridad, la honestidad en los propósitos.

Pero luego se había dado cuenta de que precisamente aquella insoportable ambivalencia iba matando al hombre poco a poco: aquella distancia que separaba la palabra y la acción, aquel pronunciar discursos, redactar bulas, proclamar tesis sin que significaran absolutamente nada, porque lo que determinaba la paz eran las acciones y la voluntad.

La voluntad era lo único que hacía posible el cambio y, en consecuencia, las acciones en ella subyacentes. Pero no había ninguna intención por parte de la curia de cambiar, a pesar de que quería creerlo, a pesar de esperar que cada pontífice fuera más fuerte, más justo, más misericordioso.

Pero no era así. Nunca lo había sido. Nunca lo sería.

Los papas eran hombres y como tales imperfectos, llenos de vicios y provistos de algunas virtudes. Exactamente como él. Exactamente como Malasorte, que, por supuesto se había equivocado, pero que ahora estaba pagando infinitamente más de lo que debería.

El corazón le saltaba en el pecho, pateando como una mula. No tenía la intención de parar, pero sentía que no daría mucho más de sí. A pesar de todo se obligó a correr.

Había llegado a Via dei Cappellari, larga y estrecha, que separaba los distritos de Regola y Parione. La calle estaba oscura a causa de su estrechez, abarrotada de materiales, las tiendas de los sombrereros bordeando la calle, luego algunas casas más elegantes.

Miguel Ángel veía Campo de Fiori al fondo. Tenía que darse prisa. Si tan solo pudiera hacer que el impresor se retractara de su denuncia, confesar que se vio obligado a formularla podría anular el veredicto. Pero antes tenía que llegar. Si fuera necesario, podría echar mano de dinero; a fin de cuentas, era lo único que no le faltaba. Le pagaría al impresor para que cambiara la versión de los hechos.

Ya no conseguía correr. Se limitó a caminar lo más deprisa que pudo.

Cuando, por fin, llegó al Campo de Fiori y localizó la imprenta respiró aliviado. Ahora todo dependía de su habilidad para convencerlo.

Tan pronto como entró, vio un mostrador frente a él. Separaba la entrada al público del taller de impresión. Detrás, Miguel Ángel vio a tiradores y batidores cargando de tinta los tipos de imprenta. Se movían, rápidos y precisos, entre una infinidad de máquinas: desde cajas de impresión hasta prensas y también resmas de papel y tipos móviles esparcidos sobre las mesas. De repente, un hombre de mediana edad apareció detrás del mostrador: tenía el pelo negro, con mechas blancas, manos nudosas y manchadas de tinta, mirada viva gracias a unos brillantes ojos de color castaño oscuro.

—Señor Buonarroti, vos no me conocéis —dijo aquel en tono serio y grave—, pero podéis creer que el mero hecho de que entréis en este negocio es un gran honor para mí.

—¿Me conocéis? —preguntó Miguel Ángel sorprendido mientras trataba de recuperarse de la gran carrera. Luego, sin esperar respuesta, dijo—: Debo ver sin falta al maestro Blado, dueño de la imprenta.

Al escuchar esas palabras, el hombre bajó la mirada.

Miguel Ángel presentía que algo andaba mal. ¿Qué había de malo en su pregunta?

—Perdonadme, señor…

—Ricci, Fabio Ricci —completó el otro.

—Perdonadme si ni siquiera os he saludado…, el caso es que desafortunadamente tengo que hablar con el dueño de la imprenta, el señor Blado.

El otro permaneció con el semblante serio. Entonces, haciendo un gran esfuerzo, dijo:

—Por desgracia, señor Buonarroti, y vos no tenéis idea de cuánto me duele decíroslo, el señor Blado ha muerto.

Miguel Ángel no daba crédito a sus oídos.

—¿Cómo? ¿Qué? —preguntó, impactado por la noticia.

—¡Yo tampoco quería creerlo! Pero cuando lo vi mientras lo sacaban de las aguas del Tíber… —Y Fabio Ricci ya no pudo continuar. La voz se quebró de sincero dolor. Luego prosiguió:

—Dicen que resbaló al río —continuó—, pero yo no lo creo.

Miguel Ángel lo miró fijamente sin saber qué decir o qué hacer.

Todo, por lo tanto, estaba perdido.

69

Campo de Fiori

La plaza estaba repleta de gente. Todos habían querido garantizarse un lugar lo más cercano posible al patíbulo: el pueblo, los nobles y los comerciantes, los artesanos, las putas y los sicarios. Los niños trepaban sobre los hombros de sus padres. Las mujeres charlaban en una cháchara como un zumbido.

Hacía frío, pero los braseros que salpicaban la plaza en tantos globos incandescentes coronaban el Campo de Fiori como si fuera un despeñadero al infierno.

Todos querían ver a la bruja.

Carafa se mostraba satisfecho con el resultado: aquello servía como un rito para las masas, una ejecución purificadora, capaz de insinuar terror en la ciudad y amonestar al pueblo para que no cediera al señuelo de la herejía.

La Iglesia tenía que afirmarse y consolidar su propio poder y papel. Demasiadas veces habían sido cuestionados. A modo de interrogante ahí estaba el cadáver del capitán Corsini, por supuesto, pero también la corriente intransigente de la curia que, una vez alejados los irénicos en el Concilio de Trento donde se iban a empeñar en buscar una composición que nunca habrían encontrado con los protestantes —Carafa estaba seguro de ello—, podía aprovechar la oportunidad para ganar terreno. Y no solo eso. La suerte parecía sonreírle aún más últimamente, ya que Pietro Paolo Parisio, inquisidor del Consejo General del Santo Oficio, que pertenecía a la corriente irénica, no gozaba de buena salud en esos días. Con un poco de suerte Pablo III lo sustituiría y Carafa tenía toda la intención de lograr un fortalecimiento de la posición intransigente dentro de la institución.

Aquella tarde, en efecto, Parisio no estuvo presente. La competencia de la ejecución recayó naturalmente en el brazo secular, y de hecho era el nuevo capitán de la guardia inquisitorial quien habría de presidirla, pero tanto Carafa como Mercurio Caffarelli sabían que, con todo respeto a las cuestiones formales, era el cardenal quien condenaba a Malasorte a la hoguera.

También por esa razón había pedido que quien se ocupara de la ejecución fuera su hombre de mayor confianza: el maese Villani.

El maese Villani estaba tenso como nunca se le había visto antes. Tal vez alguno de sus antepasados, cuando se había quemado en ese mismo lugar a la bruja Finnicella, hubiera experimentado la misma sensación. Una ejecución de este tipo requería una preparación meticulosa y puntual, se debía tener en cuenta cada detalle. La madera tenía que estar seca, la estaca a la que había que atar a la bruja debía ser robusta y considerable, la pila de troncos, maderas más delgadas y paja, había que prepararla con sumo cuidado. Había empapado el trapo en aceite y el atizador parecía tan solo aguardar a su mano.

Sus ayudantes llevarían a la hereje a la tarima, entre las dos alas de la multitud.

La plaza era un cuenco infernal. La tarde gris y el frío de febrero estaban salpicados por los fuegos de los braseros, las tiendas del mercado habían cedido el paso a la coreografía lóbrega de la ejecución.

Vio a los cuatro inquisidores generales sentados en los bancos del palco de madera que había preparado personalmente, construyéndolo día a día, cortando los abetos y ensamblándolos con sus ayudantes. Había elegido una madera maciza y con un perfume intenso porque quería que el cardenal Carafa no tuviera que sufrir demasiado a causa de las exhalaciones mefíticas que desprenderían las carnes de la bruja mientras era quemada viva.

Inhaló el aire frío. Había una pureza en aquel momento que pronto se perdería. El maese Villani se colocó bien la capucha de cuero sobre la cabeza. El cardenal Carafa ese día lo había querido como verdugo. No era su trabajo. Pero, como carcelero jefe en Tor di Nona, sabía bien lo que tenía que hacer. Llevaba dos días repitiendo mentalmente las operaciones que le esperaban. Se sentía preparado. Ahora solo faltaba la hereje.

Miguel Ángel contemplaba a hombres y mujeres cantar alabanzas ante la hoguera. Querían que la bruja muriera. Lo deseaban como si de ello dependiera el futuro de Roma. No sabían nada de la vida de Malasorte, no conocían ni su nombre y quizá por ello, muy probablemente, estaban dispuestos a verla arder.

Desde hacía algún tiempo se había sentido como un fracasado. Esa historia no solo lo había espantado: lo había doblegado. La estrella del cardenal Carafa iba en ascenso y nadie, ni siquiera él, podía evitarlo. Aquella mañana fue a visitar a Vittoria en el monasterio de Santa Ana y la había visto débil y cansada. La enfermedad la consumía. A duras penas caminaba. Le habría gustado mucho poder acompañarlo ese día, pero él no lo había permitido. Tenía que descansar. Se exigía demasiado, le había dicho él, jurando que iría a verla al día siguiente y al siguiente. Ahora ella era la única amiga que le quedaba.

Percibía que su mundo se hacía añicos. Y, en ciertos aspectos, le resultaba muy claro el sentimiento de querer morir. ¿Qué estaba haciendo allí, en una ciudad que ya no entendía, en un mundo que lo había rechazado, que celebraba su arte, pero no pretendía escucharlo? Como si sus obras, las esculturas, los frescos, los dibujos… fueran diferentes a él. ¿De qué servía ser celebrado si su propia voluntad importaba tan poco? Aunque, si lo pensaba bien, ¿acaso no había sido siempre así? ¿No había sido esa, después de todo, la razón por la que había evitado por todos los medios apegarse a la vida? Se había dedicado en cuerpo y alma única y exclusivamente al arte justo para no tener que sufrir, para no padecer las desilusiones que el amor le había causado siempre. Siempre. Por no mencionar que esculpir una estatua, pintar un fresco en una bóveda, una pared, diseñar una plaza o un palacio, eran obras que lo absorbían por completo, le quitaban todo y, simultáneamente, todo se lo daban.

Y, sin embargo, no había sido así en los últimos tiempos. O, mejor dicho, no únicamente así. Vittoria primero y luego Malasorte habían quebrado ese sistema perfecto, creado para aislarlo en un mundo diferente, que solo le pertenecía a él.

Por todo ello fue que, cuando vio a Malasorte en la carreta, envuelta en su ropa hecha jirones, reducida a piel y huesos, con su cabello negro cayendo hacia delante, con las manos entrelazadas con grilletes a la espalda, de rodillas, cubierta por el escarnio y los escupitajos de la multitud que gritaba cegada por las ansias de muerte y violencia, Miguel Ángel no pudo contener las lágrimas.

Y mientras la multitud se abría al paso del carro tirado por una mula gris y cansada se clavó sus propias uñas en las palmas de las manos. Se mordió los labios hasta hacerlos sangrar. Pero aun así no era suficiente. Nunca sería suficiente. Porque sabía que había tratado de hacer cuanto pudo sin conseguir evitar la hoguera. Y, pese a ello, sentía que debería haberlo dado todo de sí, incluso la vida si hubiera sido necesario.

Y no lo había hecho.

Era un perdedor. Exactamente como Roma, que miraba desde la altura del cielo hacia los palacios de los papas, los puentes, los arcos y las columnas, las maravillas erigidas por quienes eran como él: los artistas. Y mientras estaban ocupados llenando la ciudad de belleza, el miedo crecía, alimentado por el ansia de poder, justamente porque alguien se había atrevido a matar al capitán de la guardia inquisitorial del Santo Oficio y se había escabullido entre los pliegues del mal, a la sombra de las cúpulas. Y ahora era necesario encontrar un culpable, no importaba quién. Cuanto más débil e indefensa fuera la víctima, mejor resultaría para todos.

Y Malasorte era la víctima perfecta. Y el verdugo. Y la bruja. En una sola ejecución perversa, Roma procedía a la limpieza de sus miedos. Los alejaba, al menos por un tiempo. Hasta el próximo carnaval de muerte, hasta la próxima hoguera. Miró al frente: el verdugo le había quitado los grilletes a Malasorte. Recogiendo un cuchillo con una hoja larga y reluciente, había cortado sus ropas andrajosas y la había desnudado. Miguel Ángel vio la piel blanca, salpicada de magulladuras azuladas. No había sangre externamente. El dolor había quedado encerrado en el cuerpo, como predicaba la Inquisición. Pero debían de haberla golpeado tan fuerte que, a pesar de todo, lo que había sucedido se percibía con toda claridad.

A la vista de aquella joven que estaba siendo destruida, pensó que se iba a volver loco, pero fue justo cuando Malasorte llegó a ser expuesta en toda su desnudez cuando la multitud rugió más fuerte. Las manos se levantaron, acercándose como si quisieran tocarla, maldecirla, vomitarle encima todo el odio y el miedo que sobrevolaban solapándose en una mezcla peligrosa y explosiva. La mezcla que necesitaba Gian Pietro Carafa. Y Miguel Ángel lo sabía. Y se odiaba por no haber sabido impedir todo lo que tenía lugar ante sus ojos.

El verdugo tiró de la muchacha.

La llevó al patíbulo y la ató al poste de madera. Malasorte ni siquiera tuvo fuerzas para resistir. Los ayudantes, mientras tanto, dispusieron una especie de cabaña de palos alrededor de la muchacha y, a sus pies, los troncos, la paja y las ramitas, trozos delgados de madera, mojados con aceite, que pronto se inflamarían.

La multitud rugió su aprobación. A los ojos de Miguel

Ángel la imagen parecía girar como un carrusel enloquecido: los gritos, los insultos, los escupitajos, las maldiciones, los brazos en alto, los ojos inyectados en sangre, las bocas deformadas por el rencor y los cuerpos que se apretujaban unos contra otros, amontonados en una marea humana, en un solo racimo de carne que se encaramaba en la plaza, hinchándose como un solo organismo repugnante.

El verdugo agarró el atizador y apretó entre las dos tenazas de hierro el trapo empapado en aceite. Luego, sin dudarlo, lo acercó a la leña y le prendió fuego. La paja y las delgadas ramitas comenzaron a arder a la velocidad del rayo. Después de un rato, una llama alta envolvió toda la pirámide de madera y de allí se iba extendiendo majestuosa y terrible hasta devorar las piernas y caderas de Malasorte.

Miguel Ángel nunca había oído gritar así. Era un sonido ensordecedor que reventaba los oídos, que les recordaba a todos la injusticia de un dolor inhumano y monstruoso. Cuando la muchacha aulló de esa manera lancinante, pareció agarrarse al corazón de la multitud y luego hacerlo pedazos. Todos se quedaron en silencio y, de repente, un manto de vergüenza y silencio borró el arrogante atrevimiento de los espectadores.

El único que mantenía la mirada fija en la estaca, observando las llamas que, crepitantes, se retorcían como lenguas infernales en torno a Malasorte, era el cardenal Carafa. Atravesaba su semblante una expresión complacida. Miguel Ángel nunca olvidaría esa mirada. Cuando el olor a carne quemada llenó el aire, el inquisidor se llevó el *pomander* a la cara para aspirar los aromas de alcanfor, como si estuviera molesto por aquellos inconvenientes.

Los gritos de Malasorte habían dejado de ser humanos y ella no era más que un pedazo de carne negra y rugiente que se retorcía entre las llamas de sangre.

El silencio devoraba la plaza como una fiera. Los hombres y mujeres ya no hablaban. Tenían los ojos de vidrio, las bocas selladas, máscaras de terror en el lugar de la cara.

No olvidarían aquel espectáculo obsceno.

Se aferrarían a la Iglesia de Roma por miedo a terminar de esa manera. Y el cardenal Carafa lo sabía.

Siempre lo había sabido.

INVIERNO
DE 1546-1547

70

La carta de Reginald Pole

Habría preferido no haber recibido jamás la carta que el Urbino le entregó aquel día, pero las malas noticias solían llegar siempre todas juntas. Había ido a ver a Vittoria por la mañana y la había visto con tanto sufrimiento que casi anhelaba que muriera pronto. Era horrible incluso hasta pensar en ello, pero eso era exactamente lo que ella deseaba.

No podía soportar verla en semejante estado: pálida, sin fuerzas…, un fantasma. Hablaba con dificultad. Apenas podía mantenerse sentada. La situación había empeorado gradualmente en ese último año y medio. Desde que Malasorte había sido quemada viva en la hoguera, una maldición parecía haberse abatido sobre todos aquellos a quienes amaba.

Les había prometido a las monjas que volvería al día siguiente.

Sacudiendo la cabeza, abrió la carta que llevaba el sello del cardenal Pole y leyó sus palabras.

Mi querido Miguel Ángel:

Escribo esta carta, consciente de la amargura que, inevitablemente, traerá a vuestra jornada. Antes de cualquier otra declaración, os pido que abracéis a la marquesa de Pescara, Vittoria Colonna, a quien considero mi madre por su infinita paciencia y la gracia que siempre me ha prodigado con gran generosidad. Conozco su enfermedad y no hay día que no rece por ella.

Esperando poder verla pronto y confiando en el Señor para que ella encuentre el camino a la recuperación, vuelvo a vos y a lo que os dije respecto a vuestra amargura causada por la mía.

La razón es obvia: en el Concilio de Trento, en los últimos meses, la situación ha empeorado. En particular aquellos que, como vos y yo, siempre han tratado de llegar a un entendimiento con los protestantes, con el propósito de sanar la fractura interna de la Iglesia, han perdido. Hasta el punto de que justo en estos días he decidido renunciar al Concilio al no ver posibilidad alguna de encontrar una vía razonable de conducta.

Sin entrar en detalles, puedo deciros que las tesis que defienden el valor de las obras tanto como el de la fe frente a la tesis protestante de la salvación por la fe sola, han prevalecido con creces, del mismo modo que ha triunfado el dogma que prevé el valor objetivo de los siete sacramentos. Y lo mismo os podría decir del reconocimiento de la versión latina como la única versión de la Biblia.

A pesar de mis esfuerzos y los del cardenal Morone, ha continuado afirmándose la posición de aquellos que han optado por una ruptura abierta con las tesis de Lutero, oponiéndose a todas las opiniones que optaban por un camino intermedio. Y el asunto no se limita solo a eso: el Concilio decretará la victoria y la proclamación de los verdaderos dogmas capitales: el de la justificación y el de la revelación. Al hacerlo, los intransigentes abren una distancia infranqueable entre la Iglesia católica y la protestante, de manera que toda posición conciliadora resulta del todo inadmisible y es considerada directamente herética. Este puñado de hombres poderosísimos pretende disciplinar al clero de conventos y parroquias para excluir de cualquier forma posible intereses personales, homologando a las personas y subordinándolas de manera estricta a la jerarquía. Luego quieren catequizar a los predicadores, dictándoles temas y métodos de tratamiento, para vincularlos a formalismos teológicos precisos. Pretenden ejercer un control cada vez más estricto sobre obispos e inquisidores locales, para que la herejía sea castigada con la única herramienta posible: el fuego.

Tened en cuenta que, en paralelo a estos principios, que están encontrando una aceptación extraordinaria en el Concilio de Trento, existe una segunda fuerza que se afianza con rapidez en Europa y también en Italia.

Me refiero en concreto a la Compañía de Jesús, fundada por Ignacio de Loyola, que, como bien podéis comprender, es una orden religiosa de carácter internacional de inspiración militar. De alguna manera, los que pertenecen a ella se consideran soldados de Cristo y obedecen únicamente al papa. Una entrega semejante está claramente ligada a la personalidad de Loyola, que, antes de tomar sus votos, había emprendido la carrera militar como caballero armado, durante la cual conoció y puso en práctica una disciplina férrea.

La orden de los jesuitas está encontrando considerable favor por parte del papa y, de alguna manera, se está convirtiendo en el elemento complementario ideal de la corriente intransigente de la curia.

Por estas razones os digo que posiciones como la nuestra, que siempre han tratado de encontrar un camino conciliador, hoy están mal vistas, hasta el punto de ser acusados de nicodemismo, de modo que aquellos que se entregan a tales actitudes son considerados como quienes en público se muestran como católicos, participando en funciones religiosas, pero que en privado practican la herejía. En otras palabras, idólatras y, en última instancia, herejes.

No hace falta decir que, desde hace algún tiempo, he entrado a formar parte de las filas de los enemigos de la Iglesia. Y aunque el papa sigue teniendo cierta confianza en mi persona, mis enemigos no ven el momento de derribarme. Así que esta carta es para deciros que os mantengáis tan alejado de mí como os sea posible.

Afortunadamente para mí, el cargo de legado papal que ocupaba hasta hace unos días me ha garantizado las protecciones necesarias, pero tuve que aducir una enfermedad repentina para poder alejarme del Concilio, sabiendo muy bien que ya no podré regresar.

Como bien decía, no habrá ninguna ventaja en intentar seguir viéndome, por eso os recomiendo, por vuestro propio bien y por el de Vittoria, que no tratéis de poneros en contacto conmigo. Seré yo quien lo haga lo antes posible.

Para terminar, os agradezco vuestro maravilloso regalo que, en su momento, Vittoria me hizo llegar. La pintura es simplemente extraordinaria. Pensad que el cardenal Hércules Gonzaga me pidió poder hacer una copia para Julio Romano pero, como bien comprenderéis, ahora más que nunca evitaré tales intercambios.

Junto con mi agradecimiento, y de nuevo con las discul-

pas por las noticias que os comunico en la presente, os ofrez-
co mi más afectuoso y sincero saludo.

Vuestro,

Reginald Pole

Miguel Ángel no creía lo que acababa de leer. Gian Pietro Carafa tenía la curia, cada vez más, en su puño y, al hacerlo, se disponía a dar el golpe fatal a Pole, Morone y a todos aquellos que, a partir de ese momento, habían caído
bajo sospecha de herejía.

Así que esa era la perspectiva. Esconderse. Fingir no
tomar partido. Prestar atención. Sabía que tenía en el papa
a un amigo. Pero ¿cuánto tiempo duraría su inviolabili-
dad? ¿Tenía que esperar que Pablo III viviera el mayor
tiempo posible? Quizá sí, dado todo lo que estaba pasando.
¿Y luego?

Por el momento no se sentía tocado personalmente por
aquella tormenta que parecía anunciada para todos menos
para él. En aquellos últimos meses el papa lo había nombrado, a pesar de sus reiteradas negativas, arquitecto de la Fá-
brica de San Pedro. Por supuesto, se trataba más de una desgracia que de un honor, a juzgar por lo que les había pasado
a todos aquellos que le habían precedido, por no hablar de
que, en el umbral de los setenta años, se sentía demasiado
viejo para ese trabajo. ¡Eso, sumado al proyecto de la plaza
del Campidoglio! Y, sin embargo, todas ellas eran demos-
traciones claras de que el papa tenía plena fe en él y de que
estaba dispuesto a protegerlo.

Se avergonzaba de su mezquindad. En un momento como
aquel, después de lo ocurrido con Malasorte y tras la enfer-

medad de Vittoria, que corría el riesgo de llevarla a la tumba, su instinto lo llevaba una vez más a cuestionar su propio destino, a cultivar un sentido de autopreservación que sonaba grotesco.

Se levantó y arrojó la carta en el fuego de la chimenea. Las llamas devoraron el papel. Los folios se enrollaron en una espiral negra, desvaneciéndose pronto.

Quizá, después de todo, era cierto: a medida que envejecía cada vez se volvía más cobarde, pareciéndose demasiado a Nicodemo, quien, según el Evangelio de Lucas, escuchaba los sermones de Jesús de noche, para profesar como fariseo de día.

71

Muerte de Vittoria Colonna

Vittoria lo miraba con ojos brillantes.

—Vaya —dijo—. También habéis venido hoy.

—Os lo había prometido.

La marquesa de Pescara asintió. Entonces la acometió un acceso de tos. Pareció partirla en dos. Se inclinó hacia delante, con la espalda sacudida y temblando, descargas iracundas, una tras otra, como herrumbrosas puñaladas.

Miguel Ángel se acercó para ayudarla. Vittoria se aferró a él. Lo miró con ojos suplicantes:

—Por favor, llevadme fuera de aquí, quiero ver el claustro.

Él trató de oponerse, pero ella le apretó el brazo con una fuerza sorprendente.

—Os lo prometo —agregó—. Será la última vez.

Esas palabras perforaron sus carnes. Asintió. Y la amargura dio una dentellada en su corazón, ya que se había dado cuenta de que Vittoria estaba a punto de morir.

La tomó en sus brazos y la levantó, abrazándola fuerte, como si fuera un pajarito con las alas rotas.

Salió. Recorrió el pasillo hasta llegar a la puerta que daba al claustro. Cuando los ojos se encontraron con la luz de aquella mañana de febrero, Vittoria se quedó cegada.

—Qué hermoso —dijo—. Por un momento me siento de vuelta a aquellos días en los Alpes Apuanos. ¿Los recordáis?

—¿Cómo podría olvidarlos? —respondió con un hilo de voz.

—Gracias por aquel espléndido regalo —continuó—. Fueron mucho más bellos de lo que yo consigo recordar y serán tanto más preciosos para mí en este último viaje mío…

—Vittoria, por favor, no digáis eso —susurró.

Pero ella colocó un dedo índice en su boca, como había hecho tantas veces.

—Os lo ruego, Miguel Ángel. Escuchadme… Escuchad lo que tengo que deciros, ya que el tiempo apremia y yo soy…, yo soy aquella que más ha tratado de amaros, tal vez no lo suficiente, pero ciertamente con toda la fuerza con la que este pobre corazón mío era capaz. Todavía rememoro aquel gesto vuestro, cuando cansado y aún no satisfecho, os secabais la frente mientras os consumíais ante el mármol y los colores. Rememoro de nuevo los días de Viterbo, vuestros maravillosos dibujos, que mantengo siempre cerca de mí porque con solo mirarlos me siento renacer, y me viene a la mente aquel momento de dicha infinita en el claustro de Santa Catalina, cuando os di la copa veneciana para proteger vuestros ojos.

Miguel Ángel contuvo las lágrimas. No quería mostrarse triste. Si tenía que suceder, entonces Vittoria merecía irse de este mundo con una sonrisa en los ojos.

—Si hoy todavía soy capaz de trabajar se lo debo a eso,

a vuestra generosidad, siempre dispuesta a captar las necesidades de los demás y nunca de vos misma. ¡Qué ejemplo habéis sido siempre para mí, Vittoria! Y yo, sin embargo, he fallado una vez más, ya que no os he dado lo suficiente, no había comprendido la naturaleza profunda de vuestro amor o, tal vez, precisamente porque así era, lo escondí dentro de mí mismo para protegerme, de puro cobarde que soy.

—No, no —dijo en un soplo de amor ligero—. No tenéis ni que decirlo. ¡Nadie me ha amado como vos! Vos, que me habéis comprendido, protegido, escuchado. Vos, Miguel Ángel, que me habéis devuelto la esperanza y habéis sido mi amigo cuando para los demás yo no era más que la hermana de un traidor…, que me habéis entregado vuestro corazón a modo de regalo a través de vuestro arte, que es lo más infinitamente hermoso que Dios y la Tierra puedan celebrar.

—Vittoria…

—Mirad el sol, Miguel Ángel, miradlo y decidme qué veis.

—Veo vuestro rostro, Vittoria, la luz que siempre derrama vuestra mirada tan atenta, apasionada, intensa. —Y mientras lo decía le acariciaba la mejilla, sosteniéndola entre sus brazos y, luego, colocó suavemente sus labios sobre los suyos.

Los sintió fríos. Como pétalos de corolas nocturnas apenas florecidas. Como gemas de hielo transparentes. Como el aire de aquel mes de febrero tan puro y lleno de luz.

Y entonces lo comprendió: Vittoria, su Vittoria, estaba muerta. Ya nunca volvería. La estrechó entre sus brazos mientras las lágrimas le caían en el silencio del claustro desierto.

72

Plaza del Campidoglio

El viento invernal ululaba entre los grandes edificios que lo rodeaban. Una lluvia fina y fría golpeaba rítmicamente sobre las piedras. Miguel Ángel miraba la estatua de bronce de Marco Aurelio: fue él quien exigió que fuera trasladada de San Juan de Letrán, donde estaba custodiada, y colocada en el centro de la plaza del Campidoglio. Al hacerlo, la había transformado en el pivote arquitectónico de todo aquel espacio. Él personalmente había esculpido el pedestal en mármol que servía de base al monumento ecuestre. Miró el Aracoeli y el monte Caprino, el monte del Capitolio, así llamado porque hasta hacía poco los pastores llevaban allí a pastar cabras y ovejas. Precisamente por eso el papa le había pedido que imaginara la plaza *ex novo*, para devolverle su pasado esplendor, cuando en la época del Imperio romano, dos mil años antes, había sido la sede del templo de Júpiter Capitolino, destino final de las ceremonias triunfales, dedicadas a los generales victoriosos.

Solo él, decía Pablo III, podría culminar con éxito una empresa tan titánica.

Dado que la plaza estaba ubicada en el hueco entre las dos cimas del Campidoglio, el Aracoeli y el Capitolino, Miguel Ángel había debido tener en cuenta las diferencias de altura. Por lo tanto, había diseñado dos escaleras opuestas y casi perfectamente simétricas que, aprovechando otro desnivel, situaba en una cota idéntica e ideal los tres puntos focales considerados principales: la parte superior de los escalones del palacio del Senado y los de los dos niveles que él iba a hacer ejecutar. Justamente el palacio del Senado habría tenido una nueva fachada monumental, que ya no estaría orientada al Foro Romano, sino que miraría hacia San Pedro.

La había diseñado con pilastras gigantes y una escalera formidable hasta la planta principal. Tenía la intención de insertar una fuente de agua clara y tres estatuas. En posición heráldica las de los ríos: el Nilo y el Tíber, que se encuentran al pie del palacio de los Conservadores; en el centro, sin embargo, el antiguo monumento a la diosa Minerva sentada. Daría una nueva logia al palacio de los Conservadores, lo haría aún más elegante gracias a un orden de columnas corintias. Puesto que esto último difería ligeramente, por posición, respecto a la línea ideal trazada desde el centro del edificio del Senado con la estatua de bronce de Marco Aurelio, había decidido hacer construir un edificio gemelo, que llevaría por nombre Palacio Nuevo, de modo que completase un plano trapezoidal capaz de garantizar la simetría que él había imaginado. De esa manera podría cerrar la plaza, excluyendo la iglesia de Santa María de Aracoeli. Para el pavimento habría creado un juego de elipses entrelazadas, de modo que iluminaran desde abajo la cohesión obtenida con dibujos aéreos e hipnóticos a la vez. Había escogido esa forma particular no únicamente por razones arquitectónicas y decorativas, sino también porque simbolizaba el ombligo del mundo: de esa manera podría celebrar la sacralidad de un lugar único para los romanos y, antes que ellos, para los etruscos y, al resolverlo así, lograba reconectar, al menos de forma ideal, la Ciudad Eterna a sus raíces más profundas en el tiempo y en el espacio. Se quedó escuchando el viento que no dejaba de aullar entre los palacios: parecía llevar consigo las voces de quienes habían alabado a cónsules y generales, emperadores y papas.

Luego, por un momento, se hizo un silencio. Y, en esa ausencia, Miguel Ángel se reencontró con sus recuerdos. Y junto con ellos, con la voluntad.

Le habían quitado a Malasorte. Habían perseguido a Vittoria. No le arrebatarían también Roma. Pelearía hasta el final por ella, por esa ciudad magnífica y herida, envuelta en el esplendor del arte, pero desgarrada por la codicia del poder, celebrada en poemas y chantajeada por cálculos políticos, muerta cien veces, pero siempre resucitada en la gloria del tiempo, en la historia, en la memoria de las generaciones.

—*Per aspera ad astra** —se dijo.

Pasó junto a la estatua de Marco Aurelio, hasta llegar al extremo de la plaza. Allí mismo construiría una escalera monumental que podría conducir desde San Pedro directamente al palacio del Senado.

Finalmente miró bajo sus pies: vio Roma.

---

* Frase latina que significa «Por el sendero áspero, a las estrellas» o, lo que es igual, «Desde el esfuerzo, al triunfo». *(N. de la T.)*.

Nota del autor

La herejía de Miguel Ángel ha sido, con mucho, la novela más difícil que haya escrito nunca. Antes de empezarla, simplemente estaba aterrorizado. Mientras la escribía, el miedo jamás me ha abandonado. Los temas que iba a tocar eran de absoluta dificultad y el protagonista de la novela es quizá el artista más increíble, controvertido, sufrido y atormentado de toda la historia del arte. Por no entrar en el detalle de que esta novela iba a tener que afrontar, de alguna manera, la figura del paladín de la Iglesia cristiana desde una perspectiva completamente nueva, distinta, tratando de entender y describir sobre el papel todo el sufrimiento y la amargura que tuvo que albergar en su corazón en el periodo en que se vio obligado a terminar la tumba de Julio II, lo que él mismo no dudó en definir como «La tragedia de mi vida». Esta perspectiva parte de tesis precisas, propuestas por una particular corriente de crítica de arte que responde a los nombres de Antonio Forcellino, Adriano Prosperi y Maria Forcellino. Mi novela se erige, con toda la humildad del caso, en surco de esta investigación, que realza la pertenencia de Miguel

Ángel a la llamada «secta» de los Espirituales, a la *Ecclesia Viterbiensis* de Reginald Pole, y sugiere cómo la última parte de la producción del maestro debe leerse a la luz de dicha pertenencia. La obra de los eruditos citados fue, por lo tanto, el primer faro de esta novela.

Por lo que respecta a Antonio Forcellino, responsable de la reciente restauración de la tumba de Julio II y máxima autoridad en el asunto, cito entre sus obras más significativas: *Michelangelo, una vita inquieta* (*Miguel Ángel, una vida inquieta*), Bari-Roma 2005; *1545, gli ultimi giorni del Rinascimento* (*1545, los últimos días del Renacimiento*), Bari-Roma 2008 y, por último, *La pietà ritrovata. Storia di un capolavoro* (*La piedad reencontrada. Historia de una obra maestra*), Florencia 2010.

En cuanto a Adriano Prosperi —profesor emérito de Historia Moderna en la Escuela Normal Superior de Pisa—, no podemos dejar de mencionar su fundamental *Introducción* contenida en Antonio Forcellino, *Michelangelo, storia di una passione eretica* (*Miguel Ángel, historia de una pasión herética*), Turín 2002. En términos más generales, también recordaré *Il concilio di Trento, una introduzione storica* (*El Concilio de Trento, una introducción histórica*), Turín 2001.

Finalmente, de Maria Forcellino, investigadora y docente universitaria, menciono el imprescindible *Michelangelo, Vittoria Colonna e gli «Spirituali». Religiosità e vita artistica a Roma (1540-1550)* (*Miguel Ángel, Vittoria Colonna y los «Espirituales». Religiosidad y vida artística en Roma (1540-1550)*), Roma 2009.

Por todo ello nunca como en esta ocasión el estudio ha sido tan fundamental. Obviamente, para captar mejor el pensamiento del gran artista he leído y releído sus cartas y sus poemas, recientemente reeditados en una colección sumamente precisa y cuidada: *Michelangelo Buonarroti, Rime e Lettere* (*Miguel Ángel Buonarroti, Rimas y Cartas*), editada por Antonio Corsaro y Giorgio Masi, Milán 2016. Esto es así porque, seamos sinceros, no hay nada comparable a la voz del protagonista de la historia que se está intentando contar.

Con el fin de disipar las dudas, confieso enseguida que los textos de referencia han sido muchos. Ante todo, los clásicos de Giorgio Vasari, *Le vite dei più eccellenti pittori, scultori e architetti* (*Las vidas de los más excelentes pintores, escultores y arquitectos*), Roma 2015, y Ascanio Condivi, *Vita di Michelangelo Buonarroti* (*Vida de Miguel Ángel Buonarroti*), Milán 1965. Les sigue, además: Charles de Tolnay, *Michelangiolo*, Florencia 1951. A estos tres textos fundamentales se les suma una gran variedad de escritos. Entre estos tengo la intención de citar de inmediato la colección, en dos volúmenes, de ensayos firmada por Charles de Tolnay, Umberto Baldini, Roberto Salvini, Guglielmo de Angelis d'Ossat, Luciano Berti, Eugenio Garin, Enzo Noè Girardi, Giovanni Nencioni, Francesco de Feo, Peter Meller, con introducción de Mario Selmi, *Michelangelo. Artista, pensatore, scrittore* (*Miguel Ángel. Artista, pensador, escritor*), Novara 1965; Michael Hirst, *Michelangelo, i disegni* (*Miguel Ángel, sus dibujos*), Turín 1991. Asimismo, consulté: Frank Zöllner, *Michelangelo. L'opera completa* (*Miguel Ángel. Obra completa*), edición ilustrada, Colonia 2013; Bruno Nardini, *Michelangelo. Biografia di un genio* (*Miguel Ángel. Biografía de un genio*), Florencia 2013; Costantino d'Orazio,

Michelangelo. Io sono fuoco (*Miguel Ángel. Yo soy fuego*), Florencia 2016; Giulio Busi, *Michelangelo: mito e solitudine del Rinascimento* (*Miguel Ángel: mito y soledad del Renacimiento*), Milán 2017.

También para el personaje de Vittoria Colonna recurrí a textos autografiados, iniciándome con *Vittoria Colonna, Rime* (*Vittoria Colonna, Rimas*), Bari 1982. A esto se suman más tarde Maria Serena Sapegno (editada por), *Al crocevia della Storia. Poesia, religione e politica in Vittoria Colonna* (*En la encrucijada de Historia. Poesía, religión y política en Vittoria Colonna*), Roma 2016; Augusto Galassi, *Michelangelo e Vittoria Colonna. Un amore nella Roma rinascimentale* (*Miguel Ángel y Vittoria Colonna. Un amor en la Roma renacentista*), Roma 2011.

La complejidad de un tema como la fundamentación y los procedimientos del Santo Oficio o Inquisición romana requería algún tipo de estudio aparte; son muchos y variados los problemas, las dinámicas de poder, las cifras a tener en cuenta, sobre todo porque todo ello había que ponerlo en relación con las instancias derivadas de los aires de «rebelión» de la Reforma protestante. De ahí una avalancha de monografías. Entre ellas: Christopher F. Black, *Storia dell'Inquisizone in Italia: tribunali, eretici, censura* (*Historia de la Inquisición en Italia: tribunales, herejes, censura*), Roma 2013; Andrea Vanni, *«Fare diligente inquisitione»: Gian Pietro Carafa e le origini dei chierici regolari teatini* (*«Hacer inquisición diligente»: Gian Pietro Carafa y los orígenes de los clérigos regulares teatinos*), Roma 2013; Irene Fosi, *Convertire lo straniero: forestieri e inquisitori a Roma in età moderna. (La corte dei papi)*, (*Convertir al extranjero:*

forasteros e inquisidores en Roma en la era moderna. (La corte de los papas), Roma 2013; Massimo Firpo, *La presa di potere dell'Inquisizione Romana: 1550-1553 (La toma de poder de la Inquisición romana: 1550-1553)*, Bari 2014; Ángela Santangelo Cordani, *«La pura verità». Processi antiereticali e inquisizione romana fra Cinque e Seicento («La pura verdad». Procesos antiheréticos y la inquisición romana entre los siglos XVI y XVII)*, Milán 2017; Claudio Rendina, *Storia segreta della Santa Inquisizione (Historia Secreta de la Santa Inquisición)*, Roma 2014.

Un hecho que me impactó de manera particular y que luego consideré apropiado transformar e insertar en la trama de la novela es el asesinato de un capitán de la guardia inquisitorial, aquel que en Roma llevaba por nombre *Bargello*. En concreto, surge con claridad del escrito de Peter Blastenreste, *Kriminalität in Rom 1560-1585 (Criminalidad en Roma 1560-1585)*, Bibliothek des Deutschen Historischen Instituts in Rom, Band 82/ Biblioteca del Instituto Histórico Alemán en Roma, Volumen 82, Berlín 2016, que lo convierte en un relato detallado y terrible pero absolutamente cierto y por ello aún más inquietante. En este sentido, y también para despejar el terreno de las dudas, especifico que el personaje del capitán Vittorio Corsini se coloca al frente de una de las compañías de la guardia inquisitorial de la ciudad, que se encargaba de la protección y defensa del Santo Oficio y que actuaba como una especie de brazo policial armado al servicio de la Inquisición romana, por encargo de Pablo III y al frente de la cual habían puesto al cardenal Gian Pietro Carafa. La guardia inquisitorial era, por lo demás, una fuerza dependiente del gobernador de Roma.

Nombrado directamente por el pontífice cada dos años, este último ostentaba tres cargos diferentes en su persona: el de juez ordinario, jefe de policía y vicecamarlengo de la Cámara apostólica. El tribunal presidido por él juzgaba en materias civiles y penales. El *Bargello* era el capitán del Cuerpo de la guardia inquisitorial o guardia de la ciudad. En el caso de Corsini, esto explica por qué en la novela casi siempre oiréis hablar del capitán de la guardia inquisitorial: para diferenciarlo del *Bargello*.

Por supuesto, no era posible afrontar una novela como esta sin tener al menos una idea general de la Roma de los papas, esa increíble ciudad que fue capital antes, durante y después del saqueo de los lansquenetes. Entre los más sanguinarios y violentos soldados mercenarios, estos últimos estaban presentes en gran número en la Ciudad Eterna. Junto con las cortesanas, representan a algunas de las tipologías humanas más increíbles de la historia de Roma en aquellos años.

Tampoco sobre temas como esos han faltado lecturas: André Chastel, *Il sacco di Roma. 1527* (*El saqueo de Roma. 1527*), Turín 2010; Antonio de Pierro, *Il Sacco di Roma: 6 maggio 1527, l'assalto dei lanzichenecchi* (*El saqueo de Roma: 6 de mayo de 1527, el asalto de los lansquenetes*), Milán 2015; Jacques Heers, *La vita quotidiana nella Roma Pontificia ai tempi dei Borgia e dei Medici* (*La vida cotidiana en la Roma Pontificia en la época de los Borgia y los Médici*), Milán 2017; Paul Larivaille, *La vita quotidiana delle cortigiane nell'Italia del Rinascimento* (*La vida cotidiana de las cortesanas en la Italia del Renacimiento*), Milán 2017; Gabriela Häbich, *La Roma segreta dei Papi* (*La Roma se-*

creta de los papas), Roma 2017. Para una atención específica a los usos y costumbres de los lansquenetes, se puede consultar a Reinhard Baumann, *I Lanzichenecchi. La loro storia e cultura dal tardo Medioevo alla guerra dei trent'anni* (Los lansquenetes. Su historia y cultura desde la Baja Edad Media hasta la guerra de los Treinta Años), Turín 1997.

En términos de modalidad narrativa continué adoptando la narración por cuadros o escenas, imponiéndome, no obstante, un marco temporal más ajustado. La novela abarca un periodo de unos cinco años y esto es así porque en la larga vida de Miguel Ángel —casi noventa años— el periodo relativo a la finalización de la tumba de Julio II, su adhesión al círculo de los Espirituales y la profunda amistad con Vittoria Colonna resultó ser un quinquenio muy especial y raramente tratado desde la novela. Vale la pena precisar que no son muchas las historias de ficción dedicadas a este increíble fenómeno de la historia del arte. De alguna manera, quería intentar retratar a un Miguel Ángel en cierto modo inédito en la literatura. He colocado, por lo tanto, el foco en esa parte de su vida que ve cómo cambian sus creencias a la luz de las inevitables repercusiones habidas a partir de la difusión de las tesis protestantes. Su amistad con Vittoria Colonna y su adhesión a la *Ecclesia Viterbiensis*, de Reginald Pole, determinaron un replanteamiento de la fe y del arte, de tal forma que él, que siempre había sido considerado el adalid del catolicismo, se convirtió aún más en algunos aspectos y en un grado más intransigente y draconiano, al entender aquella fe como un retorno a la esencia, a la relación con Dios. Toda la novela está impregnada de esa visión que emerge de las lecturas de los textos y de un estudio concienzudo y profundo de una cierta corriente de la crítica de arte.

En los últimos años he desarrollado una pasión desenfrenada por Roma, por su infinita y deslumbrante belleza: agradezco siempre y para siempre a los muchos amigos y amigas que me han hecho partícipe de sus maravillas.

Me permito darle las gracias y hacer una mención especial en este particular a Federico Meschini, ya que me producía verdadero terror afrontar lo relacionado con Viterbo, donde tiene lugar una parte nada secundaria de toda la novela. Resultó ser un valioso apoyo y amigo, disipando algunas dudas que me habían provocado más de una noche de insomnio.

También en este aspecto, como en los anteriores, la novela histórica folletinesca ha sido el modelo de referencia absoluta. Es fácil recordar, entre otras muchas, *El conde de Montecristo*, de Alejandro Dumas; *El tormento y el éxtasis*, de Irving Stone, pero también una maravilla absoluta, apenas reconocida, como es *Bajo la túnica púrpura*, de Stanley J. Weyman. Sin embargo, tampoco debo olvidar cierto tipo de teatro: pienso en particular en el romanticismo impregnado de ira y de melancolía de Friedrich Schiller. En este sentido, valga la pena mencionar dos de sus obras más notables: *Los bandidos* y *María Estuardo*.

De nuevo, las secuencias de duelo le deben mucho a manuales históricos de esgrima: de Giacomo di Grassi, *Ragione di adoprar sicuramente l'Arme sì da offesa, come da difesa; con un Trattato dell'inganno, et con un modo di esercitarsi da se stesso, per acquistare forsa, giudizio, et prestezza* (*Razones para adoptar de manera segura las armas tanto en ata-*

que como en defensa; con un tratado del engaño y con una *forma de ejercitarse uno mismo, para adquirir fuerza, juicio y presteza*, Venecia 1570), y de Francesco di Sandro Altoni, *Monomachia – Trattato dell'arte di scherma* (*Monomaquia – Tratado sobre el arte de la esgrima*), editado por Alessandro Battistini, Marco Rubboli y Iacopo Venni, San Marino 2007.

Padua-Roma, 15 septiembre de 2018

Agradecimientos

Con el tiempo he descubierto que la de los agradecimientos es una sección muy querida por los lectores. A mí también me gusta mucho, así que... vamos a ello.

En primer lugar, gracias a mi editor Newton Compton, el mejor que podría haber tenido para este desafío y para los que vendrán. Una vez más, mi más profundo y sincero agradecimiento al doctor Vittorio Avanzini, que siempre me aconsejó de la mejor manera con gran generosidad. Hablar con él es para mí motivo de alegría y de intensa satisfacción. Las muchas anécdotas, las historias, los episodios que me sugiere cada vez hacen que la novela resulte más exitosa.

Muchísimas gracias a Maria Grazia Avanzini por haberme acogido con afecto y bondad infinita.

Raffaello Avanzini: capitán, mi capitán. Gracias, siempre. Las victorias nunca llegan por casualidad. He tratado de atesorar tus sugerencias y observaciones. Siempre me sorprende la inteligencia, el coraje y la energía que pones en tu trabajo. Por todo ello, escribir para Newton Compton es un privilegio.

Junto con los editores, doy las gracias a mis agentes. Monica Malatesta y Simone Marchi están a mi lado todos los días: me escuchan, me entienden, me aconsejan. ¡Vosotros sois mis duques insustituibles!

Alessandra Penna, mi editora: trabajar junto a ti es, cada vez, una pura maravilla. Gracias por ayudarme a encontrar las notas apropiadas entre las partituras de la literatura. La voz, el estilo... se cultivan día a día. Saber que puedo hacer esto contigo es la mejor recompensa posible.

Gracias a Martina Donati, que creyó desde el primer momento en esta novela. La imaginó conmigo cuando aún estaba por nacer. ¡Qué bueno poder contar con una profesional extraordinaria como tú!

Gracias a Antonella Sarandrea, que todos los días lucha por mis historias, sonriendo. ¡Una de las grandes!

Gracias a Clelia Frasca, Federica Cappelli y Gabriele Anniballi por la puntualidad y la pasión.

Finalmente agradezco a todo el equipo de Newton Compton Editori por su increíble profesionalidad.

Mi infinita gratitud para Fabrizio Ruggirello, director del maravilloso documental *Michelangelo, una passione eretica (Miguel Ángel, una pasión herética)*. Agradezco a Sophia Luvarà, de Doclab, por permitirme encontrar una copia y poder visionarlo. No hace falta decir que espero ver pronto en la programación de la RAI semejante obra.

Todo mi agradecimiento para la Librería Antiquaria Minerva, de Padua. Gracias a Cristiano Amedei y a Davide Saccuman por conseguirme algunos libros fantásticos, especialmente una asombrosa edición ilustrada de la obra de Miguel Ángel en dos volúmenes, prácticamente imposible de encontrar.

Agradezco a un maestro y a un amigo que me apoya todos los días: Mauro Corona.

Naturalmente agradezco a Sugarpulp: al patrón Giacomo Brunoro, a Valeria Finozzi, a Andrea, a Andreetta, a Isa Bagnasco, a Massimo Zammataro, a Chiara Testa, a Matteo Bernardi, a Piero Maggioni, a Carlo «Charlie Brown» Odorizzi.

Gracias a Lucia y a Giorgio Strukul, por haber alimentado, desde la infancia, mis demonios.

Gracias a Leonardo, a Chiara, a Alice y a Greta Strukul: ¡orgulloso de estar aquí con vosotros!

Gracias a los Gorgi: Anna y Odino, Lorenzo, Marta, Alessandro y Federico.

Gracias a Marisa, Margherita y Andrea «el Bull» Camporese.

Gracias a Caterina y a Luciano, a Oddone y a Teresa, a Silvia y a Angélica.

Gracias a Jacopo Masini & los Dusty Eye.

Gracias a Marilù Oliva, Tito Faraci, Nicolai Lilin, Francesca Bertuzzi, Valentina Bertuzzi, Barbara Baraldi, Ilaria Tuti, Marcello Simoni, Francesco Ferracin, Mirko Zilahy de Gyurgiyokai, Romano de Marco, Gian Paolo Serino, Simone Sarasso, Antonella Lattanzi, Alessio Romano: hermanas y hermanos de armas.

Para finalizar, muchas gracias a Alex Connor, Victor Gischler, Sarah Pinborough, Jason Starr, Allan Guthrie, Gabriele Macchietto, Elisabetta Zaramella, Lyda Patitucci, Mary Laino, Andrea Kais Alibardi, Rossella Scarso, Federica Bellon, Gianluca Marinelli, Alessandro Zangrando, Francesca Visentin, Anna Sandri, Leandro Barsotti, Sergio Frigo, Massimo Zilio, Chiara Ermolli, Giulio Nicolazzi, Giuliano Ramazzina, Giampietro Spigolon, Erika Vanuzzo, Thomas Javier Buratti, Marco Accordi Rickards, Raoul Carbone, Francesca Noto, Daniele Cutali, Stefania Baracco, Piero Ferrante, Tatjana Giorcelli, Giulia Ghirardello, Gabriella Ziraldo, Marco Piva alias el Gran Bailío, Paolo Donorà, Massimo Boni, Alessia Padula, Enrico Barison, Federica Fanzago, Nausica Scarparo, Luca Finzi Contini, Anna Mantovani, Laura Ester Ruffino, Renato Umberto Ruffino, Livia Frigiotti, Claudia Julia Catalano, Piero Melati, Cecilia Serafini, Tiziana Virgili, Diego Loreggian, Andrea Fabris, Sara Boero, Laura Campion Zagato, Elena Rama, Gianluca Morozzi, Alessandra Costa, Và Twin, Eleonora Forno, Maria Grazia Padovan, Davide De Felicis, Simone Martinello, Attilio Bruno, Chicca Rosa Casalini, Fabio Migneco, Stefano Zattera, Marianna Bonelli, Andrea Giuseppe Castriotta, Patrizia Seghezzi, Eleonora Aracri, Mauro Falciani, Federica Belleri, Mónica Conserotti, Roberta Camarlengo, Agnese Meneghel, Marco Tavanti, Pasquale Ruju, Marisa Negrato, Serena Baccarin, Martina De Rossi, Silvana Battaglioli, Fabio Chiesa, Andrea Tralli, Susy Valpreda Micelli, Tiziana Battaiuoli, Erika Gardin, Valentina Bertuzzi, Walter Ocule, Lucía Garaio, Chiara Calò, Marcello Bernardi, Paola Ranzato, Davide Gianella, Anna Piva, Enrico «Ozzy» Rossi, Cristina Cecchini, Iaia Bruni, Marco «Killer Mantovano» Piva, Buddy Giovinazzo, Gesine Giovinazzo Todt, Carlo Scarabello, Elena Crescentini, Simone Piva & i Viola Velluto, Anna Cavaliere, AnnCleire Pi, Franci Karou Cat, Paola Rambaldi, Alessandro Berselli, Danilo Villani, Marco Busatta, Irene Lodi, Matteo Bianchi, Patrizia Oliva, Margherita Corradin,

Alberto Botton, Alberto Amorelli, Carlo Vanin, Valentina Gambarini, Alexandra Fischer, Thomas Tono, Ilaria de Togni, Massimo Candotti, Martina Sartor, Giorgio Picarone, Cormac Cor, Laura Mura, Giovanni Cagnoni, Gilberto Moretti, Beatrice Biondi, Fabio Niciarelli, Jakub Walczak, Lorenzo Scano, Diana Severati, Marta Ricci, Anna Lorefice, Carla VMar, Davide Avanzo, Sachi Alexandra Osti, Emanuela Maria Quinto Ferro, Vèramones Cooper, Alberto Vedovato, Diana Albertin, Elisabetta Convento, Mauro Ratti, Mauro Biasi, Nicola Giraldi, Alessia Menin, Michele de Marco, Sara Tagliente, Vy Lydia Andersen, Elena Bigoni, Corrado Artale, Marco Guglielmi, Martina Mezzadri.

Ciertamente me habré olvidado de algunos de vosotros… Como vengo diciendo desde hace algún tiempo…, ¡estarás en el próximo libro! ¡Lo prometo!

Un abrazo y un agradecimiento infinito a todas las lectoras, todos los lectores, las libreras, los libreros, las promotoras y los promotores que pondrán su confianza en mi nueva novela.

Dedico esta novela a mi mujer, Silvia, porque cada día junto a ella es como si fuera el primero. Y la magia se repite. Y la luz de tus ojos nunca se han oscurecido, la fuerza de tu corazón se revela cada vez más intensa: gracias por elegirme, gracias por darme un cielo donde se puede volar.

Índice

OTOÑO DE 1542

INVIERNO DE 1542-1543

VERANO DE 1543

OTOÑO DE 1543

INVIERNO DE 1546-1547

«Para viajar lejos no hay mejor nave que un libro».

EMILY DICKINSON

Gracias por tu lectura de este libro.

En **penguinlibros.club** encontrarás las mejores
recomendaciones de lectura.

Únete a nuestra comunidad y viaja con nosotros.

penguinlibros.club

Penguin
Random House
Grupo Editorial

penguinlibros

Este libro se publicó en abril de 2023